MIRA®

Der Preis dieses Bandes versteht sich einschließlich
der gesetzlichen Mehrwertsteuer.

Umwelthinweis:
Dieses Buch wurde auf chlor- und säurefreiem Papier gedruckt.

Victoria van der Heyden

Das Geheimnis der schönen Baronin

Roman

MIRA®

MIRA® TASCHENBUCH
Band 75012
1. Auflage: Dezember 2005

MIRA® TASCHENBÜCHER
erscheinen in der Cora Verlag GmbH & Co. KG,
Axel-Springer-Platz 1, 20350 Hamburg

Das Erste   GRUNDY UFA   FREMANTLEMEDIA

Das Buch wurde auf der Grundlage der historischen Serie
„Sophie – Braut wider Willen“ (basierend auf den Originaldrehbüchern
von Cornelia Deil-Sanoh) verfasst.
Produziert von der Grundy UFA TV Produktions GmbH
im Auftrag von Das Erste.

Konzeption/Reihengestaltung: fredeboldpartner.network, Köln
Umschlaggestaltung: pecher und soiron, Köln
Titelabbildung: ARD/Nicole Manthey und zefa visual media GmbH, Hamburg

Satz: Buch-Werkstatt GmbH, Bad Aibling
Druck und Bindearbeiten: Ebner & Spiegel, Ulm
Printed in Germany
ISBN 3-89941-262-1

www.mira-taschenbuch.de

TEIL 1

1. KAPITEL

„Mit diesem Kind wird es noch ein böses Ende nehmen“, murmelte die Äbtissin und betrachtete Valerie missbilligend. Da kannst du lange warten, du blöde Schnepfe, dachte Valerie und hielt trotzig dem Blick der Mutter Oberin stand.

Aber sie hütete sich, ihr laut zu widersprechen. Es war nicht das erste Mal, dass man Valerie in den großen Empfangsraum des Nonnenklosters zitiert hatte, weil sie etwas ausgefressen hatte.

Die Nonnen hatten sie aufgenommen, als die kleine Valerie als Baby in einem Weidenkörbchen vor dem Tor des Klosters abgelegt worden war. Und schon damals, gerade ein paar Wochen alt, schien Valerie eine unerklärliche Abneigung gegen die gestrenge Äbtissin gefasst zu haben. Kaum betrat die Klostervorsteherin die große mittelalterliche Küche, in der die Nonnen Valeries Wiege nahe beim wärmenden Kamin aufgestellt hatten, begann das Kind, aus Leibeskräften zu schreien.

An diesem unterkühlten Verhältnis hatte sich bis zum heutigen Tag, elf Jahre später, nichts geändert. Valerie entwickelte sich über die Jahre zu einem aufgeweckten, blitzgescheiten Mädchen, aber mit ihrem Eigensinn und ihrer Aufsässigkeit zog sie immer wieder den Zorn der Mutter Oberin auf sich. Und diesmal war es ernst, das wusste Valerie. Ihr wurden Diebstahl und die Beteiligung an einem politischen Aufstand vorgeworfen.

„Das kleine Luder gehört hinter Schloss und Riegel“, ereiferte sich die dicke Metzgerin und stemmte die Hände in die Hüften.

„Das wäre in der Tat eine Möglichkeit …“, erwiderte die Äbtissin, ließ aber offen, welche andere Strafe Valerie noch erwarten könnte. „Jedenfalls wird es höchste Zeit, dass sie lernt, was Zucht und Ordnung bedeuten. Ein für alle Mal.“

Und das alles wegen einer doofen Wurst, dachte Valerie. Mit mulmigem Gefühl im Bauch rieb sie sich das schmerzende Ohr, an dem die aufgebrachte Metzgersfrau sie quer durchs Dorf zum Kloster gezerrt hatte.

Valerie war am Morgen von einer der Nonnen, Schwester Maria Dolorosa, ins nahe gelegene Dorf geschickt worden, um dem Apotheker Heilkräuter aus dem Klostergarten zu bringen. Nichts ahnend war sie mitten in einen Aufstand geraten. Seit mehr als einem Jahr schon hatten die Wirtschaftskrise und die Umwälzungen der beginnenden industriellen Revolution im ganzen Land immer wieder zu Unruhen geführt. Nun war auch noch eine Missernte dazu gekommen, und im Mai des Jahres 1847 begannen die einfachen, armen Leute allerorten, gegen die Wucherpreise für Lebensmittel zu rebellieren. So auch in dem kleinen Marktflecken am Fuße des Klosters.

Es war ein ungewöhnlich sommerlicher Tag, und die flirrende Hitze und stickige Luft hatten die ohnehin gereizten Gemüter noch weiter angeheizt. Begonnen hatte der ganze Aufruhr mit einer einfachen Beschwerde. Eine Arbeiterfrau war wütend in die Metzgerei gestürmt und hatte eine Seite Speck, die sie am Tag zuvor gekauft hatte, auf den Tresen geknallt.

„Da kriechen schon die Maden drin! Und für so was haben Sie mir einen halben Wochenlohn abgeknöpft! Ich will mein Geld zurück“, regte sich die verhärmte Frau auf. Ihre vier in kaum mehr als Lumpen gehüllten Kinder waren ihr in den Laden gefolgt. Sie starrten begehrlich auf all die Köstlichkeiten, die sich einfache Arbeiter niemals leisten konnten: Delikate Schinken und dicke, würzig duftende Würste hingen an eisernen Haken hinter der Verkaufstheke, auf der leckere Pasteten und Filetstücke lagen und auf betuchtere Kunden warteten.

„Maden?“ empörte sich die beleibte Metzgerin. „Die sind mit Sicherheit in deiner dreckigen Stube in meinen guten Speck gekrochen.“

„Sind sie nicht!“ schrie die Frau. „Entweder ich kriege mein Geld zurück, oder Sie geben mir anständigen, essbaren Speck! Sonst passiert was!“

„Ach, was denn, bitteschön?“ lachte die Metzgerin nur. „Wenn du dich nicht gleich aus meinem Laden scherst, rufe ich die Polizei! Und nimm deine schmutzigen Bälger mit, bevor sie noch meine Auslagen stehlen!“

Der Kundin schossen Tränen der Wut in die Augen. Der Lohn, den ihr Mann, ein hart arbeitender Gerber, nach Hause brachte, reichte schon in guten Zeiten hinten und vorn nicht. Doch seit dem letzten Winter hatten die Preise derart angezogen, dass die Frau kaum noch wusste, wie sie ihre Familie satt bekommen sollte.

„Meine Kinder stehlen nicht! Aber ich werde mir jetzt nehmen, was mir zusteht“, verkündete sie entschlossen und trat hinter den Tresen.

„Was fällt dir ein?“ tobte die Metzgerin und wollte die Frau wegschubsen. Aber die hagere Kundin war überraschend kräftig, und trotz ihrer Leibesfülle hatte die Fleischersfrau Mühe, sich zu behaupten. Die Arbeiterin angelte nach einem Schinken und wollte sich gerade eine dicke Scheibe abschneiden.

„Zur Hilfe!“ brüllte die Metzgerin und rannte zur Tür. „Ich werde ausgeraubt!“

Es war Markttag, und es dauerte nicht lange, bis sich eine neugierige Menschenmenge vor der Fleischerei drängte, wo die Metzgerin ihre aufmüpfige Kundin inzwischen mit einem Hackebeil bedrohte. Zunächst sah es so aus, als hätte die Metzgerin das Publikum auf ihrer Seite. Aber als die Arbeiterfrau den verdorbenen Speck zeigte und den Preis nannte, den sie dafür hatte bezahlen müssen, schlug die Stimmung schnell um. Zunächst wollten die Leute nur dafür sorgen, dass die Frau anständigen Speck für ihr Geld bekam. Doch die Fleischerin stimmte ein derartiges Gezeter an, dass sie binnen kürzester Zeit alle gegen sich hatte. Die wütende Menge regte sich über ihre unverschämten Preise und die schlechte Ware auf.

„Überall geht es so: Für den letzten Dreck verlangen diese Halsabschneider doppelte Preise. Wie soll man da überleben? In München hat es schon Aufstände gegeben“, berichtete ein Wanderarbeiter. „Die Leute haben sich einfach genommen, was sie nicht zahlen konnten.“

Diese Neuigkeit verbreitete sich wie ein Lauffeuer, und bald artete der Protest in eine regelrechte Plünderei aus.

Die Metzgerin schrie hilflos nach der Polizei, doch sie erreichte nur, dass nach einer Weile ihr Mann in seiner blutverschmierten Schürze und mit einem Messer in der Hand über den Hof in den Laden gelaufen kam. Der Metzger war ein großer grobschlächtiger Kerl, der für sein hitziges Temperament bekannt war. Die wenigsten wollten sich mit ihm anlegen. Hastig ergriffen die Leute, was ihnen in die Finger kam, und rannten über den Marktplatz davon.

In diesem Moment kam Valerie aus der Apotheke. Genüsslich lutschte sie an einer Veilchenpastille, die ihr der nette Apotheker zugesteckt hatte. Valerie liebte die alte Apotheke mit den dunklen Eichenschränken, die mit so schönen Schnitzereien verziert waren, und den vielen geheimnisvollen Tiegeln und Gläsern mit lateinischer Aufschrift. Der Apotheker war erstaunt gewesen, als das aufgeweckte Mädchen bei einem früheren Besuch auf ein Glas gedeutet und die Aufschrift korrekt übersetzt hatte.

Die Äbtissin hatte kein großes Aufhebens von Valeries Ausbildung gemacht, sondern ihr gerade einmal Lesen, Schreiben und die einfachen Rechenarten beigebracht. Valerie war ein mittelloses Waisenkind, und es war klar, dass ihr nicht viele Wege offen stehen würden. Entweder sie würde selbst als Nonne in den Orden eintreten – womit die Äbtissin nicht eine Sekunde rechnete – oder man würde ihr eine Anstellung als Dienstmagd in einem der umliegenden Gutshäuser suchen müssen. Davon abgesehen gab es vielleicht noch die Möglichkeit, Arbeiterin in einer der neuen Fabriken oder Webereien zu werden. Aber für keine dieser Tätigkeiten brauchte man besonders viel Bildung. Daher musste Valerie die meiste Zeit in Garten und Küche helfen oder die Schweine hüten.

Das wusste auch der Apotheker, daher traute er seinen Ohren nicht, als Valerie auf das Glas gezeigt hatte. „Lupine", hatte Valerie ohne nachzudenken übersetzt. „Die macht müde."

„Ganz genau, Wally", hatte der Apotheker erwidert. „Aber woher weißt du das denn?"

„Schwester Maria Dolorosa bringt mir heimlich Latein bei. Und sie hat mir auch gesagt, wenn man sich in ein Lupinenfeld legt und einschläft, wacht man nicht wieder auf", hatte Valerie strahlend erklärt.

Seither hatte der Apotheker geduldig Valeries Fragen beantwortet, wann immer das wissensdurstige Mädchen mit frisch geernteten Kräutern in seine Apotheke gekommen war. Heute hatte er ihr gezeigt, wie man aus Süßholzsaft und Veilchenöl leckere Pastillen gegen Mundgeruch herstellte.

„Die brauchst du eigentlich gar nicht", hatte der Apotheker gesagt. „Und wenn du deine hübschen weißen Zähne immer morgens und abends mit Sodapulver einreibst, dann kommt es auch nie so weit."

Trotzdem hatte er ihr von den leckeren Pastillen gegeben, und Valerie lutschte sie nun, als sie in Gedanken versunken auf den Marktplatz trat. Sie genoss den intensiven Veilchengeschmack und kam zu dem Schluss, dass man bittere Wirkstoffe eigentlich nur in den Sud der Pastillen mischen müsste. Dann würde niemand mehr über den Geschmack von Medizin schimpfen, dachte sie noch, als ein etwa gleichaltriger Junge sie beinahe über den Haufen rannte.

„Pass doch auf", schimpfte Valerie. Mit einem Mal fiel ihr Blick auf die riesige Dauerwurst, die der Junge unter den

Arm geklemmt hatte. „Wo hast du die her?“ wollte sie neugierig wissen.

„Beim Metzger ist heute alles umsonst“, rief der Junge schnell und verschwand um eine Ecke.

„Umsonst?“ entgegnete Valerie. „Du spinnst.“

Aber als sie auf die Metzgerei zuging, strömten ihr wahre Menschenmassen entgegen, und jeder Einzelne schien Fleisch oder Würste bei sich zu haben.

„Dann stimmt es also doch“, murmelte Valerie und drängelte sich an den Leuten vorbei. Wenn es etwas umsonst gab, wollte sie unbedingt etwas abhaben. Denn obwohl die Nonnen Ziegen und Schweine hielten, hatte Valerie so gut wie nie Fleisch auf dem Teller. Ihr lief das Wasser im Munde zusammen, als sie den kleinen Laden betrat. Der Metzger unterhielt sich aufgeregt mit seiner Frau, Valerie achtete jedoch nicht auf seine Worte. Von den Auslagen war kaum noch etwas übrig, aber in einer Ecke entdeckte das Mädchen eine Dauerwurst. Schnurstracks steuerte sie darauf zu und wollte mit der Wurst in der Hand bereits wieder auf den Marktplatz gehen, als die dicke Metzgerin ihr den Weg verstellte.

„Stehen geblieben, du verkommene, kleine Diebin!“

Das war vor wenigen Stunden gewesen, und jetzt hatte sie sich vor der Äbtissin zu verantworten.

„Aber alle haben sich doch Waren genommen“, protestierte Valerie, als die Äbtissin sie endlich fragte, was sie zu den Vorwürfen zu sagen hatte.

„Das ist noch lange kein Grund, es nachzumachen“, gab die Äbtissin streng zurück. „Kennst du nicht die zehn Gebote?“ fügte sie missbilligend hinzu. „Du sollst nicht stehlen.“

„Hab ich auch gar nicht“, murmelte Valerie. „Es gab alles umsonst.“

„Komm mir nicht mit Ausflüchten“, schnitt ihr die Mutter Oberin das Wort ab. „Diesmal kannst du dich auf eine saftige Strafe gefasst machen.“

„Strafe hin, Strafe her, ich verlange Schadensersatz“, keifte die Metzgerin.

„Das scheint mir nur angemessen“, entgegnete die Äbtissin nickend.

Die Metzgerin hielt schon gierig die Hand auf, als Valerie sich erneut zu Wort meldete.

„Sie kann ihre doofe Wurst zurückhaben“, sagte sie, nahm das fettige Streitobjekt vom Tisch und hielt es der Metzgerin unter die Nase. Die zögerte nicht lange und griff zu. Doch statt ihren Besitz unter ihrer Schürze verschwinden zu lassen, holte sie aus und schlug Valerie mit der harten Wurst hinter die Ohren.

„Aua!“ rief Valerie erschrocken.

Die Mutter Oberin erhob sich und wandte sich resolut an die Metzgerin.

„Überlassen Sie es bitte mir, Wally angemessen zu bestrafen“, erklärte sie kühl.

Eingeschüchtert wich die Fleischersfrau zurück.

„Aber was ist mit meinem Schaden?“ beharrte sie.

„Ich werde die Sache überdenken und mich bei Ihnen melden“, erwiderte die Äbtissin.

„Na, hoffentlich“, maulte die dicke Frau. Und mit einem

ungeschickten Knicks zog sie sich schließlich zurück und verließ den Raum.

Langsam ging die Äbtissin auf Valerie zu. „Nun zu dir", sagte sie. „Ich hoffe, dir ist klar, wie sehr du gesündigt hast. Zur Abbitte wirst du zwanzig Rosenkränze beten."

Valerie nickte. Sie wusste, dass sie wohl bis weit nach Mitternacht in der Kapelle sitzen und deswegen die Vesper verpassen würde. Doch trotz ihres knurrenden Magens schien ihr die Strafe nicht besonders hart. „Sehr wohl, Mutter Oberin", murmelte sie und knickste.

„Das ist noch nicht alles", entgegnete die Äbtissin. „Außerdem wirst du die nächsten drei Monate die Kapelle putzen. Täglich. Und ich hoffe, du nutzt die Zeit, um über deine Vergehen nachzudenken."

Valerie seufzte. Ihr war klar, was das bedeutete. Sie würde den Sommer über in der klammen Kapelle den Boden schrubben müssen, statt die Sonne zu genießen.

„Aber ich soll Schwester Maria Dolorosa doch im Kräutergarten helfen", wandte sie vorsichtig ein.

„Das hättest du dir früher überlegen sollen", erwiderte die Äbtissin nur. „Und jetzt zu dem Schadensersatz, den die brave Frau gefordert hat."

„Sie hat die Wurst doch wieder." Kaum hatte sie den Satz ausgesprochen, bereute Valerie auch schon, so vorlaut gewesen zu sein.

„Darüber zu urteilen steht dir nicht zu", herrschte die Äbtissin sie an. „Du hast ihr sehr viel Ärger bereitet, und das muss wieder gutgemacht werden."

Die Äbtissin überlegte kurz, dann hatte sie eine Idee. „Morgen früh wirst du ihr das Ferkel bringen, das du mit der Flasche aufgezogen hast. Viel ist an dem Tier zwar noch nicht dran, aber für ein zartes Spanferkel wird sie trotzdem einen guten Preis bekommen."

„Nicht mein Ferkelchen!" schrie Valerie verzweifelt, und Tränen schossen ihr in die Augen.

Am nächsten Morgen weinte Valerie noch immer, als sie sich mit dem erst wenige Monate alten Schweinchen auf den Weg ins Dorf machen musste. Die ganze Nacht hatte sie wach gelegen und fieberhaft gegrübelt, wie sie ihr Ferkelchen vor dem Beil des Metzgers retten könnte. Am liebsten wäre sie mitsamt dem Tier über alle Berge geflohen. Aber der Schlafsaal des Klosters war nachts genauso verschlossen wie die Ställe, und Valerie sah keine Möglichkeit, ihren Plan in die Tat umzusetzen.

So hatte sie die ganze Nacht bittere Tränen geweint. Schwester Maria Dolorosa, die die kleine Valerie besonders ins Herz geschlossen und sich über die Jahre liebevoll um sie gekümmert hatte, hatte das Weinen des Mädchens gehört. Leise war sie zu Valeries schmalem Bett gekommen und hatte versucht, die Kleine zu trösten. Doch Valerie wollte sich nicht beruhigen.

„Mein Ferkelchen darf nicht sterben", hatte sie nur immer wieder geschluchzt, „es ist noch so klein, und es ist auch ein Waisenkind wie ich."

Zu Valeries Aufgaben im Kloster gehörte es, sich um die Schweine zu kümmern. Das Füttern und Misten war harte

Arbeit, die das Mädchen normalerweise nicht besonders mochte. Aber im letzten Herbst war eine der Sauen gedeckt worden. Als der Eber vom Nachbarhof gebracht worden war, hatte die Äbtissin der neugierigen Valerie verboten, bei der Prozedur anwesend zu sein. Zwar hatte Valerie nicht verstanden, warum, aber es nutzte nichts, sich gegen die Gebote der Mutter Oberin aufzulehnen. Brummelnd war sie in den nahe gelegenen Eichenhain gegangen und hatte reife Eicheln für die Schweine gesammelt. Als sie zurückkam, lud der Bauer seinen Eber gerade wieder auf sein Fuhrwerk und versicherte Schwester Maria Dolorosa, dass die Sau mit Sicherheit trächtig sei.

„Bei meinem Eber klappt es immer beim ersten Mal. Bei mir übrigens auch“, erklärte er grinsend, bevor er sich auf den Kutschbock schwang und mit der Zunge schnalzte, um sein schweres Zugpferd anzutreiben.

Valerie war sofort in den Stall gelaufen, um sich den Wurf anzusehen – und war enttäuscht, dass die Sau ganz allein in ihrem Koben stand.

„Auf die Ferkel wirst du noch etwas warten müssen“, bemerkte Schwester Maria Dolorosa lachend.

In den nächsten Monaten beobachtete Valerie staunend, wie die Sau von Tag zu Tag dicker wurde. Dabei bekamen die Tiere wegen der schlechten Ernte nur das Allernötigste an Futter, und alle anderen Tiere waren über die Wintermonate eher magerer geworden. Maria Dolorosa gab der Sau besondere Kräuter und so viel Extrafutter, wie sie nur entbehren konnte. Aber trotzdem schien die Schwester die trächtige Sau besorgt zu beobachten.

„Es ist ihr erster Wurf, und sie müsste eigentlich viel mehr fressen“, vertraute sie Valerie an.

„Wieso? Sie ist so fett wie nie.“

„Das sind die Ferkel“, erwiderte Maria Dolorosa.

„Aber die sind doch noch gar nicht da …“

„Sie sind da drin“, erklärte die Schwester und errötete leicht.

„Ach, dann legt die Sau auch Eier? Wie die Hühner?“ wollte Valerie neugierig wissen.

„So ähnlich“, murmelte Maria Dolorosa und weigerte sich, weitere Fragen des Mädchens zu beantworten.

So war Valerie völlig überrascht, als sie eines Abends im März in den Stall kam und einen Wurf von fünf winzigen, aber sehr munteren, gefleckten Ferkelchen entdeckte.

„Sind die süß!“ rief sie aufgeregt.

Das Kleinste von allen, das bis auf ein schwarzes Ohr vollkommen rosa war, gefiel Valerie am allerbesten. Alle Ferkel drängelten sich um die Sau, aber der Winzling war dabei besonders hartnäckig. Immer wieder versuchte er, an die Zitzen der Sau zu kommen, doch die wehrte ihren Nachwuchs mit Bissen und Tritten ab.

„Die Geburt war viel zu früh“, erklärte Schwester Maria Dolorosa. „Die Sau nimmt sie nicht an, weil sie keine Milch hat“, fügte sie mit leiser, besorgter Stimme hinzu. „Ich fürchte, wir werden die Kleinen mit der Flasche aufziehen müssen.“

„Das mache ich“, rief Valerie sofort begeistert.

„Ja, gut, gleich morgen kannst du mir dabei helfen“, erwiderte Maria Dolorosa und lächelte Valerie an.

Als Valerie am nächsten Morgen aufgeregt in den Stall kam, bot sich ihr ein fürchterlicher Anblick. In der Nacht hatte die Sau ihren Wurf totgebissen. Valerie schrie laut auf. Schluchzend rannte sie los, um schnell Schwester Maria Dolorosa zu holen.

Alarmiert folgte die Schwester Valerie, die vollkommen außer sich war, in den Stall. Erschrocken starrte sie auf den grausigen Anblick, der sich ihr bot. Stumm zog sie Valerie an sich und versuchte, sie zu beruhigen. Tröstend strich sie dem zitternden Mädchen übers Haar.

„Das war nicht böse von der Sau. Sie hatte einfach nicht die Kraft, die Kleinen aufzuziehen“, erklärte sie sanft. „Die Natur ist manchmal grausam, Valerie. Aber vielleicht war es sogar eine Gnade, denn wir hätten die Ferkel bestimmt auch nicht durchgebracht. Und so mussten sie nicht lange leiden.“

Doch Valerie war untröstlich. Verzweifelt starrte sie auf die toten Ferkel. Maria Dolorosa wollte das Mädchen schon wegziehen, als Valerie plötzlich eine Bewegung bemerkte.

„Eins lebt noch!“ rief sie aufgeregt. „Es ist das Kleine mit dem schwarzen Ohr!“

Das Ferkelchen war übel zugerichtet, aber mit Hilfe der heilkundigen Maria Dolorosa versorgte Valerie das winzige Tier. Sie legten Kräuterumschläge auf die Wunden und verbanden es. Anschließend durfte Valerie ihm die Flasche geben. Zuerst wollte das entkräftete Tier nicht saugen, doch Valerie stupste es immer wieder mit dem Fläschchen an, und schließlich trank es in gierigen Zügen.

Bald wollte das Ferkel alle paar Stunden gesäugt werden,

und Valerie hatte viel Arbeit. In den ersten Wochen schlief sie sogar nachts im Stall. Die Mutter Oberin war zunächst alles andere als begeistert. Schwester Maria Dolorosa überzeugte sie jedoch davon, dass Valerie auf diese Weise lernen würde, Verantwortung für ein lebendiges Wesen zu übernehmen. Und tatsächlich stimmte die Äbtissin zu, und Valerie durfte sich nun mit offizieller Genehmigung um das Ferkel kümmern.

Liebevoll fütterte sie es, und einige Zeit darauf begann das kleine Schweinchen zu wachsen und munterer zu werden. Nach einer Weile lief es Valerie wie ein Hund überallhin nach. Valerie wollte es Karlchen taufen, aber Maria Dolorosa widersprach.

„Schweine bekommen keinen Namen“, sagte sie nur.

Valerie kam zum Glück nicht in den Sinn, dass das Schwein eines Tages geschlachtet werden würde. Deshalb wollte die gutherzige Nonne nicht, dass das Mädchen sich allzu sehr an das Tier gewöhnte. Doch genau das tat Valerie. Für sie war das kleine Schweinchen ihr bester Freund, und sie vertraute ihm alles an, was ihr auf der Seele lag.

„Weißt du was, Ferkelchen?“ sagte Valerie eines Abends, als sie im Stall das Ferkel fütterte. „Du bist wie ich. Deine Mutter wollte dich auch nicht haben, und wir müssen allein sehen, wie wir zurechtkommen. Aber ich werde immer auf dich aufpassen“, versprach sie und drückte dem lustig quiekenden Tier einen Kuss auf sein schwarzes Ohr.

„Ich hab’s dir versprochen“, murmelte Valerie nun, als sie ihr geliebtes Ferkelchen gesenkten Hauptes Richtung Dorf trieb. „Und jetzt soll ich dich zum Metzger bringen. Das ist gemein, gemein, gemein!"

Das Tier ahnte zum Glück nicht, was ihm blühte, sondern futterte gierig den Klee, der am Wegesrand wuchs. Mit Tränen in den Augen betrachtete Valerie, wie das niedliche Schweinchen zu dem Meilenstein lief, der die Kreuzung markierte, wo der sandige Weg ins Dorf und die gepflasterte Straße nach Hildesheim sich kreuzten.

„Weißt du was?" rief Valerie plötzlich mit entschlossener Stimme. „Ich lasse nicht zu, dass sie dich schlachten. Wir hauen ab!"

„Und wo willst du hin mit dem Winzling?" hörte Valerie unvermittelt jemanden fragen.

Erschrocken wirbelte sie herum und entdeckte Gunter, den jüngsten Sohn des Bauern, der im letzten Herbst mit seinem Eber ins Kloster gekommen war.

Valerie kannte den dreizehnjährigen Gunter schon, seit sie denken konnte, und früher hatten sie im Sommer oft im nahe gelegenen Teich gebadet. Aber letztes Jahr hatte die Äbtissin es verboten, angeblich sei es nicht länger schicklich. Seither hatte Valerie den groß gewachsenen Jungen mit den flachsblonden Haaren nicht mehr gesehen.

„Ach, du bist es", stieß sie erleichtert hervor, bevor sie Gunter erklärte, was passiert war. Dabei brach sie wieder und wieder in Tränen aus.

„Nun heul mal nicht", tröstete Gunter sie unbeholfen. „So ist das Leben nun einmal. Am besten tust du einfach, was die Mutter Oberin dir gesagt hat. Oder willst du allen Ernstes mit dem Schwein nach Hildesheim flüchten?"

„Warum denn nicht?“ empörte sich Valerie.

„Weil sie dich doch gleich wieder einfangen“, entgegnete Gunter.

„Dazu müssen sie mich erst mal kriegen“, presste Valerie trotzig hervor. „Jedenfalls lasse ich nicht zu, dass sie das Ferkelchen schlachten.“

„Weißt du was?“ überlegte Gunter. „Warum gibst du den Winzling nicht mir und sagst, er ist dir weggelaufen?“

„Und was machst du mit Ferkelchen?“ wollte Valerie misstrauisch wissen.

„Ich nehme es mit auf unseren Hof. Keine Sorge, bei uns bleibt es am Leben“, beruhigte Gunter sie. „Unser Eber ist nicht mehr der Jüngste, und in ein paar Jahren wird aus der halben Portion ja hoffentlich ein tüchtiger Kerl geworden sein. Dann kann er die Zucht übernehmen.“

Valerie überlegte. Es fiel ihr nicht leicht, sich von ihrem geliebten Ferkelchen zu trennen. Doch sie wusste, dass es das Beste war. Schließlich nahm sie das Schweinchen auf den Arm und ging mit ihm zu Gunter.

„Aber sei gut zu ihm – das musst du mir versprechen“, verlangte Valerie.

„Mach dir mal keine Sorgen. Der wird ein gutes Leben haben“, lachte Gunter. „Schließlich hat er bald sieben Säue ganz für sich allein.“

Valerie verstand zwar nicht, warum das mit den Säuen so wichtig sein sollte, aber sie glaubte Gunter. „Ja“, sagte sie erleichtert, „die können dann zusammen spielen.“

„Sozusagen“, erwiderte Gunter grinsend.

Er wollte Valerie das Ferkel abnehmen, doch Valerie fiel

es schwer, sich von ihrem einzigen Vertrauten zu trennen. Mit Tränen in den Augen drückte sie das Ferkelchen an sich und küsste es aufs schwarze Ohr. „Pass gut auf dich auf", flüsterte sie, „und vergiss mich nicht."

„Jetzt mach mal zu. Ich hab nicht ewig Zeit", drängelte der Bauernjunge.

„Ist ja schon gut!" Valerie gab dem Schweinchen noch einen letzten Abschiedskuss und reichte es Gunter. Ganz wohl war ihr nicht bei der Sache – aber ihr blieb nichts anderes übrig. „Du musst mein Ferkelchen auch wirklich gut behandeln. Dann bekommst du eine Belohnung von mir."

Gunter lachte. „Keine leeren Versprechungen. Du hast doch sowieso nichts", sagte er und grinste gutmütig.

Valerie überlegte, womit sie Gunter ködern konnte. Zunächst fiel ihr wirklich nichts ein. Mit einem Mal erinnerte sie sich jedoch an eine Geschichte, die sie vor Kurzem heimlich in einem Romanheft gelesen hatte. Die Äbtissin hatte derart profane Schriften zwar im Kloster verboten, aber Valerie hatte ein paar alte Seiten gefunden, mit denen der Fischhändler seine Ware eingeschlagen hatte. Gierig hatte sie die Geschichten von schönen Adligen und ihren galanten Freiern verschlungen.

„Wenn du Ferkelchen wirklich großziehst, gebe ich dir einen Kuss", erklärte Valerie schließlich kokett.

Gunter brach in Gelächter aus. „Von dir mickeriger Göre? Einen Kuss? Danke – da kann ich mir was Besseres vorstellen."

Der kräftige Bauernjunge wollte gar nicht mehr aufhören zu lachen, während er sich mit Valeries Ferkel im Arm auf den Heimweg machte. „Küssen will sie mich ...“, prustete er immer wieder.

Entrüstet blickte Valerie ihm hinterher. Für einen Moment vergaß sie sogar, dass sie eigentlich wegen des Ferkels traurig sein müsste.

„Der wird sich noch wundern“, grummelte sie.

Und tatsächlich hatte Gunter noch gar keine Ahnung, wie sehr er sich einmal danach verzehren würde, Valerie zu küssen ...

2. KAPITEL

Mehr als zwei Jahre waren inzwischen ins Land gezogen, und Valerie entwickelte sich mit jedem Tag mehr zu einer ausnehmend schönen jungen Frau. Ihr dichtes seidig schimmerndes Haar umspielte ihr fein geschnittenes Gesicht in sanften Wellen. Sie kümmerte sich nach wie vor mit Schwester Maria Dolorosa um den Kräutergarten und verbrachte viel Zeit an der frischen Luft. Doch trotz der harten Arbeit im Garten behielt ihre ebenmäßige Haut selbst im heißesten Sommer einen zarten rosigen Schimmer, der das Strahlen ihrer Augen noch mehr zur Geltung brachte. Sie hatte volle kirschrote Lippen und wenn sie lachte, blitzten ihre ebenmäßigen Zähne.

Auch Valeries Körper hatte sich verändert. Ihre Hüften begannen, sich allmählich weiblich zu runden. Seitdem fiel ihre biegsame Wespentaille besonders ins Auge, vor allem, da sich ihre hübschen, festen Brüste von Tag zu Tag kecker aufzurichten schienen.

Valerie hatte diese Veränderungen zunächst argwöhnisch, dann mit wachsender Neugier beobachtet. Es war ihr nicht entgangen, dass die Männer, die sie auf ihren regelmäßigen Besuchen im Dorf traf, sie mit unverhohlenem Interesse musterten. Erst hatten diese Blicke sie verstört, doch schließlich begann Valerie, die Aufmerksamkeit mehr und mehr zu genießen. Schnell wurde ihr bewusst, dass ihr Aussehen ihr fast nur Vorteile brachte. In den Läden, die von Männern geführt wurden, bediente man sie bevorzugt. Auch durfte sie immer von besonders köstlichen Auslagen probieren, selbst wenn den Verkäufern insgeheim klar war, dass das mittellose Mündel der Nonnen sich diese teuren Waren nicht leisten konnte. Und wenn sich Valerie, mit Einkäufen beladen, auf den Rückweg zum Kloster machte, hielt meistens ein Bauer sein Fuhrwerk an und fragte, ob er sie ein Stück mitnehmen könnte.

Kaum einer der Männer wagte es jedoch, wirklich zudringlich zu werden. Es war allgemein bekannt, dass Valerie unter dem Schutz der Äbtissin stand, und die Mutter Oberin war weit über die Grenzen ihres Klosters hinaus berüchtigt für ihre Disziplin und Autorität. Aber nicht nur wegen der Männer hatte die Äbtissin ein strenges Auge auf Valerie. Das Verhalten des Mädchens selbst erregte immer wieder ihr Missfallen.

Valerie hatte vor nichts und niemandem Angst, sie ging ungeniert auf Menschen zu und begann langsam, mit ihren Reizen zu spielen. Wenn auch in aller Unschuld, so genoss sie doch diese neue Macht, die sie über Männer zu haben schien. Eben dieses kokette Verhalten war der Äbtissin nicht entgangen, und so gestattete sie Valerie kaum mehr, das Kloster ohne Begleitung zu verlassen. Wenn Valerie also nun Kräuter in die Apotheke brachte oder Besorgungen erledigte, war meist eine der Nonnen dabei. Leider war es nur selten die nachsichtige, gutmütige Schwester Maria Dolorosa. Die Äbtissin achtete vielmehr darauf, Valerie eine besonders gewissenhafte und wachsame Ordensschwester zur Seite zu stellen.

Doch heute, an diesem flirrend heißen Augusttag, hatte man Valerie nach strengen Ermahnungen allein ins Dorf geschickt.

Das Kloster bereitete sich auf den Besuch des Bischofs vor, und es gab zuvor noch viel zu tun. Daher war keine der Nonnen abkömmlich.

Valerie genoss ihre Freiheit. Bevor sie in die Schlachterei ging, wie es ihr aufgetragen worden war, schaute sie auf einen Besuch bei dem netten Apotheker vorbei.

„Guten Tag, Herr Mannings", begrüßte Valerie den Apotheker und schenkte ihm ihr strahlendstes Lächeln.

Herbert Mannings, der gerade eine Salbe anrührte, ließ sofort seine Arbeit stehen und kam auf Valerie zu.

„Na, Wally, hast du wieder Kräuter für mich?" begrüßte er sie mit fast schüchternem Lächeln.

Valerie schüttelte den Kopf und sah sich in der Apotheke um. Ihr Blick fiel auf ein rot schimmerndes Samttuch, das auf dem Verkaufstresen lag. Darauf hatte der Apotheker einige hübsch verzierte vergoldete Döschen aufgebaut.

„Was ist das denn?" wollte sie neugierig wissen.

„Der neuste Schrei aus Paris", erklärte der Apotheker. „Lang haltendes Lippenrot. Angeblich geht es nicht einmal beim Küssen ab."

Er öffnete eins der Döschen, in dessen Deckel ein winzig kleiner Pinsel klemmte, und zeigte Valerie die cremig rote Lippenfarbe.

„Wie hübsch!" rief Valerie entzückt. „Darf ich das einmal probieren?"

„Nun, eigentlich ..."

Der Apotheker hatte sagen wollen, dass diese besondere Kosmetik sehr teuer war und dass er ein gebrauchtes Döschen nicht mehr verkaufen konnte. Doch Valerie legte ihr

Köpfchen schief und warf dem Apotheker einen flehentlichen Blick zu, wobei sie heftig mit ihren langen dichten Wimpern klimperte.

„Also gut", seufzte der Apotheker, „aber eigentlich brauchst du so etwas gar nicht. Du hast doch so wunderschöne Lippen."

Valerie war jedoch längst zu einem Wandspiegel gelaufen und trug die Lippenfarbe auf. Schwungvoll drehte sie sich zu Herrn Mannings um. Sie hatte das Lippenrot beim Auftragen in einem Mundwinkel etwas verschmiert, doch gerade dieser kleine Schönheitsfehler schien den hageren Apotheker besonders zu faszinieren.

„Steht mir das?"

Mannings konnte nur wortlos nicken.

„Und die Farbe hält wirklich? Selbst bei einem Kuss?"

Der Atem des Apothekers ging plötzlich schneller, und er schnaufte beinahe, als Valerie nun langsam auf ihn zukam.

Dieses unterdrückte Schnauben hatte Valerie schon einmal zuvor gehört. Allerdings war es da viel lauter gewesen. Sie war an einer Weide vorbeigegangen und hatte beobachtet, wie ein Hengst den Kopf gehoben und geschnuppert hatte. Er hatte genau dieses kehlige Geräusch von sich gegeben, bevor er auf eine rossige Stute zugaloppiert war und sie bestiegen hatte.

Bei dieser Begebenheit hatte Valerie zum ersten Mal einen Geschlechtsakt beobachtet, und dieser Anblick hatte sie in den Nächten danach bis in die Träume verfolgt.

Der wird doch nicht …? dachte sie, als sie bemerkte, wie der Apotheker sich ihr nun näherte.

Und tatsächlich wären fast die Pferde mit dem braven Mann durchgegangen. Insgeheim war er schon lange in Valerie verliebt, doch als er jetzt das Entsetzen in ihrem Blick erkannte, blieb er wie angewurzelt stehen. Herbert Mannings war ein Mann von Ehre. Betreten und ein bisschen verschämt senkte er den Kopf.

„Wally, versteh mich nicht falsch“, begann er leise.

Valerie atmete auf. Es hätte sie auch zu sehr verwundert, wenn der kleine, schüchterne Mann sich Schwachheiten eingebildet hätte.

„Ich habe oft darüber nachgedacht“, fuhr der Apotheker fort. „Du hast doch manchmal hier im Laden ausgeholfen, und mir kam es immer so vor, als würde es dir viel Spaß machen.“

Valerie nickte. Tatsächlich war sie früher vor Stolz fast geplatzt, wenn der Apotheker ihr eine blütenweiße gestärkte Schürze umgebunden und ihr erlaubt hatte, den Kunden ihre Medikamente einzupacken und ihnen das Wechselgeld zu reichen. Aber es war eben nur ein Kinderspiel gewesen, und im letzten Jahr hatte sie kaum noch daran gedacht.

Wieso fängt er jetzt damit an? wunderte sie sich insgeheim, während der Apotheker sie unsicher ansah.

„Sicher weißt du, dass ich verwitwet bin“, begann er umständlich von Neuem.

Erneut nickte Valerie.

„Ich habe meine verstorbene Herta von Herzen geliebt, und ich bin ihr stets ein treu sorgender Gatte gewesen …“, holte er aus.

Valerie unterdrückte ein Gähnen und lächelte den Apotheker freundlich an. Natürlich wusste sie, dass seine Frau vor Jahren im Kindbett gestorben war. Doch warum wärmte der Mann diese alte Geschichte wieder auf? Ihre Gedanken schweiften ab. Valerie stellte sich vor, wie es wohl wäre, als Verkäuferin in der Apotheke zu arbeiten. Im Geiste sah sie sich ein Rezept von einem feinen Herrn entgegennehmen. Mit tröstendem Lächeln und einer aufmunternden Bemerkung würde sie ihm die Tiegelchen und Tütchen reichen und dabei vielleicht sanft über seine behandschuhte Hand streichen.

Wie praktisch, dachte Valerie versonnen, man weiß immer gleich, wer Witwer wird.

„... du lächelst, zauberhafte Valerie? Dann darf ich zu hoffen wagen?“ fragte der Apotheker aufgeregt.

„Wie bitte?“ Valerie wurde unsanft aus ihren Träumen gerissen. Sie hatte nicht die geringste Ahnung, wovon Mannings gesprochen hatte.

„Ich weiß, du bist noch sehr jung, aber wenn ich die ehrwürdige Mutter Oberin in aller Form um deine Hand bitte, können wir vielleicht nach deinem fünfzehnten Geburtstag heiraten.“

Erschrocken schnappte Valerie nach Luft. „Sie ... Sie wollen mich heiraten?“

Der Apotheker nickte scheu und wollte nun offenbar vor Valerie niederknien. Doch dazu kam er nicht mehr. Valerie brach in schallendes Gelächter aus.

„Aber das geht nicht“, platzte sie heraus, ohne nachzudenken. „Sie sind so furchtbar ... alt.“

Der Apotheker zuckte zusammen und wich zurück. Er

sah aus, als hätte ihn jemand ins Gesicht geschlagen. Plötzlich tat er Valerie Leid.

„Seien Sie mir nicht böse, ich bin nur so überrascht. Ich …“ Valerie wusste nicht, was sie sagen sollte. „Es tut mir Leid“, fügte sie kläglich hinzu.

Der Apotheker versuchte, sich zu sammeln. „Nein, nein“, erwiderte er hastig. „Es muss dir nicht Leid tun. Du warst nur ehrlich. Bitte, verzeih mir, dass ich so vermessen war.“

Er zog sich wie zum Schutz hinter seinen Verkaufstresen zurück.

„Aber ich bitte dich, in Zukunft nicht mehr herzukommen. Es würde mich zu sehr schmerzen“, sagte er traurig.

Valerie nickte. „Natürlich“, entgegnete sie und wollte sich schon zum Gehen wenden, als Herbert Mannings sie zurückrief.

„Wally …“

Als Valerie sich umdrehte, streckte er ihr mit zitternder Hand das Döschen mit der Lippenfarbe entgegen.

„Das würde ich dir gern schenken. Als Erinnerung“, sagte er mit gequältem Lächeln.

Valerie nickte stumm, nahm schnell das Döschen und verließ die Apotheke, ohne sich noch einmal umzusehen.

Die dicke Metzgersfrau warf Valerie einen bösen Blick zu, als die in Gedanken versunken den Laden betrat und ihren Wunsch äußerte.

„Das macht achtzehn Kreuzer“, murrte die Ladenbesitzerin und verschränkte die Arme vor der Brust. „Ich schneide die Stücke erst an, wenn du bezahlt hast. Bei einer wie dir weiß man ja nie. Du hast mich schließlich schon einmal bestohlen, Valerie, das weiß ich noch."

Valerie erinnerte sich plötzlich an den Ärger wegen der Wurst. Sie musste lächeln, als sie daran dachte, dass es ihr gelungen war, das Ferkelchen vor dem Hackebeil zu retten. Zwar hatte die Mutter Oberin sie streng bestraft, als sie behauptet hatte, das Schwein sei ihr weggelaufen, aber das war es Valerie wert gewesen.

„Was grinst du so?" wollte die Metzgerin argwöhnisch wissen.

An einem anderen Tag hätte Valerie ihr sicher eine patzige Antwort gegeben. Doch heute zählte sie einfach das geforderte Geld auf den Tresen und wartete auf ihre Ware.

„Nichts", entgegnete sie einsilbig.

Ihre Gedanken waren schon wieder beim Apotheker Mannings, der sie so traurig angesehen hatte wie noch nie zuvor ein Mensch.

„Da hast du", brummelte die Fleischersfrau und schob ihr die eingeschlagene Ware über den Tresen.

Valerie ergriff das Päckchen mit dem Fleisch, nickte der Metzgersfrau knapp zu und verließ die Fleischerei. Während sie über den Marktplatz ging, sah sie noch einmal verstohlen zur Apotheke herüber, aber sie konnte Herbert Mannings hinter den spiegelnden Fensterscheiben nicht erkennen. Als sie den Weg zum Kloster einschlug, überkam sie mit einem Mal das Gefühl, einen großen Fehler gemacht zu haben.

Der Apotheker war ein rechtschaffener Mann, und für ein Waisenkind wie sie wäre er sicher nicht die schlechteste Partie gewesen. Valerie wusste, dass sie nicht ewig bei den Nonnen bleiben konnte. Zwar versuchte Schwester Maria Dolorosa immer wieder, Valerie die Segnungen des klösterlichen Lebens vor Augen zu führen, Valerie verspürte jedoch nicht das geringste Bedürfnis, Nonne zu werden. Doch wenn sie nicht dem Orden beitrat, würde ihr die Mutter Oberin über kurz oder lang nahe legen, sich eine Stellung zu suchen.

Und was für Möglichkeiten boten sich ihr denn? Valerie stellte sich vor, wie es sein würde, als Dienstmädchen oder Küchenmagd zu arbeiten, und erschauderte. Da die Äbtissin darüber zu entscheiden hatte, zu wem Valerie in Stellung ging, würde sie mit Sicherheit in einem höchst gottesfürchtigen und somit strengen Haus landen. Dort könnte sie sich dann in aller Demut den Rücken krumm arbeiten, bis sie alt und grau sein würde. Denn wer würde schon eine Magd zur Frau nehmen? Allenfalls einer der Stallknechte. Das war mit Sicherheit nicht die Zukunft, die Valerie sich erträumte. Aber auch als Frau des Dorfapothekers wollte sie nicht versauern.

Während Valerie die staubige Landstraße entlangging, schüttelte sie energisch den Kopf.

„Meine Güte, der Mann ist über dreißig“, murmelte sie und stellte sich schaudernd vor, wie es wäre, den schmallippigen Herbert Mannings mit seinem gezwirbelten Schnurrbart zu küssen.

Nein, wenn Valerie heiraten sollte, dann aus Liebe. Und sie war sich sicher, wenn sie sich verlieben würde, dann in einen strahlenden Märchenprinzen.

Valeries Blick schweifte über die Landstraße, und sie erinnerte sich an die Begegnung, die sie hier im letzten Jahr gehabt hatte.

Auch damals war sie vom Dorf zurück zum Kloster gegangen, als sie plötzlich hinter einer Wegbiegung eine liegen gebliebene Kutsche entdeckt hatte. Schon aus einiger Entfernung hatte sie den Kutscher fluchen gehört, der verzweifelt versucht hatte, ein neues Rad aufzuziehen. Neugierig war Valerie näher getreten, denn eine so prachtvolle Kutsche hatte sie noch nie zuvor gesehen. Zwar hatte sie manches Mal die Kutsche von Graf Vollenberg bewundert, wenn er zum Kloster gekommen war. Doch stets hatte Schwester Maria Dolorosa sie zu sich gerufen und sie wegen ihrer Neugier gescholten.

„Nicht gaffen, Wally, wir haben Arbeit", pflegte die Nonne in solchen Momenten zu sagen.

„Aber ich habe den Grafen noch *nie* richtig gesehen", hatte Valerie jedes Mal eingewandt. Mit der sonst so sanftmütigen und nachsichtigen Schwester war jedoch in dieser Beziehung nicht zu reden gewesen.

An jenem Frühsommertag im letzten Jahr hatte Valerie dann endlich Gelegenheit gehabt, sich eine Prachtkutsche aus der Nähe anzusehen. Sie hatte noch nie so schöne Pferde gesehen wie die vier edlen Schimmel, die vor die hochgebaute Kutsche gespannt gewesen waren und nervös mit den Hufen scharrten. Valerie hatte sich an dem vornehmen Gefährt gar nicht satt sehen können. Die Kutsche hatte einen frischen elfenbeinfarbenen Anstrich gehabt, der verschwenderisch mit echtem Blattgold abgesetzt war. Aus einem der Seitenfenster war Valerie in der milden Brise ein cremefarbener Vorhang entgegengeweht, und die Türen waren mit kunstvoll gemalten Wappen verziert gewesen. Valerie war neugierig näher getreten und hatte sich gefragt, wer wohl in einem so schönen Wagen reiste, als sie Stimmen gehört hatte. Leise hatte sie die Kutsche umrundet.

Auf der anderen Seite hatte ein Mädchen unter einem Baum gesessen, das etwa in Valeries Alter gewesen war und dieselbe Haarfarbe wie sie hatte. Aber das war auch die einzige Ähnlichkeit gewesen. Dieses Mädchen, ganz sicher eine junge Adlige, hatte das hübscheste Kleid getragen, das Valerie je gesehen hatte. Es war aus schimmernder hellblauer Seide, die so fein gewebt gewesen war, dass das Kleid wie ein in der Sonne funkelnder See gewirkt hatte. An der Taille war es mit einem hauchzarten weißen Tuch gebunden gewesen, und darunter hatte sich ein bauschiger Reifrock gebläht. Am Dekolletee, den Ärmeln und am Rocksaum war das Kleid mit feinster Spitze abgesetzt gewesen. In der Hand hatte das Mädchen einen ebenfalls mit Spitze besetzten Sonnenschirm aus demselben Material gehalten, um sich gegen die Frühlingssonne zu schützen.

Valerie hatte das Mädchen angestarrt, als sei es eine Erscheinung. Das musste eine leibhaftige Prinzessin sein. Sehnsüchtig hatte Valerie sich vorgestellt, wie sie selbst wohl in dem Kleid aussehen würde. Sicher bezaubernder als dieses etwas plumpe Geschöpf. Überhaupt war es Valerie so vorgekommen, als hätte eigentlich sie es sein müssen, die hier gelangweilt auf die Weiterfahrt ihrer Kutsche wartete. Valerie hatte zu träumen begonnen. Sie hatte sich vorgestellt, wie es wäre, die Kutsche zu besteigen und sich in die weichen Polster zu lehnen. Die feurigen Pferde würden sie sicher schnell zu ihrem Schloss bringen, wo ihr Vater auf einer großen Freitreppe bereits auf sie warten würde. Neben ihm würde ein schöner junger Mann in Uniform stehen, ganz sicher ein Prinz. Und ihr Vater, der gütige Herzog, würde ihr eröffnen, dass dieser Märchenprinz soeben um ihre Hand angehalten hätte.

Valerie hatte oft darüber nachgedacht, wer wohl ihre Eltern gewesen waren und warum man sie vor dem Kloster ausgesetzt hatte. Doch an diesem Tag hatte sie für einen Moment geglaubt, des Rätsels Lösung zu kennen: Mit Sicherheit war sie eigentlich auch eine Prinzessin, und nur ein böser Scherz des Schicksals konnte dafür verantwortlich sein, dass ihr all diese schönen Dinge vorenthalten wurden.

„Mademoiselle, warum starrt dieses schmutzige Mädchen mich an?“

Die piepsige Stimme der jungen Adligen hatte Valerie aus ihren Tagträumen gerissen. Unwillkürlich hatte sie sich umgedreht, um zu sehen, wen das feine Fräulein wohl meinen könnte. Doch da war auch schon eine hagere Dame in einem schwarzen Kleid auf sie zugekommen.

„Husch, husch, mach, dass du wegkommst“, hatte die Frau, offenbar eine Gouvernante, ihr zugerufen.

„Aber ich bin gar nicht schmutzig“, hatte Valerie ausrufen wollen, doch die Worte waren ihr im Halse stecken geblieben. Ein *schmutziges Mädchen,* das bin ich für sie, hatte sie verletzt gedacht. Valerie waren Tränen in die Augen geschossen, und sie war weggelaufen, so schnell sie konnte.

Erst zwei Wegbiegungen weiter hatte sie angehalten und sich die Tränen aus dem Gesicht gewischt. Sie wollte kein schmutziges Mädchen sein, sondern auch so schöne Kleider tragen und in einer feinen Kutsche fahren. In diesem Moment hatte Valerie einen Entschluss gefasst: Sie würde all das erreichen. Sie würde einen Prinzen finden, und dann würden all ihre Träume in Erfüllung gehen!

„Na, Wally, träumst du mit offenen Augen?"

Valerie fuhr erschrocken herum. Sie hatte tatsächlich alles um sich herum vergessen. Daher hatte sie auch das schwere Ochsenfuhrwerk nicht gehört, das sich ihr von hinten genähert hatte. Sie kniff die Augen zusammen und hielt sich die Hand über die Augen, um in der gleißenden Sonne erkennen zu können, wer auf dem Kutschbock saß.

„Ach, du bist es, Gunter", begrüßte sie nun den Bauernjungen.

Sie hatte den Retter ihres Ferkelchens schon seit einiger Zeit nicht mehr gesehen und staunte darüber, wie groß und kräftig er geworden war. Grinsend winkte er ihr vom Kutschbock aus zu.

„Soll ich dich mitnehmen?" wollte Gunter wissen. „Ich muss sowieso beim Kloster vorbei. Eure Mutter Oberin hat Sahne und Eier bestellt."

„Ja, der Bischof kommt. Deshalb musste ich auch zum Schlachter", erwiderte Valerie nickend.

„Dann hüpf mal rauf, bevor dein Fleisch in der Hitze noch schlecht wird", sagte Gunter und klopfte auf die grobe Holzbank neben sich.

Das ließ sich Valerie nicht zweimal sagen. Gunter reichte ihr seine Hand, und sie war erstaunt, wie stark er war, als er sie hochzog. Aus dem frechen Jungen war ein groß gewachsener, breitschultriger junger Mann geworden. Gunter ließ seine Peitsche durch die Luft sausen und schnalzte mit der Zunge. Langsam setzten die Ochsen sich in Bewegung.

„Du hast dich ja ganz schön rausgemacht", bemerkte Gunter nach einer Weile des Schweigens.

„Dann hältst du mich jetzt nicht mehr für eine mickerige Göre?" entgegnete Valerie lachend.

„Bestimmt nicht. Wie kommst du darauf?"

„So hast du mich mal genannt. Weißt du das gar nicht mehr?" fragte Valerie erstaunt.

„Kann mich nicht dran erinnern", erwiderte Gunter achselzuckend. „Selbst wenn, heute würde das bestimmt keiner mehr über dich sagen."

Er musterte sie bewundernd. Valerie tat das Kompliment gut. Sie lächelte.

„Das beruhigt mich. Du hast aber auch keinen Buckel bekommen, seit wir uns zuletzt gesehen haben."

Gunter lachte.

„Dein Vater wird sicher froh sein, einen so kräftigen Sohn auf dem Hof zu haben", fuhr Valerie fort.

Die Miene des jungen Bauern verdüsterte sich.

„Hält sich in Grenzen", stieß er hervor. „Der Hof gibt einfach nicht genug her für drei Jungs. Und da ich nicht vorhabe, der unbezahlte Knecht meines großen Bruders zu werden, gehe ich nächsten Monat weg."

Überrascht blickte Valerie Gunter an. „Wo willst du denn hin?"

„Ins Ruhrgebiet", erklärte Gunter. „Hab gehört, im Kohlebergbau kann man anständiges Geld verdienen."

Valerie nickte. Sie hatte zwar keine klare Vorstellung von der Kohleförderung, doch auch sie hatte gehört, dass neuerdings alle verrückt nach dem „schwarzen Gold“ waren. Die Eisenbahn, für die jetzt überall Schienen gelegt wurden, hatte enormen Bedarf, und die verschiedenen modernen Fabriken, die mit Dampfmaschinen arbeiteten, waren ebenso auf Kohle angewiesen.

„Und was hast du vor?“ wollte Gunter wissen. „Du bist inzwischen wohl alt genug, um in Stellung zu gehen.“

„Ich werde ganz bestimmt nicht irgendwo als Magd versauern“, brachte Valerie hervor.

„Willst du denn etwa Nonne werden?“ fragte Gunter ungläubig.

„Kann sich denn keiner vorstellen, dass es noch etwas anderes gibt?“ regte Valerie sich auf. Ihr gefiel der Gedanke nicht, dass alle Welt offenbar längst über ihre Zukunft entschieden hatte. „Vielleicht heirate ich ja“, setzte sie versonnen lächelnd hinzu.

„Dann drück ich dir die Daumen, dass dein Verehrer nicht auf die Mitgift spekuliert“, erwiderte Gunter schmunzelnd.

Valerie würdigte ihn keines Blickes. Eine Weile fuhren sie schweigend auf das Kloster zu.

„Sag mal, hast du schon irgendwo Erdbeeren gefunden?“ fragte Gunter schließlich.

„Wieso?“

„Dein Mund. Er ist so rot.“

Valerie griff unwillkürlich in ihre Schürzentasche. Erleichtert stellte sie fest, dass das Döschen mit der Lippenfarbe noch da war.

„Rote Lippen kann man nicht nur von Erdbeersaft bekommen“, gab sie geheimnisvoll lächelnd zurück.

„Also hat dein Verehrer dich geküsst?“ wollte Gunter neugierig wissen. „Wer ist es denn? Bernhard, der Sohn vom Schmied? Und, seid ihr verlobt?“

„Unsinn“, entgegnete Valerie. „Glaubst du, ich lasse mich mit so einem groben Klotz ein? Und küssen würde ich den schon gar nicht.“

„Du bist ja ganz schön eingebildet“, bemerkte Gunter, doch seine Stimme klang gutmütig. Bewundernd betrachtete er Valerie, während er mit dem Ochsenfuhrwerk auf das Kloster zuhielt.

„Wo wir gerade übers Küssen reden ... Jetzt weiß ich wieder, wann das war. Ich meine, als ich dich mickerig genannt habe“, sagte er plötzlich grinsend.

„Das wurde auch Zeit. Ich hab mir schon Sorgen gemacht, dass du vielleicht nicht ganz helle bist“, neckte Valerie ihn lächelnd.

Eigentlich hätte Gunter beleidigt sein müssen, er sah sie jedoch vielmehr begehrlich an. Einerseits war Valerie geschmeichelt, aber andererseits war sie nicht sicher, wie sie mit Gunter umgehen sollte. Wieder einer, der es offenbar auf sie abgesehen hatte. Was war nur heute mit den Männern los? Erst der Apotheker, und nun war offenbar auch dieses Exemplar entflammt. Jedenfalls deutete Valerie den Blick des jungen Mannes so, der sie ganz unverhohlen musterte, während er gedankenverloren seine trockenen Lippen mit der Zunge befeuchtete.

„Bei der Gelegenheit hast du mir übrigens einen Kuss versprochen“, erinnerte Gunter sie und rückte auf dem Kutschbock etwas näher.

„Ich hab damals gesagt, du bekommst nur einen Kuss, wenn du gut auf das Ferkelchen aufpasst. Außerdem *wolltest* du gar keinen Kuss von mir.“

„Ich hab meine Meinung eben geändert. Und dem Schwein geht es glänzend. Du kannst gerne zu uns kommen und dich überzeugen“, erwiderte Gunter und lächelte Valerie an.

„Du glaubst also, die Äbtissin erlaubt mir, zu euch auf den Hof zu kommen?“ sagte Valerie lachend. „Da kannst du lange warten.“

„Schade“, entgegnete Gunter. „Den Kuss hätte ich nämlich wirklich gern. Brrrr.“ Das Letzte sagte er nicht zu Valerie, sondern zog an den Zügeln des Gauls und das Fuhrwerk kam auf dem Arbeitshof des Klosters zum Stehen. „Na, was ist? Hältst du dein Versprechen?“ fragte er leise und grinste Valerie herausfordernd an.

Valerie musterte Gunter. Er war wirklich ein hübscher Kerl geworden. Warum nicht? dachte sie nur und lächelte zurück.

„Meine Versprechen halte ich immer. Also komm her, du Schweineretter“, sagte sie mit kokettem Augenaufschlag und zog Gunter zu sich.

Der hatte im Traum nicht damit gerechnet, dass Valerie ihn tatsächlich küssen würde. Völlig verdattert ließ er es zu, dass Valerie ihm einen dicken Schmatz auf den Mund drückte.

„Na, bist du nun zufrieden, Gunter?“ wollte Valerie schelmisch wissen.

Gunter nickte wortlos – für ihn war es, als hätten sich plötzlich alle Himmelspforten geöffnet, und er blickte Valerie an, als wäre ihm ein Engel erschienen.

„Valerie! Komm augenblicklich von diesem Karren herunter!“

Erschrocken wirbelte Valerie herum und sah die hoch gewachsene Äbtissin in vollem Ornat um die Ecke biegen. Die Mutter Oberin war außer sich.

„Auweia, das gibt Ärger“, murmelte Valerie.

3. KAPITEL

Die Äbtissin hatte Valerie kaum eines Blickes gewürdigt, sondern sie stehenden Fußes in die Kapelle geschickt, wo sie über ihre Sünden nachdenken sollte. Sie hatte noch hinzugesetzt, dass sie Valerie später mitteilen würde, was mit ihr geschehen würde.

Valerie hatte gar nicht erst versucht, sich zu verteidigen, sondern war mit gesenktem Blick der Aufforderung nachgekommen. Im Gehen hatte sie noch gehört, wie sich ein wahres Donnerwetter über Gunter entlud. Aber für den Moment war der junge Mann ihr egal. Er hatte diesen Kuss ja unbedingt gewollt, also sollte er sehen, wie er jetzt mit der Mutter Oberin fertig wurde.

Im Moment war Valerie mehr über ihr eigenes Schicksal besorgt. Sicher würde die Mutter Oberin sie hinauswerfen.

Was soll ich dann nur machen? grübelte Valerie. Bei Mannings kann ich jedenfalls nicht wieder ankommen.

Die Träume von einem Märchenprinzen waren für den Augenblick verflogen. Nun käme ihr ein Spatz in der Hand gerade recht. Erneut schalt sie sich, den Heiratsantrag des Apothekers so vorschnell abgelehnt zu haben. Bei ihm jedoch zu Kreuze zu kriechen – das verbat Valerie ihr Stolz. Doch welche anderen Möglichkeiten hatte sie? Ohne Empfehlungsschreiben der Äbtissin würde sie nirgendwo eine auch nur einigermaßen erträgliche Anstellung finden.

Valerie ging durch den Kreuzgang in die kleine Kapelle des Klosters und blieb am Weihwasserbecken stehen. Nachdem sie sich mechanisch mit Weihwasser bekreuzigt hatte, schritt sie mit gesenktem Kopf durch den Hauptgang. Vor einer kleinen Statue der Mutter Maria blieb sie stehen und bekreuzigte sich erneut, bevor sie in einer der schlichten Bänke niederkniete. Sie blickte zu der Statue auf.

„Jetzt könntest du mir wirklich mal einen Rat geben. Immerhin hast du geschafft, deinem Mann weiszumachen, dass das Jesuskind von Gott ist. Und Joseph hat dir geglaubt. Da sollte so etwas ja wohl eine Kleinigkeit für dich sein. Also, was soll ich machen?"

Die Mutter Maria schwieg und lächelte milde auf Valerie herab.

„Eines verspreche ich dir: Der nächste Mann, den ich küsse, ist mein Ehemann!"

Erschrocken sah Valerie auf, als sie mit einem Mal eine leise Stimme hörte. Doch nicht die Statue hatte zu ihr gesprochen – das Gemurmel kam von draußen. Valerie glaubte, die Stimme von Schwester Maria Dolorosa und die der Äbtissin zu vernehmen. Die beiden waren offenbar in eine hitzige Diskussion vertieft, während sie im Kreuzgang wandelten. Valerie stand leise auf, bekreuzigte sich und schlich auf Zehenspitzen näher zur Tür. Und tatsächlich konnte sie die Stimmen jetzt deutlich hören.

„Ich habe meine Entscheidung gefällt", hörte sie die Äbtissin resolut sagen.

„Ehrwürdige Mutter, bitte überdenkt Euren Entschluss noch einmal", bat Schwester Maria Dolorosa flehentlich. „Ihr könnt Valerie nicht dort arbeiten lassen. Graf Vollenberg genießt keinen guten Ruf."

„Was soll das heißen?“ wollte die Äbtissin mit schneidender Stimme wissen.

„Nun, mir ist zu Ohren gekommen, dass einige Dienstmägde sich beschwert haben, er hätte ihnen nachgestellt.“

„Unfug. Übles Gerede. Erstens ist der Graf weit über siebzig. Da wird ein wendiges Mädchen seinen Nachstellungen doch leicht entkommen können.“

„Aber …“, versuchte Maria Dolorosa einzuwenden.

„Kein *Aber!* Überhaupt dulde ich es nicht, dass über einen gottesfürchtigen Mann Gerüchte in die Welt gesetzt werden. Er ist ein frommer Kirchgänger und spendet großzügig für das Kloster. Wir sollten ein Hoch auf ihn ausbringen, statt ihn zu verleumden.“

„Ich würde kein schlechtes Wort über ihn sagen, wenn ich nicht genau wüsste …“

Wieder schnitt die Mutter Oberin der Nonne kurzerhand das Wort ab.

„Was weißt du genau?“ fragte sie streng.

„Also, es war, bevor Sie als Äbtissin hergekommen sind“, begann Maria Dolorosa mit gequälter Stimme. „Ich weiß mit Sicherheit, dass er einer Magd zu nahe getreten ist. Sie ist schwanger geworden, und als es offensichtlich wurde, hat man sie in Schande vom Schloss gejagt.“

„Papperlapapp, das kann ja jede behaupten. Wahrscheinlich ist das lose Weibsbild mit dem Knecht ins Heu gegangen. Und als ihre Sünde offenbar wurde, hat sie sich diese Geschichte ausgedacht.“

„Ich schwöre bei der heiligen Jungfrau Maria, es ist wahr.“

Einen Augenblick lang herrschte Schweigen. Wieder war

die Stimme der Äbtissin zu hören. Diesmal klang sie ruhiger.

„Maria Dolorosa, ich kenne zwar die Aufzeichnungen meiner Vorgängerin, aber sag mir doch noch einmal ... Wann bist du zu uns gekommen?"

Die Stimme der Nonne klang betreten, als sie antwortete. „Vor noch nicht ganz vierzehn Jahren. Ich war zunächst Laienschwester. Dann hat mich die ehrwürdige Mutter Maria Benediktina, der Herr hab sie selig, in den Orden aufgenommen."

„Verstehe", entgegnete die Mutter Oberin, und abermals herrschte für einen Moment Stille.

„Wenn ich auf dich höre", fuhr die Äbtissin schließlich fort, und ihre Stimme klang sehr nachdenklich. „Wenn ich Wally *nicht* in den Dienst des Grafen gebe, was soll dann deiner Meinung nach mit ihr passieren? Bleiben kann sie auf keinen Fall. Nicht nach dem, was heute geschehen ist."

„Wäre es aber nicht möglich, dass sie mit mir kommt, nach Afrika?"

„In die Mission?" fragte die Mutter Oberin überrascht. „Aber dazu müsste Wally erst das Gelübde ablegen."

Die beiden Nonnen kamen am Eingang der Kapelle vorbei, und Valerie, die fast bis zur Tür geschlichen war, drückte sich rasch in eine Ecke, um nicht entdeckt zu werden. Nachdem beide Ordensfrauen weitergegangen und die Stimmen verklungen waren, ließ sie sich frustriert in eine der Kirchenbänke fallen.

Das blüht mir also, dachte sie verzweifelt. Entweder Küchenmagd auf dem Schloss oder ich muss nach Afrika. Was soll ich denn nur tun?

Keine der Möglichkeiten gefiel Valerie auch nur im Geringsten. Sie hatte zwar zuvor nicht gehört, dass Graf Vollenberg seinen Mägden auf unsittliche Art nachstellte, aber der alte Graf war berüchtigt für knappen Lohn und harte Arbeit. Selbst der Gedanke, auf einem Schloss zu wohnen, reizte Valerie nicht, denn sie wusste, dass die Dienstboten in jämmerlichen Quartieren untergebracht waren. Und in dem weitläufigen Schloss bekam das Küchenpersonal die feinen Herrschaften nie zu Gesicht. Daher würde sie dort nie ihren Prinzen treffen, selbst wenn er nur wenige Meter weiter im Salon sitzen sollte.

„Nein, aufs Schloss gehe ich auf keinen Fall", murmelte Valerie entschlossen.

Doch die Alternative gefiel ihr auch nicht. Seit einigen Wochen wusste Valerie, dass Schwester Maria Dolorosa noch vor Weihnachten das Kloster verlassen würde. Die heilkundige Nonne war abberufen worden, um in einem Urwaldlazarett mitten im finstersten Afrika zu arbeiten.

Valerie liebte Maria Dolorosa von Herzen, und sie war sehr traurig gewesen, als die gütige Nonne ihr davon erzählt hatte. Aber Afrika reizte Valerie keine Sekunde lang. Sie hatte von kriegerischen Stämmen und wilden Tieren gehört, von unerträglicher Hitze und von furchtbarem Tropenfieber. Ein entbehrungsreiches Leben mitten im Nirgendwo war ganz und gar nicht das, was Valerie sich von ihrer Zukunft erträumte. Und selbst wenn sie vielleicht bereit war, Afrika als Abenteuer zu sehen, so würde sie auf keinen Fall selbst

Nonne werden. Und das war offensichtlich die Voraussetzung, wenn sie Schwester Maria Dolorosa begleiten wollte.

„Pest oder Cholera, was für eine Wahl“, flüsterte Valerie frustriert. „Da gibt es nur eines: Ich haue ab!“

Valerie überlegte nicht lange. Als sie sicher war, dass die Äbtissin und Maria Dolorosa nicht mehr in der Nähe waren, schlüpfte sie leise aus der Kapelle und schlich sich in den Schlafsaal. Heute Abend, wenn das Kloster verschlossen war, würde sie keine Gelegenheit mehr haben, ihren Plan in die Tat umzusetzen. Sie musste sofort handeln. Eilig schnürte sie ihr Bündel.

Schon wollte sie den Schlafsaal verlassen, als sie noch einmal innehielt. In der Nähe der Tür sank sie auf Schwester Maria Dolorosas schmale Pritsche und kramte ein Stück Papier und einen Kohlestift aus ihrem Bündel.

„Liebe, liebe Dolo“, schrieb sie. „Ich weiß, du willst immer auf mich aufpassen, doch diesmal kann ich nicht mit dir kommen. Du weißt, dass ich nicht zur Nonne berufen bin. Aber ich werde auch so gut auf mich Acht geben. Und pass du bitte auf dich auf in Afrika. Ich hab dich lieb, Wally.“

Schnell legte Valerie den Zettel unter die Decke und strich sie sorgfältig glatt. Danach stand sie hastig auf und verließ das Kloster, ohne dass jemand sie entdeckte. Tränen liefen ihr über das Gesicht. Bei dem Gedanken, dass sie Maria Dolorosa wahrscheinlich nie wiedersehen würde, schnürte sich ihr die Kehle zu. Sie hatte keine Ahnung, wohin sie nun gehen sollte – und trotzdem wandte Valerie sich nicht einmal mehr um.

Nachdem sie das Kloster hinter sich gelassen hatte, suchte sie sich einen kleinen Trampelpfad abseits des Weges, der zum Dorf führte. Sie wusste, dass man sie bald vermissen würde, und wollte nicht riskieren, von irgendwem gesehen zu werden. Gerade, als sie nach einem strammen Marsch an der Kreuzung, die den Weg zum Dorf und die Straße nach Hildesheim teilte, auf den breiten Weg treten wollte, hörte sie das Geräusch eines herankommenden Wagens. Schnell versteckte Valerie sich wieder im Gebüsch.

Einen Moment später sah sie, wie Gunters Ochsenfuhrwerk um die Ecke bog. Erleichtert atmete Valerie auf und trat auf die Straße.

„Gunter!“ rief sie und winkte ihm zu.

„Ho!“ rief Gunter, zog die Zügel seiner Ochsen straff und hielt das Fuhrwerk an. „Valerie! Wo kommst du denn her? Ich dachte, eure Mutter Oberin versohlt dir gerade den Hosenboden.“

„Das wollte ich nicht abwarten“, gab Valerie zurück.

„Ich weiß, wieso“, erwiderte Gunter nickend. „Die ehrwürdige Mutter hat mich zusammengestaucht wie einen kleinen Bengel. Und mit meinem Alten will sie auch reden.“

„Was kann der dir anhaben?“ fragte Valerie achselzuckend. „Ich denke, du gehst sowieso weg.“

„Aber bis dahin wird er es sich nicht nehmen lassen, mir Benimm einzuprügeln“, entgegnete Gunter mit düsterer Miene. „Egal. Wo willst du denn eigentlich hin?“ erkundigte er sich.

„Keine Ahnung. Nur weg“, gab Valerie zurück.

„Dann steig auf.“

„Danke, nein. Ich will die Straße nach Hildesheim nehmen, und du fährst bestimmt zu euch auf den Hof“, sagte Valerie und schüttelte den Kopf, als Gunter ihr die Hand entgegenstrecken wollte.

„Sei nicht blöd“, erwiderte er. „Es wird bald dunkel. Heute kommst du nirgendwo mehr hin. Vielleicht schläfst du ja gern im Straßengraben. Ich würde an deiner Stelle ein Plätzchen auf unserem Heuschober vorziehen. Also, was nun?“

Valerie musste nicht lange überlegen. Gunter hatte Recht. Auf diese Weise blieb ihr eine Nacht, um sich zu überlegen, wohin sie überhaupt gehen sollte. Und so stieg Valerie zum zweiten Mal an diesem Tag zu Gunter auf den Kutschbock.

„Ganz schönes Theater wegen einem einzigen Kuss“, bemerkte Gunter und grinste schief. „Wenn du mich fragst, das war es wert.“

Er sah Valerie strahlend an, und als sie nur mit den Achseln zuckte, legte er den Arm um ihre Schultern. Valerie ließ es geschehen. Gunter hatte ihr schließlich einen Gefallen getan, und sie wollte nicht kleinlich sein.

„Das soll mein Ferkelchen sein?“ fragte Valerie und starrte entsetzt den dicken borstigen Eber an, der in seinem Stall stand und das Maul gierig in einen Trog mit Eicheln steckte. Gunter, der nebenan die Säue gefüttert hatte, kam zu Valerie zurück und stellte sich dicht neben sie. Valerie wich unmerklich zurück. Schon auf dem Kutschbock war Gunter ihr näher gekommen, als es ihr lieb gewesen war.

„Er ist es aber. Guck doch, das schwarze Ohr", flüsterte Gunter, der erneut an sie herangerückt war und nun versuchte, Valerie auf den Hals zu küssen.

„Lass das, ich bin kitzelig", schalt Valerie und schob ihn von sich. „Und außerdem bin ich müde."

„Bitte, da oben ist dein Reich. Mach es dir gemütlich. Wenn der Alte nichts merkt, bringe ich dir nachher noch etwas zu essen."

Valerie stellte erleichtert fest, dass Gunter die Abfuhr nicht besonders zu stören schien. Gut, dachte sie, ich will ihn schließlich nicht verärgern.

„Danke", sagte sie und stieg die Leiter zum Heuboden hoch. Als sie oben war, warf Gunter ihr das Bündel zu, das sie geschickt auffing.

Das duftende Heu sah einladend aus, und Valerie nahm die Heugabel, um sich ihr Lager etwas aufzuschütteln. Nachdem sie sie wieder weggelegt hatte, breitete sie ihr Schultertuch aus, um sich daraufzulegen. Die Nacht würde warm werden, also würde sie sich nicht zudecken müssen. Erleichtert streckte Valerie sich auf dem weichen Heu aus und seufzte wohlig.

Was für ein Tag, dachte sie schläfrig. Heiratsantrag, Kuss und dann noch beinahe in Afrika gelandet … Ich habe wirklich genug für heute.

Noch während sie das dachte, fielen ihr die Augen zu.

Es war dunkel. Valerie erwachte, weil sie etwas an ihrem Bein spürte.

Eine Ratte! schoss es ihr durch den Kopf, und sie wollte

schon schreien, als sich plötzlich eine Hand auf ihren Mund legte.

„Pst, nicht schreien, ich bin es“, hörte sie Gunters Stimme. Langsam nahm er die Hand wieder von ihrem Mund.

„Bist du wahnsinnig, mich so zu erschrecken?“ fauchte Valerie ihn an. Sie hasste es, abrupt geweckt zu werden, und starrte ihn wütend an.

„Ich hab doch gesagt, ich bringe dir etwas zu essen“, erwiderte Gunter und deutete auf eine dicke Brotscheibe mit Käse und einen Becher Milch.

Valerie griff hungrig zu. Mit vollem Mund wies sie Gunter, der sich nun neben ihr ausstreckte, weiter zurecht.

„Danke, aber das ist noch lange kein Grund, mir ans Bein zu packen.“

„Aber du hast schöne Beine“, bemerkte Gunter grinsend und versuchte, Valeries Rock ein Stück hochzuschieben. Valerie, die gerade einen Schluck Milch nehmen wollte, bekleckerte sich vor Schreck.

„Lass das!“

„Also gut“, murmelte Gunter, „aber hier muss ich dir wohl etwas zu Hilfe kommen ...“

Er wischte ihr mit dem Finger einen Tropfen Milch vom Kinn. Valerie wollte sich schon wieder etwas entspannen, als Gunter sich plötzlich über sie beugte und begann, ihr die Milch von Hals und Dekolletee zu lecken.

„Bist du verrückt geworden?“ rief Valerie entsetzt und wollte ihn von sich stoßen. Doch der kräftige Mann ließ sich nicht stören.

„Jetzt stell dich nicht so an“, brummte er, während er

mit einer Hand ihr lose geschnürtes Mieder lockerte und nach ihren Brüsten griff.

„Lass mich sofort los!“ schrie Valerie. „Ich schreie um Hilfe!“ drohte sie.

„Mach nur, es hört dich ja doch niemand“, entgegnete Gunter, und sie spürte seinen schnellen heißen Atem auf ihrer Haut. „Sie sind alle bei der Ernte. Heute ist das Feld bei der alten Mühle dran, und der Weg nach Hause lohnt sich nicht. Also schlafen alle dort, und wir sind ganz allein. Das müssen wir ausnutzen.“

Valerie bemühte sich mit aller Kraft, sich freizustrampeln und ihn mit den Händen abzuwehren, aber Gunter hielt ihr einfach die Arme fest und wälzte sich auf sie.

„Hör auf! Ich will das nicht!“ schrie Valerie, doch Gunter lachte nur.

„Erzähl mir nichts. Erst machst du mich heiß und küsst mich, und jetzt willst du dich zieren? Du bist ein ganz ausgekochtes Früchtchen, und ich wette, gleich willst du es genauso wie ich“, keuchte Gunter, während er versuchte, sein Knie zwischen ihre Beine zu schieben. Aber Valerie hielt ihre Beine geschlossen – sie wusste, sie hatte keine Chance gegen Gunter, doch kampflos wollte sie sich nicht geschlagen geben.

Und tatsächlich. Gunter musste einen ihrer Arme loslassen, um mit der Hand ihre Beine auseinander drücken zu können. Blitzschnell nutzte Valerie die Gelegenheit und schlug ihm mit der freien Hand ins Gesicht. Dabei vergrub sie ihre Fingernägel, so fest sie konnte, in seiner Haut und kratzte ihn.

„Aua, du kleine Wildkatze“, knurrte Gunter und griff erneut nach ihrer Hand. Ihre Gegenwehr schien ihn nur noch mehr zu erregen. „Strampele ruhig“, lachte er, „ich nehme mir, was ich will.“

Mit vollem Gewicht ließ er sich auf ihren Oberkörper fallen. Valerie wollte vor Schmerz schreien, bekam jedoch keinen Ton heraus, denn unter dem Gewicht des Mannes wich ihr die Luft aus dem Brustkorb. Gunter richtete sich auf und grinste sie an.

„Ich wusste, dass du dich nicht lange zieren wirst“, murmelte er und riss mit beiden Händen ihre Beine auseinander. Mit letzter Kraft wich Valerie zurück, aber Gunter, der noch immer ihre Beine gepackt hatte, zog sie einfach wieder zu sich. Er beugte sich über sie, während er mit einer Hand hastig versuchte, seine Hose aufzuschnüren. Valerie tastete verzweifelt im Heu nach irgendetwas, womit sie Gunter vielleicht abwehren könnte. Plötzlich fühlte sie einen Holzstab in ihrer Hand.

Die Heugabel, dachte sie und griff fest zu. Sie hatte den Stiel etwa in der Mitte gepackt, riss die Heugabel hoch und stach zu. Zwar traf sie Gunter nicht mit den Zinken, aber der Holzstiel knallte mit einiger Wucht auf seinen Hinterkopf. Gunter stieß einen Schmerzenslaut aus und machte unwillkürlich einen Satz zurück. Auf diese Gelegenheit hatte Valerie gewartet. Sie rappelte sich blitzschnell auf und packte die Heugabel mit beiden Händen. Nun hatte sie eine gefährliche Stichwaffe, mit der sie auf Gunter losging.

„Fass mich nie wieder an, du mieses Schwein“, zischte sie und stach nach ihm.

Gunter wich zurück, wobei er sich, ohne es zu merken, dem ungesicherten Rand des Heubodens näherte.

„Jetzt leg das Ding weg, du dämliche Kuh, ich geh ja schon", knurrte er.

Doch Valerie dachte nicht daran. Sie wollte ihm keinen Vorteil mehr einräumen.

„Hau endlich ab!" brüllte sie und stach erneut zu.

Als Gunter einen Schritt zurück machte, um der Heugabel auszuweichen, verlor er das Gleichgewicht. Mit einem Entsetzensschrei fiel er rücklings vom Heuboden. Valerie erstarrte, als sie den dumpfen Aufprall und das aufgescheuchte Quieken der Schweine hörte.

Wie in Trance ließ sie die Heugabel fallen und tastete sich zitternd an den Rand des Heubodens. Mehrere Meter unter ihr lag Gunter mit verdrehten Gliedmaßen auf dem Boden und rührte sich nicht mehr.

„Oh mein Gott – ich habe ihn umgebracht!" flüsterte Valerie tonlos.

4. KAPITEL

Mit letzter Kraft kletterte Valerie auf den verlassenen Hochsitz, den sie am Rande einer Waldlichtung entdeckt hatte. Erleichtert bemerkte sie, dass ein Jäger dort eine alte graue Wolldecke zurückgelassen hatte. Wie ein Häufchen Elend kuschelte Valerie sich in den muffig riechenden Stoff und rollte sich auf den groben Holzplanken zusammen.

„Oh, bitte, ich möchte nur noch schlafen“, murmelte sie, doch schon wieder musste sie sich vor Schmerzen krümmen, und Übelkeit stieg in ihr auf.

Valerie war nun die zweite Nacht auf der Flucht. Sie hatte Gunters leblosen Körper auf dem Scheunenboden liegen lassen, ohne ihm noch einmal nahe zu kommen. Viel zu entsetzt war sie über das gewesen, was im Schweinestall passiert war.

„Ich wollte mich nur verteidigen“, murmelte sie immer wieder, während sie im Schutz der Dunkelheit panisch davonlief. „Und jetzt habe ich ein Menschenleben auf dem Gewissen.“

Sie hatte keine Ahnung, was nun aus ihr werden sollte, und in ihrer Angst versuchte Valerie zunächst, einfach so weit wie möglich von dem grausigen Ort fortzukommen. Instinktiv wusste sie, dass niemand sie sehen durfte, und so mied sie Straßen und Wege, wo ihr jemand hätte begegnen können. Im Schutze der Dunkelheit lief sie tiefer und tiefer in den Wald hinein. Schließlich sackte sie vollkommen entkräftet unter einer alten Tanne auf das weiche duftende Nadelpolster und schlief sofort ein. Doch das grausige Bild des leblosen Gunters verfolgte sie auch in ihre Träume. Immer wieder schreckte sie aus dem Schlaf hoch und lauschte ängstlich den fremdartigen gespenstischen Geräuschen des nächtlichen Waldes. Erst gegen Morgen sank sie endlich in einen traumlosen bleiernen Schlaf.

Als Valerie erwachte, stand die Sonne bereits hoch am Himmel. Sie brauchte einen Moment, um sich zurechtzufinden, und noch bevor die Erinnerung an den letzten Abend zurückkehrte, erinnerte ihr knurrender Magen sie daran, dass sie seit mehr als vierundzwanzig Stunden nichts gegessen hatte. Valerie hoffte, Beeren oder essbare Wurzeln zu finden, aber sie war in einem dunklen Nadelwald, auf dessen schattigem Boden kaum etwas wuchs.

Ich brauche etwas zu beißen, dachte sie, während sie ziellos weiterlief. Sonst komme ich nicht weit.

Nach einer Weile gelangte Valerie an den Rand des Waldes, und erst jetzt erkannte sie, wo sie sich befand – in der Nacht hatte sie das Dorf umlaufen und war dabei, ohne es zu wissen, in etwa der Straße Richtung Hildesheim gefolgt.

Wenn ich an der Straße entlanggehe, könnte ich es bis heute Abend noch in die Stadt schaffen, überlegte sie. Doch sie wusste, dass die Bauern der Gegend diesen Weg nutzten, um ihre Waren in die Stadt zu bringen. Früher oder später würde sie auf jemanden treffen, der sie kannte, und das *durfte* sie nicht riskieren. Also schlug sich Valerie abseits der Straße durch das dichte Unterholz weiter. Nur quälend langsam kam sie voran, und ihr Hunger wurde immer schlimmer.

Einige Zeit später kam sie in die Nähe eines Gehöfts. Schon aus einiger Entfernung hörte sie die Stimmen einiger Landarbeiter, die auf einem Weizenfeld die Ernte einbrachten. Zwischen dem Feld und dem Gehöft lag ein alter Obstgarten. Valerie lief schon das Wasser im Munde zusammen, als sie an die saftigen Äpfel dachte, die an den Bäumen hängen mussten.

Komme ich irgendwie in den Garten, ohne dass die Knechte mich sehen? überlegte Valerie und blieb unsicher stehen. Ich *muss* es riskieren, entschied sie schließlich.

Vorsichtig umschlich sie das Feld und suchte nach einer Stelle, die man von dort aus nicht einsehen konnte. Weiter hinten, in der Nähe des Bauernhauses, standen die Bäume besonders dicht.

Dort muss ich es probieren.

Valerie lief gebückt zu der Stelle und hüpfte über die kleine Steinmauer, die den Apfelgarten umgrenzte. Sie hoffte, Fallobst zu finden, aber die Äpfel waren noch nicht reif, und so blieb ihr nichts anderes übrig, als näher an das Haus heranzuschleichen, wo ein Baum stand, dessen untere Äste sie vom Boden aus erreichen konnte. Vorsichtig pflückte sie einige leuchtend grüne Äpfel vom Baum.

Plötzlich schlug der Hofhund an. Erschrocken wickelte Valerie die Äpfel in ihre Schürze und rannte, so schnell sie konnte, davon.

Erst als sie wieder tief im Schutz des Waldes verborgen war, wagte Valerie es anzuhalten. Atemlos lehnte sie sich an einen Baum und horchte, ob jemand sie verfolgte. Nichts. Erleichtert entspannte sie sich ein wenig und ließ sich erschöpft im Schatten des Baumes nieder. Hungrig holte sie die unreifen Äpfel aus der Tasche und verschlang sie auf der Stelle. Danach fühlte sie sich etwas besser und überlegte zum ersten Mal, was sie nun tun sollte.

Ich muss schnell weg von hier, weit weg – selbst in Hildesheim könnte ich noch auf Leute treffen, die mich kennen, grübelte sie.

Plötzlich schoss ihr ein tröstlicher Gedanke durch den Kopf. Es wusste ja niemand, dass Gunter sie auf den Hof seiner Familie mitgenommen hatte. Wenn seine Brüder von der Ernte zurückkommen und ihn finden würden, mussten sie doch denken, dass es ein Unfall gewesen war. Unendlich erlöst lehnte Valerie sich zurück. Sie hatte sich ganz umsonst verrückt gemacht. Mit einem glücklichen Lächeln stellte sie sich vor, was sie gleich auf dem Markt kaufen könnte.

Ob ich wohl genug Geld für Brot und Käse habe? überlegte Valerie.

Zwar hatte sie von den Nonnen niemals Geld bekommen, aber ab und an hatte der Apotheker Mannings ihr ein paar Kreuzer Trinkgeld gegeben, wenn er die Kräuter aus dem Klostergarten bezahlt hatte. Valerie hatte diesen kleinen Schatz eisern gespart, und jetzt würde er ihr zugute kommen. Sie wollte gerade in ihrem Bündel nachsehen, da erstarrte sie.

Valerie hatte ihr Bündel oben auf dem Heuboden liegen lassen!

Oh nein! Sie hatte den Beweis zurückgelassen, dass sie für Gunters Tod verantwortlich war! Valerie schluckte.

Tränen schossen ihr in die Augen, und ihr Magen krampfte sich zusammen.

Valerie war den ganzen Tag lang im Schutze des Unterholzes weitergelaufen, aber ihre Kräfte schwanden von Stunde zu Stunde. Inzwischen war ihr speiübel. Zuerst hatte sie noch geglaubt, Angst und Verzweiflung seien ihr auf den Magen geschlagen, doch allmählich dämmerte ihr, dass sie von den unreifen grünen Äpfeln eine schlimme Kolik hatte.

Das fehlt mir noch, dachte sie verzweifelt, während sie sich weiterschleppte.

Nur quälend langsam kam sie voran.

Kurze Zeit später beobachtete sie aus dem Gebüsch heraus, wie zwei berittene Polizisten auf der Landstraße patrouillierten.

Die suchen mich, dachte sie voller Angst und schlug sich noch tiefer ins Dickicht des Waldes hinein.

Sie hatte vor, auch Hildesheim im Schutz der Wälder zu umlaufen, aber als es zu dämmern begann, war sie der Stadt noch immer nicht viel näher gekommen. Wieder und wieder musste sie rasten. Inzwischen quälten sie rasende Bauchkrämpfe und jedes Mal, wenn sie sich übergeben musste, verlor ihr Körper wertvolle Flüssigkeit, was sie zusätzlich schwächte. Als es dunkel wurde, hatte Valerie endgültig keine Kraft mehr. Am liebsten wäre sie gestorben. Doch mit einem Mal entdeckte sie in der Ferne einen Hochsitz und schleppte sich mit letzter Kraft darauf zu.

Als Valerie am nächsten Morgen zu sich kam, spürte sie brennenden Hunger.

Heute muss ich etwas Vernünftiges essen, sonst ist es aus mit mir. Dann kann ich mich gleich stellen. Die Todesstrafe ist immer noch besser, als langsam und qualvoll im Wald zu verhungern.

Derart düstere Gedanken plagten Valerie, als sie die kleine Holzleiter des Hochsitzes herabkletterte und den Stand der Sonne prüfte. Es ging schon auf Mittag zu, und Valerie überlegte fieberhaft, woher sie Nahrung bekommen konnte. Am Rand des kleinen Waldpfades, den sie genommen hatte, wuchsen wilde Himbeeren. Valerie wurde magisch von den roten Früchten angezogen, aber da sie noch immer die Kolik spürte, wagte sie nicht, von den leckeren Beeren zu essen.

Brot, dachte sie sehnsüchtig, was gäbe ich nicht für einen Kanten Brot …

Valerie lief weiter, und nach einer Weile hatte sie das Gefühl, es läge der Geruch von frischem Braten in der Luft.

Das bildest du dir ein, rief sie sich zur Räson.

Valerie heftete den Blick auf den Boden und ging gedankenverloren weiter. Doch plötzlich blieb sie wie angewurzelt stehen. Sie glaubte, Stimmen gehört zu haben!

Reiß dich zusammen, schalt sie sich im Stillen. Hier ist niemand. Du bist mitten im Wald.

Doch noch während sie dies dachte, endete der kleine Trampelpfad plötzlich, und vor ihr erstreckte sich eine Lichtung. Valerie hatte gar nicht gemerkt, wie nah sie der Straße gewesen war, und nun war sie von hinten an eine Poststation mit Gasthof herangetreten. Vorsichtig wich sie ein paar Schritte zurück in den Schutz der Bäume.

Im Garten des Gasthofs hatte es sich eine Reisegesellschaft gemütlich gemacht. Im Schatten einer alten Linde saß eine ältere Dame mit ihren zwei jugendlichen Begleiterinnen an schlichten Holztischen, auf denen die Wirtsleute einen deftigen Imbiss aufgetragen hatten.

Hungrig starrte Valerie auf die Köstlichkeiten. Dampfender Braten, Schinken, frisches, duftendes Brot und Käse standen auf dem Tisch.

„Stopf dich nicht so voll, Constanze, sonst passt du bald nicht mehr in deine Kleider“, tadelte die ältere Dame eine ihrer Begleiterinnen, ein hübsches, aber etwas dralles rothaariges Mädchen von etwa sechzehn Jahren.

„Besser rund und gesund als gertenschlank und ständig krank“, gab die Rothaarige zurück. Dabei blickte sie das andere Mädchen an, ein blasses, hellblondes Geschöpf. „Der Hofrat sagt immer, an mir ist wenigstens etwas dran“, fügte sie mit Stolz in der Stimme hinzu und streckte ihre üppigen Brüste vor.

Die Blondine hüstelte. „Was kann ich denn für meine zarte Gesundheit?“ bemerkte sie beleidigt.

„Nichts, Louise“, stimmte die alte Dame ihr zu. „Aber du solltest wirklich etwas zu dir nehmen, Liebes.“

„Ich habe keinen Hunger“, sagte das Mädchen und starrte angewidert auf die Delikatessen vor ihr.

„Ein wenig Bewegung an der frischen Luft wird dir Appetit machen“, erwiderte die Dame. „Kommt, wir gehen einmal um den Weiher dort.“

Die Dame erhob sich und spannte ihren Sonnenschirm auf. Das blonde Mädchen tat es ihr nach. Constanze, die Rothaarige, schnappte sich noch schnell ein Stück Schinken und folgte den anderen. Gemeinsam spazierten die drei Frauen zu einem kleinen Ententeich, dessen Wasser in der Sonne glitzerte.

Das ist meine Chance, dachte Valerie.

Sie hatte den Anblick der leckeren Brotzeit kaum ausgehalten, so sehr war ihr das Wasser im Munde zusammengelaufen. Sie wusste, dass sie nur wenig Zeit hatte, und so nahm sie all ihren Mut zusammen und huschte über die Wiese an den gedeckten Holztisch. Immer wieder blickte sie ängstlich zu den drei Frauen, doch die flanierten am Ufer des Teichs und hatten sie nicht bemerkt.

Valerie wollte sich eigentlich nur einen Laib Brot und etwas Käse nehmen und damit wieder in den Wald laufen. Aber der Duft des Bratens war einfach zu köstlich. Mit zitternden Fingern griff sie nach einem großen Messer und wollte sich gerade eine dicke Scheibe abschneiden, als ein riesiger Hund bellend auf sie zurannte und mit gefletschten Zähnen vor ihr stehen blieb.

Vor Schreck blieb Valerie das Herz fast stehen. Der Braten glitt ihr aus der Hand. Der struppige riesige Wachhund schien einen Moment lang zwischen Fleisch und Pflicht abzuwägen – dann siegte der Hunger. Gierig stürzte er sich auf den saftigen Braten.

„Braves Hundchen“, flüsterte Valerie und versuchte, sich ihre Furcht nicht anmerken zu lassen.

Ohne den Hund, der sich über das Fleisch hermachte, aus den Augen zu lassen, griff sie mit der Hand hinter sich und tastete nach dem Brot. Als sie den Laib in ihrer Hand spürte, griff sie zu und rannte, so schnell sie nur konnte, auf den Wald zu.

Erst als sie fast bei den rettenden Bäumen angekommen war, wagte Valerie, sich im Laufen kurz umzusehen. Der

Hund war noch immer vollauf mit seiner unerwarteten Mahlzeit beschäftigt. Erleichtert atmete Valerie auf und verlangsamte ihre Schritte.

„Junges Fräulein, Sie haben Ihre Zeche noch nicht gezahlt!“ ertönte plötzlich eine dunkle Männerstimme.

Valerie spürte eine Hand auf ihrer Schulter. Wie versteinert blieb sie stehen und starrte den bierbäuchigen Wirt der Poststation an, der sich ihr unbemerkt genähert und ihr den Rückweg abgeschnitten hatte.

„Der verfressene Köter ist zu nichts mehr zu gebrauchen, aber ich bin noch ziemlich auf Zack“, bemerkte der Mann grinsend. Doch sein Lächeln verschwand, so schnell wie es gekommen war, und er blickte Valerie streng an. „Und für Diebe habe ich gar nichts übrig, auch wenn sie so hübsch sind wie du.“

„Ich kann das erklären“, begann Valerie stotternd und suchte fieberhaft nach einer Ausrede. „Ich ... also, ich bin auf der Reise zu meiner Tante in Hildesheim“, sprudelte es aus ihr heraus, und sie wunderte sich über sich selbst. „Letzte Nacht bin ich ausgeraubt worden. Und ich hatte solchen Hunger.“

Sie sah den Mann flehentlich an, aber sie konnte nicht erkennen, ob er ihr glaubte.

„Und da hast du dir gedacht, es ist am einfachsten, wenn du es den Dieben gleichtust und einen rechtschaffenen Mann um sein sauer verdientes Geld bringst?“ wollte er wissen.

„Es tut mir Leid“, stammelte Valerie und hielt ihm das Brot hin. „Ich habe gar nicht daran gedacht, dass ich einen Schaden anrichte.“

Der Wirt nahm ihr das Brot aus der Hand, doch den Griff seiner anderen Hand lockerte er nicht.

„Deine Geschichte kannst du gleich der Polizei erklären“, knurrte er unwirsch und wollte Valerie zur Poststation ziehen.

„Nicht die Polizei!“ schrie Valerie verzweifelt. Sie wusste, dass dann alles herauskommen und sie am Galgen enden würde.

„Ich sage doch, die Kleine hat Dreck am Stecken“, erklang plötzlich die Stimme der rothaarigen Constanze.

„Das glaube ich auch“, murmelte die ältere Dame und nickte.

Die drei Frauen hatten die Auseinandersetzung interessiert mitverfolgt. Valerie sah hektisch in ihre Richtung und überlegte, ob von den Reisenden wohl Hilfe zu erwarten war. Die Dame musterte Valerie von oben bis unten, und ein kleines Lächeln umspielte ihre schmalen Lippen. Leutselig wandte sie sich an den Wirt.

„Guter Mann“, sagte sie, „das junge Mädchen scheint mir doch rechtschaffen und brav auszusehen. Sicher ist sie unverschuldet in Not geraten.“

„Glauben Sie der bloß kein Wort“, entgegnete der Mann. „Was für ein loses Ding das ist, sieht man doch sofort. Wahrscheinlich hat sie heute noch keinen Freier gefunden, den sie ausnehmen kann, und dachte, dann kann sie sich einfach hier bedienen.“

Constanze stieß das andere Mädchen an und kicherte.

„Unsinn“, widersprach die ältere Dame resolut. Sie wandte sich an Valerie. „Ich höre, du bist überfallen worden?“

Valerie nickte. Ihr schlug das Herz bis zum Hals.

„Und du hast eine Tante in Hildesheim?“ wollte die Dame nun wissen.

Wieder konnte Valerie nur stumm nicken.

„Dann ist die Sache doch ganz einfach“, sagte die Dame lächelnd und drehte sich zum Wirt der Poststation um. „Da ich ohnehin schon für die Jause bezahlt habe, ist Ihnen ja kein Schaden entstanden.“

Der Wirt sah wenig erfreut aus, aber er konnte den Sachverhalt schlecht leugnen. Also brummelte er etwas Unverständliches, ließ Valerie los und verschränkte die Arme vor der Brust, wobei er das Brot noch immer umklammert hielt.

„Da wir uns offenbar einig sind, sehe ich keinen Grund, die Gendarmerie zu bemühen“, fuhr die Dame fort. „Auf unserer Reise nach Köln kommen wir durch Hildesheim. Dort werde ich das Mädchen bei seiner Tante abliefern.“

Damit war der Fall für sie erledigt. „Es wird Zeit, dass wir aufbrechen“, erklärte sie und nickte Valerie zu. „Kommt“, forderte sie die Mädchen auf und deutete mit ihrem Sonnenschirm Richtung Gartentor. Bevor sie sich selbst in Bewegung setzte, wandte sie sich noch einmal an den missmutig dreinblickenden Wirt. „Packen Sie uns das ein, was Ihr Hund nicht gefressen hat. Bezahlt ist bezahlt. Und vergessen Sie das Brot nicht.“

Valerie saß in der vornehmen Kutsche der Dame und konnte noch gar nicht glauben, was ihr passiert war.

Nachdem der Kutscher angespannt hatte, waren sie aufgebrochen. Die Dame, die sich inzwischen als Madame Roeder vorgestellt hatte, hatte ihr Essen aus dem Korb angeboten, den ihr der Wirt mit unfreundlicher Geste mitgegeben hatte. Das hatte Valerie sich nicht zweimal sagen lassen und hungrig zugegriffen. Constanze, die neben ihr saß, hatte gelacht und gespöttelt, als Valerie wie ein kleiner Wolf über den Imbiss hergefallen war, aber dann hatte sie selbst sich ein Stückchen Wurst stibitzt und Valerie grinsend zugezwinkert.

Nachdem Valerie ihren Hunger gestillt hatte, bedankte sie sich schüchtern bei Madame Roeder.

„Wie heißt du denn?" wollte die Dame lächelnd wissen.

„Wally."

„Waltraut also", wiederholte Madame Roeder und musterte Valerie erneut von oben bis unten.

„Nein, das kommt von Valerie", erklärte sie.

„Das ist auch viel hübscher", erwiderte die Dame nickend. „Du solltest dich nicht Wally nennen."

Valerie wusste nicht, was sie sagen sollte. Ihr Rufname hatte ihr auch nie besonders gefallen, doch was hätte sie tun können? Alle nannten sie nun einmal so.

„Wo genau in Hildesheim wohnt deine Tante?" erkundigte Madame Roeder sich.

Valerie lief feuerrot an. „Äh, am Marktplatz", stammelte sie und senkte den Blick.

„So, so, am Marktplatz wohnt sie also", entgegnete Madame mit einem feinen Lächeln. „Nun, das wird leicht zu finden sein. Aber bis wir da sind, will ich noch etwas ruhen. Seid doch bitte leise."

Damit lehnte die Dame sich in den Polstern zurück und schloss die Augen.

Valerie starrte aus dem Kutschfenster und verfluchte sich. Warum hatte sie nur ihren wirklichen Namen gesagt? Sie überlegte fieberhaft, was sie nun tun sollte. Hoffentlich würde die Kutsche unterwegs noch einmal anhalten. Dann haue ich ab, nahm sie sich vor und versuchte, sich ihre Angst vor den beiden Mädchen nicht anmerken zu lassen. Von Zeit zu Zeit lächelte sie ihnen etwas verlegen zu.

Kurz darauf hörte sie neben sich Constanzes gleichmäßiges Atmen, was wohl bedeutete, dass Constanze eingeschlafen war. Louise schien sich ohnehin nicht besonders für sie zu interessieren. Das schmale blonde Mädchen hatte sich hinter einem Romanheft verschanzt und war offensichtlich ganz versunken.

Valerie sah wieder aus dem Fenster und stellte mit Schrecken fest, dass in der Ferne bereits die Stadtgrenzen von Hildesheim zu erkennen waren. Die Kutsche glitt gleichmäßig dahin, und Valerie verlor langsam die Hoffnung, dass sie noch vor Erreichen der Stadt halten würden.

Dann muss ich eben aus der fahrenden Kutsche springen, dachte sie und stellte sich mit Schrecken vor, wie hart der Aufprall wohl werden würde. Diese Pferde sind aber auch verdammt schnell, fluchte sie insgeheim.

Es stimmte. Die beiden edlen Kutschpferde konnte man mit den schweren Arbeitspferden, die Valerie kannte, wahrlich nicht vergleichen. In flottem Trab zogen sie das elegante Gefährt dahin und wollten einfach nicht müde werden.

Valerie wusste, dass ihre Chancen sich nicht verbessern würden. Noch führte der Weg durch Wälder, und sie konnte im undurchsichtigen Dickicht verschwinden. Doch bald würde die Straße links und rechts bebaut sein, und dann wäre es um einiges schwerer zu entkommen.

Jetzt oder nie, es wird schon nicht so schlimm werden, machte Valerie sich Mut.

Möglichst unauffällig rutschte sie näher an die Tür.

„So ein Nickerchen ist wirklich erfrischend", sagte Madame Roeder plötzlich und streckte sich.

Mist! Mist! Mist! dachte Valerie und verharrte in ihrer Bewegung. Gequält lächelte sie die alte Dame an.

Die sah aus dem Kutschfenster.

„Sieht aus, als wären wir bald bei deiner Tante", bemerkte sie lächelnd.

Valerie gab auf. Es hatte einfach keinen Zweck mehr. „Es gibt gar keine Tante", bekannte sie kleinlaut und sah die alte Dame voller Sorge an.

„Wie ich es vermutet hatte", entgegnete Madame Roeder zu Valeries grenzenloser Überraschung. „Willst du mir nicht langsam die Wahrheit erzählen? Oder muss ich dich doch bei der Polizei abliefern?"

„Nein! Bitte, bitte nicht!" rief Valerie aus.

Madame Roeder sah sie erwartungsvoll an. Valerie zögerte und versuchte, ihre Gedanken zu sortieren. Wenn sie der Dame gestehen würde, dass sie jemanden umgebracht hatte, würde die sie bestimmt der Polizei übergeben. Andererseits sah die Frau nicht aus, als würde sie so leicht einem weiteren Ammenmärchen aufsitzen.

Wenn sie merkt, dass ich sie anlüge, mache ich alles nur noch schlimmer, dachte Valerie und seufzte leise.

Außerdem wünschte sie sich insgeheim nichts sehnlicher, als ihr Gewissen zu erleichtern.

„Also gut, es war so …“, begann sie.

Nachdem Valerie mit ihrer Beichte geendet hatte, sah sie Madame Roeder ängstlich an.

„Ich wollte mich doch nur verteidigen“, fügte sie leise hinzu. Langsam senkte sie den Blick und wartete, was die Dame sagen würde.

„Und das hast du ganz richtig gemacht.“ Madame Roeder sah Valerie warmherzig an. „Die Unschuld eines jungen Mädchens ist ein kostbares Gut.“

Valerie war baff. Mit so viel Verständnis hatte sie beim besten Willen nicht gerechnet. Sie wusste im ersten Moment nicht, ob sie lachen oder weinen sollte.

Sie bemerkte zwar, dass Constanze und Louise sich bei Madames Worten kichernd zuzwinkerten, doch Valerie maß dem keine Bedeutung zu.

„Heißt das, Sie bringen mich nicht zur Polizei?“ fragte sie unsicher.

„Auf gar keinen Fall“, entgegnete die Dame. „Aber man wird dich überall suchen.“

Valerie nickte kläglich. „Früher oder später kriegen sie mich.“

„Das muss nicht sein“, widersprach Madame Roeder. „Nicht, wenn du weit genug weg bist und ganz genau machst, was ich dir sage. Ich lebe mit meinen Nichten in Köln und könnte eine Gesellschafterin gut gebrauchen. Was meinst du, willst du mit uns kommen?"

Valerie nickte. Sie konnte kaum fassen, dass sie nach all dem Ärger auf einmal so viel Glück haben sollte.

„Ja!" rief sie überschwänglich. „Ich würde von Herzen gern mit Ihnen kommen!"

„Sehr gut", erwiderte Madame Roeder lächelnd. „In meinem Haus wird es dir an nichts fehlen. Und wenn du dich etwas geschickt anstellst und immer brav tust, was ich dir sage, kannst du dein Glück machen."

5. KAPITEL

Valerie blickte in den großen Spiegel und traute ihren Augen nicht. „Bin ich das denn wirklich?“ murmelte sie und blinzelte heftig vor Verwunderung.

„Nicht schlecht“, nickte Constanze anerkennend und nahm sich eine weitere Praline aus dem kleinen Silberschälchen, das auf dem mit kunstvollen Intarsien verzierten Beistelltischchen stand. „Mir passt es leider nicht mehr.“

Valerie hörte sie kaum, so sehr nahm ihr eigener Anblick in dem knisternden smaragdgrünen Taftkleid sie gefangen. Ein sanftrosa Spitzenband betonte ihre schlanke Taille, und auch der tiefe Ausschnitt war mit duftiger rosa Spitze besetzt. Ihre Haare waren kunstvoll hochgesteckt und wurden von feinen Samtbändern in demselben zartrosigen Ton zusammengehalten. An ihren Schläfen kringelten sich zwei schimmernde gelockte Haarsträhnen und umrahmten ihr Gesicht, das Constanze zuvor leicht mit Puder bestäubt hatte, sodass Valeries Haut noch glatter und milchiger schimmerte.

„Ich sehe aus wie eine Prinzessin!“ hauchte Valerie überwältigt.

Überhaupt schien ihr Leben wie im Märchen zu verlaufen, seit sie Madame Roeder begegnet war …

Die lange Reise nach Köln war etwas beschwerlich gewesen, aber Valerie hätte den Weg auch auf einem rumpelnden Ochsenkarren klaglos erduldet, so glücklich war sie, dass diese liebe Dame sie aufgenommen hatte.

Unterwegs hatte sie sich ein wenig mit Constanze und Louise angefreundet. Die Reisegesellschaft war über Nacht in einem Gasthof eingekehrt. Madame Roeder hatte ein Zimmer für sich genommen und eins für die Mädchen. Darin stand nur ein großes Bett, aber weder Louise noch Constanze schien es etwas auszumachen, ihr Lager mit Valerie zu teilen.

Als die Mädchen in den weichen Federn lagen, versuchte Valerie neugierig, die beiden auszufragen. Denn noch konnte sie sich nicht genau vorstellen, was sie in Köln erwarten würde. Gesellschafterin sollte sie also werden. Valerie hatte keine Ahnung, was ihre Aufgaben sein würden, doch den beiden Mädchen war nicht viel zu entlocken.

„Wart's einfach ab", antwortete Constanze nur grinsend und hüllte sich wieder in geheimnisvolles Schweigen.

Der in sich gekehrten Louise war ohnehin kaum ein Wort zu entlocken.

„Die liest den lieben langen Tag diese Schmonzetten", sagte Constanze mit Blick auf die Zeitschrift, die Louise im Schein der Petroleumlampe noch immer las. „Was dich daran so fesselt, werde ich nie verstehen", wandte sie sich an Louise. „Am Ende kriegen sie doch alle den Prinzen."

„Das ist ja das Schöne", gab Louise kurz angebunden zurück. „Ich wünschte, im richtigen Leben wäre es auch so."

„Warum nicht?" erwiderte Constanze achselzuckend.

„Denkst du etwa, dein Hofrat nimmt dich wirklich zur Frau?" antwortete Louise spöttisch lachend.

„Das soll es schon gegeben haben", brummelte Constanze

und drehte sich beleidigt um. „Und jetzt mach endlich das Licht aus."

„Gleich", murmelte Louise und konzentrierte sich wieder auf ihre Geschichte.

„Du bist mit einem Hofrat verlobt?" fragte Valerie beeindruckt.

„Sozusagen."

Plötzlich fing Louise an, lauthals zu lachen. Offenbar war ihr Roman nicht nur spannend, sondern auch komisch. Valerie nahm sich vor, Louise um die Zeitschrift zu bitten, sobald die sie ausgelesen hatte.

Als sie endlich in Köln ankamen, kam Valerie aus dem Staunen nicht mehr heraus. Schwester Maria Dolorosa hatte sie vor Jahren einmal nach Hildesheim mitgenommen, aber eine so große, prächtige Stadt wie Köln hatte Valerie noch nie gesehen. Als sie über den Rhein übersetzten und der Dom in Sicht kam, traute Valerie ihren Augen nicht.

„So eine große Kirche!" rief sie staunend aus und bekreuzigte sich ehrfürchtig.

Louise und Constanze brachen in Lachen aus.

„Was gibt es da zu lachen?" fragte Madame Roeder streng. „Die Nonnen haben Valerie offenbar gut erzogen. Und euch würde ein wenig Anstand auch gut zu Gesicht stehen", fügte sie hinzu.

„Anstand?" fragte Constanze verblüfft. „Das sind ja ganz neue Töne."

Ihre freche Bemerkung trug ihr einen strafenden Blick von Madame Roeder ein, und Constanze schwieg.

„So etwas will ich nicht mehr hören, verstanden?“ sagte die strenge Dame. „Und jetzt setzt eure Hüte auf und benehmt euch wie junge Damen. Wir sind da.“

Die Kutsche hielt vor einem noblen weißen Stadthaus. Das Portal, zu dem mehr als zehn Stufen hinaufführten, wurde von Säulen getragen. Auf der vornehm schwarz lackierten Tür prangte ein großer goldener Klopfer in Form eines Löwenkopfes.

Valerie starrte ihr neues Zuhause mit offenem Mund an.

„Das ist ja noch schöner als der Dom“, murmelte sie.

Das Innere des Hauses stand der prächtigen Fassade in nichts nach. Hinter der Eingangstür lag eine große Empfangshalle mit schimmerndem Marmorboden. Links und rechts führten geschwungene Treppen, die mit rotem Teppich verkleidet waren, in die Belle Etage. Unten in der Halle, zwischen den beiden Treppenaufgängen stand eine Statue auf einem Podest.

Valerie, die sich staunend umgesehen hatte, verschlug es den Atem.

„Die ist ja nackt!“ rief sie schockiert aus.

Louise und Constanze lachten.

„Das ist Aphrodite, die Göttin der Schönheit“, erklärte Madame Roeder lächelnd. „Die alten Griechen glaubten, es gibt verschiedene Götter für einzelne Aufgaben. Arbeitsteilung sozusagen. Wie in den modernen Fabriken.“

Valerie wusste nichts von Fabriken, doch sie kannte die zehn Gebote.

„Aber das ist gotteslästerlich“, entfuhr es ihr. „Du sollst keine anderen Götter …“

„Liebe kleine Valerie“, unterbrach Madame Roeder sie nachsichtig, „das hier ist keine Kirche.“

„Ganz bestimmt nicht“, murmelte Constanze amüsiert.

„Und wir verehren auch keine fremden Götter. Die Statue ist einfach eine kostbare Antiquität, wie ein Gemälde aus einer vergangenen Zeit“, fuhr Madame fort.

„Aber sie ist kaputt“, bemerkte Valerie verwundert.

Tatsächlich fehlten der Statue beide Arme.

Madame Roeder musste lachen. „Die schöne Aphrodite ist zweitausend Jahre alt, was erwartest du?“

Valerie wusste nicht, was sie darauf erwidern sollte, und wollte schon näher treten, als plötzlich aus einem der hinteren Räume der größte Mann, den sie jemals gesehen hatte, auf sie zukam.

„Ach, Thorsten, kümmere dich bitte um unser Gepäck“, wies Madame Roeder ihn an.

„Sehr wohl“, sagte der Riese und wollte gerade zur Tür gehen, als seine Herrin ihn zurückrief.

„Das hier ist übrigens Valerie“, erklärte sie ihm. „Sie wird von nun an bei uns bleiben. Lass ihr bitte eine Kammer herrichten. Am besten unter dem Dach, da ist es am ruhigsten“, setzte Madame hinzu und sah Thorsten eindringlich an. „Valerie hat bislang in einem Kloster gelebt, und sie soll sich ohne Hast bei uns einleben.“

„Verstehe“, brummte Thorsten mit seiner dröhnenden Bassstimme. Dabei lächelte er wissend und musterte Valerie von Kopf bis Fuß.

Valerie starrte nervös auf den Boden. Etwas in Thorstens stechendem Blick erinnerte sie an Gunter. Genau *so* hatte der sie angesehen, bevor er sich auf sie gestürzt hatte. Überhaupt gefiel ihr Madame Roeders Diener nicht. Seine Livree spannte über den mächtigen Oberarmen, und er wirkte mehr wie die Preisboxer, die Valerie einmal auf dem Jahrmarkt im Dorf gesehen hatte. Brutale Kerle, die aussahen, als würden sie vor nichts zurückschrecken.

„Valerie, das ist Thorsten, unser Majordomus", riss Madame Roeder sie nun aus ihren Gedanken. „Du kannst dich mit allen Wünschen und Fragen an ihn wenden. Sei sicher, dass er dich immer mit Respekt behandeln wird."

Valerie wagte, das zu bezweifeln, aber sie bemerkte, dass die Hausherrin Thorsten einen warnenden Blick zuwarf. Das beruhigte sie ein wenig.

„Sehr erfreut", murmelte sie schüchtern und musterte Thorsten skeptisch.

Thorsten deutete eine höfliche Verbeugung an, und es sah beinahe so aus, als würde seine Livree bei der Bewegung aus den Nähten platzen. Schließlich ging er nach draußen, um die Koffer zu holen.

„Während dein Zimmer fertig gemacht wird, zeige ich dir am besten das Haus", sagte Madame Roeder. „Ihr könnt euch frisch machen, wenn ihr wollt", fügte sie an Constanze und Louise gewandt hinzu. „Am besten, ihr legt euch etwas hin. Wir haben heute Abend eine Soiree."

Die beiden Mädchen nickten und liefen die Treppe hinauf. Valerie blieb unsicher zurück.

„Hier unten wirst du dich nicht viel aufhalten", erklärte Madame Roeder. „Dort links ist mein Kontor, und die anderen Türen führen in die Wirtschaftsräume."

„Muss ich die denn nicht kennen, als Gesellschafterin?“ fragte Valerie und runzelte die Stirn.

„Aber nein, du bist doch kein Dienstmädchen“, entgegnete die Dame, während sie vor einem Spiegel ihren Hut ablegte und sich über die kupferroten Haare strich.

Sie ist bestimmt schon uralt, dachte Valerie verwundert, aber sie hat noch kein einziges graues Haar.

„Deine Aufgabe wird darin bestehen, dass du mir und meinen Gästen Gesellschaft leistet. Du wirst dich darum kümmern, dass es ihnen an nichts fehlt“, erklärte Madame, als sie sich wieder zu Valerie umdrehte. „Ich gebe oft Gesellschaften, und unsere Gäste stammen aus den feinsten Schichten. Adlige, Offiziere, Künstler.“

Valerie war beeindruckt. „Ich weiß doch gar nicht ...“, begann sie leise.

„Das lernst du mit der Zeit, keine Sorge. Ich werde dir alles erklären. Und erst einmal sollst du dich ja auch einleben und dich etwas an den Geist des Hauses gewöhnen.“

„Hier gibt es Gespenster?“ wollte Valerie erschrocken wissen.

„Unsinn. Ich sehe schon, dir werde ich noch einiges beibringen müssen“, murmelte Madame Roeder kopfschüttelnd. „Jetzt komm mit, ich zeige dir die Gesellschaftsräume.“

Die beiden gingen die Treppe hinauf, und Valerie sah sich staunend die oberen Räume an. Es gab mehrere Salons, die mit weichen samtigen Kanapees und Sofas bestückt waren. Valerie hatte noch nie eine derartige Verschwendung gesehen. Riesige Kristalllüster hingen von den Decken, die weißen Marmorkamine waren höher als sie selbst, und auf den Böden lagen die feinsten Teppiche. Sie kam aus dem Staunen nicht mehr heraus, während Madame Roeder sie durch die Räume führte. In einem Salon stand ein riesiger Flügel aus schimmerndem Rosenholz. Valerie blieb beeindruckt davor stehen.

„Spielst du ein Instrument?“ wollte Madame wissen.

Valerie schüttelte den Kopf. „Aber Schwester Maria Dolorosa hat gesagt, ich habe eine sehr gefällige Stimme.“

„Schön“, erwiderte die Dame des Hauses. „Dann kannst du bald auf einer unserer Gesellschaften ein paar Lieder zum Besten geben. Doch das hat keine Eile. Ich denke, es ist besser, wenn du in den ersten Wochen noch nicht in Erscheinung trittst.“

Valerie nickte. Bestimmt will sie nicht, dass ich sie vor ihren feinen Gästen blamiere, dachte sie. „Ich werde mir Mühe geben, alles zu lernen“, sagte sie laut.

„Sehr schön, Kindchen, das ist die richtige Einstellung.“

Tatsächlich sollte Valerie während des nächsten Monats Dinge kennen lernen, die sie sich zuvor nicht einmal erträumt hatte. Das fing schon bei den Mahlzeiten an. Im Kloster hatte es meist einfache Eintöpfe oder schlicht Butterbrote zu essen gegeben. Nun sah Valerie sich mit mehrgängigen Menüs konfrontiert. Die dazugehörigen Bestecke verwirrten sie, und sie brachte die anderen Bewohnerinnen des Hauses oft zum Lachen, wenn sie mit schlafwandlerischer Sicherheit nach der falschen Gabel griff oder die Bestecke ungeschickt anfasste.

Ein wenig wunderte Valerie sich, als sie die anderen Mädchen kennen lernte. Denn Constanze und Louise waren nicht die einzigen Nichten, die Madame bei sich aufgenommen hatten. Nur – eine Familienähnlichkeit war bei keiner der jungen Damen festzustellen. Eines hatten sie jedoch gemeinsam. Valerie fand, dass Madame Roeders Nichten die hübschesten Geschöpfe waren, die sie je gesehen hatte.

Was will sie nur mit einem Trampel wie mir? fragte sich Valerie wieder und wieder.

Auf keinen Fall wollte sie der großherzigen Madame Schande machen, und so lernte sie fleißig alles, was Madame ihr auftrug. Bald machte sie eine recht elegante Figur bei Tisch, und sie lernte eifrig die Höflichkeitsfloskeln und anderen Benimmregeln, die Madame selbst oder Constanze ihr beibrachten.

Überhaupt wich Constanze tagsüber kaum von ihrer Seite und half ihr sehr, sich einzugewöhnen.

Wie nett von ihr, dachte Valerie, die das quirlige, etwas pummelige Mädchen schnell ins Herz geschlossen hatte und sich über ihre Gesellschaft freute.

Constanze wusste auf alles eine Antwort. Sie erklärte Valerie, wie man die Komplimente eines Tischherrn zurückgab und charmante Konversation trieb. Für Valerie war all das ganz neu und ungewohnt. Die Nonnen hatten ihr eingeschärft, dass sie nie das Wort an einen Mann zu richten hatte und züchtig den Blick senken musste, wenn sie ihrerseits angesprochen wurde. Es sei völlig ausreichend, Fragen mit Ja oder Nein zu beantworten, hatte Valerie gelernt.

„Was für ein Blödsinn“, sagte Constanze kopfschüttelnd und ließ sich auf Valeries Bett fallen. „Dann denken die doch, du bist die langweiligste dumme Gans der Welt.“

Constanze wurde nicht müde, Valerie zu erklären, dass hier in der Großstadt eben andere Regeln galten.

„Hör endlich auf, mir von deinem muffigen Kloster zu erzählen. Wenn das Leben da so schön gewesen wäre, wie du sagst, wärst du ja wohl nicht abgehauen."

Valerie hatte ihrer neuen Freundin alles über ihre Vergangenheit erzählt, und immer wieder zog Constanze sie mit ihren altmodischen Ansichten auf.

„Das mag ja alles schön und gut sein, wenn man Nonne werden will", meinte Constanze. „Aber du hast doch andere Pläne. Und besser als hier hättest du es gar nicht treffen können. Madame wird alles tun, damit es dir gut geht. Und sie wird auch dafür sorgen, dass feine Herren sich für dich interessieren. Wenn du deine Karten richtig ausspielst, bist du bald ein gemachtes Mädchen."

Ein feiner Herr, der sie heiraten würde – der Gedanke gefiel Valerie.

„Ich hätte ja Apothekersfrau werden können, wenn ich gewollt hätte", erklärte sie und erzählte Constanze von Herbert Mannings.

„Sei bloß froh, dass du den los bist", entgegnete Constanze und schnaubte verächtlich. „Sonst wärst du in einer Dorfapotheke versauert. Hier lernst du Herzöge und Prinzen kennen!" fügte sie schwärmerisch hinzu.

Ein Prinz … dachte Valerie und geriet langsam ins Träumen.

Sie stellte sich vor, wie sie in den Musiksalon treten und einem leibhaftigen Prinzen vorgestellt werden würde.

Das wäre zu schön, um wahr zu sein.

Als die Wochen in Madame Roeders Haus vergingen, wurde Valerie immer neugieriger auf die abendlichen Gesellschaften. Musik, Gläserklirren und Gelächter drangen bis spät in die Nacht in ihre kleine gemütliche Dachkammer, und sie wünschte sich, mit den anderen Walzer zu tanzen und Schaumwein zu trinken. Ob wohl ein Prinz unter den Gästen war?

Eines Abends hielt sie es nicht länger aus. Leise kletterte sie aus ihrem Bett, warf sich den weichen zartgrünen Morgenmantel, den Constanze ihr geschenkt hatte, über und schlich sich nach unten. Sie achtete darauf, mucksmäuschenstill zu sein, denn sie wusste, dass auch Thorsten seine Kammer unter dem Dach hatte. Der finstere Diener war ihr noch immer nicht geheuer. Zwar benahm er sich sehr respektvoll, besonders wenn Madame Roeder zugegen war, aber wenn er sich mit Valerie allein glaubte, lag etwas Gieriges, Hungriges in seinem Blick, das Valerie kalte Schauer über den Rücken jagte.

Brrr, was für ein fieser Kerl, dachte Valerie schaudernd, als sie auf Zehenspitzen an seiner Kammer vorbeischlich und auf nackten Füßen die Treppe heruntereilte.

Aus der Belle Etage schallte ihr ein Wiener Walzer entgegen, und man hörte Gesprächsfetzen und das Scharren tanzender Füße auf dem Parkett.

Wie stelle ich es nur an, dass mich niemand entdeckt? fragte sie sich.

Dann hatte sie eine Idee.

Das Diner ist schon beendet, sonst würden sie nicht tanzen, überlegte sie, wenn ich mich also durch das Speisezimmer schleiche, kann ich die kleine Tapetentür zum Musiksalon einen Spalt aufmachen und sehe alles.

Vorsichtig öffnete Valerie die Tür zum Esszimmer. Sie hatte richtig gelegen, die große Tafel war bereits abgeräumt, und es war niemand mehr im Zimmer. Auf Zehenspitzen schlich sie zu der kleinen Verbindungstür und atmete tief durch. Schließlich drückte sie behutsam die Klinke herunter und lugte durch den Türspalt.

Der Salon war festlich erleuchtet. Ein Pianist saß am Flügel, und mehrere Paare drehten sich gekonnt zur Musik. Darunter war auch Constanze, die von einem baumlangen spindeldürren Herrn im Abendanzug etwas ungeschickt geführt wurde.

Ob das wohl ihr Hofrat ist? überlegte Valerie. Eine Augenweide ist er ja nicht gerade, stellte sie ein wenig ernüchtert fest. Aber die Nonnen hatten sie vor Oberflächlichkeit gewarnt, und so verdrängte sie den Gedanken schnell wieder. Er würde schon seine Vorzüge haben.

Valerie ließ den Blick schweifen. Die Paare, die nicht tanzen wollten, hatten es sich in den Polstern gemütlich gemacht und tranken Champagner. Alle Mädchen hatten bunte, nach der neuesten Mode geschnittene Kleider an, die Valerie sehnsüchtig betrachtete.

Sie stellte sich gerade vor, wie so ein Kleid wohl an ihr aussehen würde, als sie mit einem Mal Louise entdeckte, die auf dem Schoß eines Herrn saß und ihn ungeniert küsste. Valerie traute ihren Augen nicht – so eine Schamlosigkeit hatte sie noch nie gesehen. Vor Schreck entfuhr ihr ein Laut, und plötzlich merkte sie, dass der strenge Blick von Madame Roeder auf sie gerichtet war.

Die Dame des Hauses saß bei einem enorm fetten, schwitzenden Mann, der ihr interessiert lauschte.

„Glauben Sie mir, werter Graf, diese Geldanlage ist absolut sicher. Es handelt sich um ein riesiges Braunkohlevorhaben, so viel ist sicher. Rittmeister von Streelitz verfügt aber nicht über genug eigene Mittel, um den Abbau voranzutreiben, daher will er eine Gesellschaft gründen und Aktien ausgeben. Ich habe selbst schon gezeichnet, und Sie sollten es unbedingt auch tun. Die Nachfrage ist riesig."

Während Madame Roeder dies sagte, ließ sie Valerie nicht aus den Augen. „Entschuldigen Sie mich bitte einen Moment", wandte sie sich an den Grafen und erhob sich.

Valerie war starr vor Schreck, als sie bemerkte, dass Madame Roeder auf sie zugehen wollte. Doch im selben Moment entdeckte auch der fette Kerl Valerie und rief die Gastgeberin zu sich.

„Was ist denn das für ein niedliches Geschöpf?" wollte er mit unangenehm hoher Fistelstimme wissen und betrachtete Valerie neugierig.

„Oh, ein Neuzugang. Aber sie ist noch nicht so weit, wenn Sie verstehen", erklärte Madame Roeder. „Eine Unschuld vom Lande", fügte sie augenzwinkernd hinzu.

„Kann ich die Kleine reservieren?" wollte der Mann wissen und beäugte Valerie ungeniert.

Valerie zog sich verschreckt zurück ins Speisezimmer. Während die Tapetentür zufiel, hörte sie Madame Roeder noch etwas von einer Auktion sagen. Valerie atmete erleichtert auf. Offenbar wollte Madame nicht über sie sprechen, sondern lenkte das Thema wieder aufs Geschäftliche.

Valerie wollte schon in ihr Zimmer zurückschleichen, als sie Madame Roeders Stimme hinter sich vernahm.

„Du bist offenbar neugierig geworden?“ fragte die Hausherrin.

Valerie drehte sich um und nickte verschämt. Sie hoffte, dass Madame nicht böse mit ihr sein würde.

„Dann ist es wohl langsam Zeit, dich in die Gesellschaft einzuführen“, erklärte Madame Roeder lächelnd.

Erleichtert atmete Valerie auf.

„Pass auf, Kleines, am nächsten Freitag werden wir eine Soiree nur zu deinen Ehren geben. Du musst mir aber versprechen, dass du genau *das* tust, was ich dir sage“, forderte Madame streng.

Valerie nickte.

„Unsere Gäste sind sehr anspruchsvoll, und ich habe einen Ruf zu verlieren“, fügte die Hausherrin hinzu. „Doch wenn du alles richtig machst, soll es dein Schade nicht sein. Und nun geh zurück ins Bett.“

Valerie hatte die ganze Nacht nicht geschlafen, aber als sie am späten Vormittag des nächsten Tages nach unten zum Frühstück ging, stellte sie fest, dass sie trotzdem die Erste war. Anfangs hatte sie sich darüber gewundert, wie spät man im Hause der Madame aufzustehen pflegte, inzwischen hatte sie sich jedoch daran gewöhnt.

Das Frühstück wurde immer auf einem Büfett aufgebaut, und so konnte sich jeder bedienen, wann er wollte. Valerie hatte großen Hunger und nahm sich gerade vom Rührei, als Thorsten ins Zimmer kam.

„Hab gehört, am Wochenende ist es so weit. Dein großer Auftritt“, brummte er.

Valerie zuckte zusammen und nickte wortlos.

„Ich hätte nicht übel Lust mitzubieten“, sagte Thorsten grinsend. „Aber meine Ersparnisse werden wohl nicht reichen. Schade“, murmelte er und taxierte Valerie ungeniert.

Valerie hatte keine Ahnung, wovon der Mann sprach. Sie hoffte nur, dass er wieder verschwinden würde. Erleichtert hörte sie, wie unten der schwere Türklopfer bedient wurde.

„Musst du nicht aufmachen?“ fragte sie, als Thorsten den Blick noch immer nicht von ihr lassen wollte.

Endlich ging der hünenhafte Kerl, und Valerie setzte sich an die Tafel. Doch der Appetit war ihr vergangen. Irgendetwas in Thorstens Augen hatte sie gemahnt, achtsam zu sein. Während Valerie lustlos in ihrem Rührei stocherte, überlegte sie angespannt, was er nur gemeint haben könnte, als er sagte, seine Ersparnisse würden nicht ausreichen.

Was hat das mit mir zu tun? überlegte sie. Und ohne zu wissen, warum, lief ihr ein Schauer über den Rücken.

6. KAPITEL

Heute ist mein großer Abend, dachte Valerie freudig erregt. Ein Ball, ganz allein für mich! Vorsichtig stieg sie in ihrem knisternden smaragdgrünen Abendkleid die Treppe herunter. Die eleganten Schnürstiefelchen, die Constanze ihr ebenfalls überlassen hatte, waren ein wenig zu groß, und Valerie wollte auf keinen Fall stolpern oder im schlimmsten Falle sogar die Treppe herunterfallen. In der Halle wartete Madame Roeder auf sie, und offenbar gefiel ihr, was sie sah.

„Sehr, sehr hübsch“, lobte sie Valerie, die gerade erleichtert die letzte Treppenstufe gemeistert hatte. „Dreh dich einmal um.“

Valerie wirbelte schwungvoll um die eigene Achse, wobei sie im Wandspiegel einen flüchtigen Blick auf ihre eigene Silhouette erhaschte. Meinetwegen, Eitelkeit ist eine Sünde, dachte sie, doch dann musste sie lächeln. Aber ich bin *so* schön!

Die leisen Bedenken, die ihr nach der unangenehmen Begegnung mit Thorsten gekommen waren, hatte sie schnell beiseite geschoben und sich aufgeregt in die Vorbereitungen gestürzt. Madame hatte ihr eine lange Liste gegeben, auf der Dinge standen, die sie zu lernen oder zu beachten hatte. Valerie hoffte inständig, dass sie alles behalten hatte. Schließlich wollte sie ihrer Retterin keine Schande machen.

„Formidabel“, hauchte Madame Roeder begeistert, als Valerie ihre Drehung vollendet hatte. „Dann komm mal mit in mein Kontor.“

Mit klopfendem Herzen folgte Valerie der Hausherrin. Bisher war sie noch nie in dem geheimnisvollen Arbeitszimmer gewesen. Neugierig blickte sie sich im Büro um. Ein schwerer Eichenschreibtisch dominierte den Raum, in dessen getäfelte Wände Regale eingelassen waren, auf denen sich Aktenmappen stapelten. In einer Ecke des Raumes stand ein mächtiger Kachelofen, in der gegenüberliegenden Ecke ein schwerer Eisenschrank. Verwundert bemerkte Valerie, dass ein großes, schmiedeeisernes Rad offenbar die Griffe ersetzte.

„Der Tresor", erklärte Madame Roeder, die Valeries Blick bemerkt hatte. „Schließlich will ich, dass meine Ersparnisse an einem sicheren Ort aufbewahrt werden. Eine Frau muss immer darauf achten, dass sie ihre Zukunft absichert. Merk dir das."

Valerie nickte, doch sie fragte sich, warum Madame Roeder ihr das so eindringlich ans Herz legte.

„Und heute Abend kannst du selbst ein großes Stück weiterkommen auf dem Weg in eine glänzende Zukunft. Wenn du es richtig anstellst."

Erneut nickte Valerie brav. Madame Roeder bedeutete ihr, auf einem der harten Holzstühle vor dem Schreibtisch Platz zu nehmen. Sie selbst setzte sich in den bequemen, mit geblümtem Stoff bezogenen Sessel dahinter. Dieser Sessel gab dem Raum, der ansonsten sehr männlich auf Valerie wirkte, eine weibliche Note.

„Die Herren, die ich zu unserer heutigen Soiree eingeladen habe, gehören zur besten Gesellschaft von Köln. Und wenn es dir gelingt, einen von ihnen für dich zu interessieren, wirst du dir bald solche schönen Kleider leisten können wie das von Constanze. Es steht dir übrigens viel besser als ihr“, fügte die alte Dame augenzwinkernd hinzu.

„Sind die Männer denn auf Brautschau?“ wollte Valerie neugierig wissen.

„Jeder Einzelne von ihnen sehnt sich nach einer hübschen, anschmiegsamen Gefährtin“, antwortete Madame Roeder und nickte. „Du kannst dich glücklich schätzen, wenn du von einem erwählt wirst.“

„Aber wenn ich heiraten soll, dann muss ich den Mann doch auch lieben“, wagte Valerie einzuwenden.

Madame Roeder sah kurz an die Zimmerdecke, und Valerie kam es fast so vor, als würde sie ein Stoßgebet zum Himmel senden.

„Liebes“, wandte die Hausherrin sich leutselig an sie, „mit der Liebe ist das so eine Sache. Sie macht nicht satt.“

„Aber …“, versuchte Valerie einzuwenden.

„Valerie, glaub mir“, unterbrach die Madame sie. „Es ist wichtiger, dass ein Mann es gut mit dir meint. Die Liebe kommt von ganz allein.“

Valerie traute sich nicht, noch einmal Einspruch zu erheben. Wer war sie denn, einer Frau von Welt, die so viel mehr Lebenserfahrung hatte, zu widersprechen?

„Sie haben sicher Recht“, entgegnete Valerie ergeben, und ein verwegener Gedanke schoss ihr durch den Kopf. „Es ist nicht zufällig ein echter Prinz unter den Gästen?“ platzte es aus ihr heraus.

Madame Roeder musste schmunzeln. „Ein Märchenprinz, meinst du?“

Valerie nickte verlegen.

„Ich versichere dir, mit dem Herren, den ich für dich auswählen werde, wirst du dich fühlen wie im Märchen." Die Dame des Hauses lächelte Valerie kurz an, doch dann wurde sie wieder ernst. „Aber du musst mir versprechen, dass du mir keine Schande machst."

„Bestimmt nicht", erwiderte Valerie voller Überzeugung.

„Ich habe einiges für dich riskiert. Inzwischen habe ich nämlich Nachforschungen angestellt. Du wirst tatsächlich wegen heimtückischen Mordes überall im Land von der Polizei gesucht."

Valerie erschrak. Sie hatte schon gar nicht mehr an Gunter und den schrecklichen Abend auf dem Heuschober gedacht. Hier in Köln, in diesem schönen Haus, schien ihr das alles so weit weg zu sein.

„Und wenn nur einer unserer Gäste Anstoß an deinem Verhalten nimmt, meldet er dich womöglich den Behörden", fügte Madame Roeder warnend hinzu. „Und damit bringst du nicht nur dich in große Schwierigkeiten, sondern auch mich. Also wirst du ganz genau das tun, was ich dir sage, verstanden?"

Einige Stunden später wartete Valerie aufgeregt vor dem Musikzimmer. Madame Roeder hatte ihr noch einmal en détail erklärt, wie der Abend ablaufen würde. Bevor die anderen Mädchen zu ihnen stoßen würden, sollte Valerie für die Herren ein Lied zum Besten geben. Danach wurde von ihr erwartet, sich zurückzuziehen, bis Madame alle Mädchen zum Diner rufen würde. Bei der Gelegenheit würde sie Valerie sagen, wen sie zu ihrem Tischherrn erkoren hatte. Und um diesen Herrn sollte Valerie sich dann beim Essen und auch danach aufs Zuvorkommendste kümmern.

Was mache ich nur, wenn er mir nicht gefällt? dachte Valerie ängstlich. Doch sie schob den Gedanken fürs Erste von sich. Madame wird es schon richtig machen, machte sie sich selbst Mut.

Für den Moment versuchte sie, sich auf das französische Lied zu konzentrieren, das sie gleich singen musste.

„Voilá, un chanson“, murmelte sie.

Das sollte sie sagen und einen Knicks machen, wenn Madame sie rufen ließ. Constanze hatte ihr den Satz übersetzt. Aber darüber hinaus hatte Valerie keine Ahnung, was die Strophen bedeuteten, die sie singen sollte, und es hatte sehr lange gedauert, bis sie sich all die fremdartig klingenden Wörter gemerkt hatte.

Hoffentlich blamiere ich mich nicht, dachte sie noch – doch da ging die Tür zum Musikzimmer bereits auf.

Wenig später verbeugte sich Valerie zu begeistertem Applaus und wagte zum ersten Mal, sich im Raum umzusehen. Zuvor hatte sie den Blick starr auf das Notenblatt gerichtet, um nur nicht aus dem Konzept zu kommen. Zuerst hatte ihre Stimme etwas dünn geklungen. Aber als nach dem ersten Refrain ein anerkennendes Raunen und Murmeln durch den Raum gegangen war, hatte sie sich ein Herz gefasst und so schön gesungen, wie sie nur konnte.

Und jetzt klatschten und jubelten die anwesenden Herren voller Begeisterung.

Das sind ja mehr als ein Dutzend, dachte Valerie erschrocken. Und die sind alle meinetwegen hier? fragte sie sich staunend, während sie sich umsah. Nein, da ist ja auch Constanzes langer Lulatsch, stellte sie ein wenig erleichtert fest. Als sie den Blick schweifen ließ, entdeckte sie auch den dicken Mann, den sie vor wenigen Tagen bereits mit Madame Roeder zusammen gesehen hatte.

„Ganz schön keck, die Kleine", grölte er nun lachend und klatschte in die Hände.

Igitt, hoffentlich gibt der mir nicht die Hand mit seinen schwitzigen Wurstfingern, dachte Valerie und musste sich zwingen, weiterhin freundlich zu lächeln.

Schnell wandte sie den Blick ab und entdeckte in einer Zimmerecke einen groß gewachsenen jungen Mann mit dunklen Locken, der ihr nett zulächelte.

Das muss ein Prinz sein, schoss es ihr sofort durch den Kopf. Jedenfalls sieht er aus wie einer. Hoffentlich gefalle ich ihm, und Madame wählt ihn für mich aus, dachte sie sehnsüchtig.

„Das war sehr hübsch, ma chère Valerie", wandte sich nun Madame Roeder an sie. „Ich bin sicher, den Herren hat es gefallen."

Die meisten Gäste nickten anerkennend, und besonders der dicke Kerl tat sich hervor. „Ein ausgesprochen leckerer Happen", krähte er mit seiner hohen, fast weibischen Stimme.

„Wenn du uns jetzt kurz allein lassen würdest", sagte Madame Roeder und nickte Valerie zu.

Die machte einen artigen Knicks und ging ins Speisezimmer, wie die Dame des Hauses es ihr zuvor aufgetragen hatte. Dort warteten Madames Nichten schon.

„Ich dachte, du hörst gar nicht mehr auf zu singen“, begrüßte Constanze sie, als Valerie die Tür hinter sich geschlossen hatte. „Ich kriege langsam Hunger.“

Doch Constanze musste sich noch eine Weile gedulden. Aus dem Nebenraum waren hin und wieder laute Stimmen zu hören, offenbar ging es hoch her.

„Was machen die nur so lange?“, murmelte Valerie und sah Constanze fragend an.

„Du scheinst sehr beliebt zu sein“, entgegnete diese achselzuckend. „Offenbar werden sie sich nicht einig.“

„Aber warum schreien die so laut? Das klingt ja wie bei einer Viehauktion“, sagte Valerie, und bei dem Gedanken wurde ihr seltsam kalt ums Herz.

Louise, die die Nase wieder in einen der Liebesromane gesteckt hatte, ohne die sie nirgendwo hinging, musste laut lachen. Sie verschluckte sich, und ihr Lachen ging in ein kehliges Husten über. Schnell presste sie ein Spitzentaschentuch an die Lippen. Als sie es wieder herunternahm, war ein dunkler Fleck darauf zu sehen.

„Pfui Teufel, das ist ja Blut“, stieß Constanze, die neben Louise saß, hervor und rückte von ihr ab. „Geh bloß weg, du Schwindsüchtige!“

Valerie hatte Louise schon fragen wollen, was die so komisch fand, aber nun erschrak sie und schloss den Mund wieder. Schwindsucht. Schwester Maria Dolorosa hatte ihr davon erzählt und gesagt, dass es eine schreckliche Krankheit sei und Gott die meisten Opfer dieser Krankheit gnädig zu sich rief.

Das heißt ja, Louise muss sterben, dachte Valerie und schluckte.

Bevor sie jedoch etwas sagen konnte, ging die Tür auf, und Madame Roeder bat die Herren ins Speisezimmer. Louise versteckte hastig das Taschentuch und das Buch, in dem sie gelesen hatte.

„Meine Herren, bitte nehmen Sie Platz“, rief Madame Roeder und lächelte Valerie an. „Komm zu mir, ich will dir deinen Tischherrn vorstellen.“

Valerie tat wie ihr geheißen, und ihr Herz schlug schneller, als der hübsche junge Mann als einer der Letzten hinter Madame Roeder das Zimmer betrat.

Hoffentlich ist er es, dachte sie und lächelte ihn schüchtern an.

Der Mann lächelte zurück, aber es lag etwas Bedauerndes in seiner Miene. Hinter ihm kam der breit grinsende Fettwanst ins Zimmer.

Oh nein! dachte Valerie, und ihr Lächeln erstarb.

Der Abend wurde grauenhaft, und was das Allerschlimmste war, er wollte und wollte kein Ende nehmen.

Madame Roeder hatte tatsächlich ausgerechnet den Dicken für Valerie ausgesucht. Vor dem Diner hatte sie das Mädchen noch einmal beiseite genommen und ihr eingeschärft, auch ja recht lieb zu dem feisten Kerl zu sein.

„Graf Robert von Johannisthal-Weidlingen ist ein sehr mächtiger reicher Mann. Du musst nicht förmlich sein, er ist ein bisschen schüchtern und hat es gern, wenn man auf ihn zugeht. Am besten, du nennst ihn Bobby, das hat er gern. Wenn du nett zu ihm bist, liest er dir jeden Wunsch von den Augen ab.“

Mein größter Wunsch wäre, dass er platzt, der fette alte Sack, dachte Valerie angewidert und sah Madame Roeder flehentlich an. „Kann ich nicht doch einen anderen Tischherrn haben?“ bat sie verzweifelt.

„Nein“, erwiderte Madame Roeder scharf. „Der Graf hat beste Beziehungen zum Polizeichef. Und er hat sich schon erkundigt, woher du stammst. Wenn du ihn beleidigst oder frech zu ihm bist, wird er das bestimmt nicht auf sich sitzen lassen. Muss ich noch mehr sagen?“

Valerie schüttelte stumm den Kopf und ging mit aufgesetztem Lächeln zu ihrem Platz neben dem Grafen. Sie hatte Mühe, sich neben ihm an den Tisch zu zwängen, denn sein ausladendes Hinterteil quoll an den Seiten weit über den schmalen Stuhl mit der hohen Lehne.

„Da ist ja meine frivole kleine Französin“, quiekte er begeistert, als Valerie sich gesetzt hatte, und beugte sich vertraulich zu ihr. „Ich hoffe, du hältst dein kesses gesungenes Versprechen“, flüsterte er augenzwinkernd und legte seine feuchte Hand auf ihr Knie.

Valerie hatte weder eine Ahnung, was *frivol* bedeutete noch was dieser Mann überhaupt meinte. Sein saurer Atem stach ihr in die Nase, und sie hoffte nur, dass man ihr die Übelkeit, die in ihr aufstieg, nicht ansah.

Von was für einem Versprechen quatscht der? dachte sie, während sie ihn gequält anlächelte und laut erwiderte: „Sie irren, äh, Bobby, ich bin keine Französin. Ehrlich gesagt, ich kann nicht einmal Französisch."

Aus irgendeinem Grund schien ihr Tischherr diese Bemerkung für ungeheuer witzig zu halten. Er brach in schrilles, quiekendes Gelächter aus.

„Haha, sie kann kein Französisch! Na, das werde ich dir schon beibringen! Avec plaisir!"

„Das wäre sehr nett", gab Valerie mit gezwungenem Lächeln zurück.

Nach dem Essen, von dem Valerie kaum einen Bissen herunterbekommen hatte, begab sich die Gesellschaft wieder ins Musikzimmer. Die Stühle waren zur Seite geräumt worden, und der Pianist wartete darauf, zum Tanz aufzuspielen. Als die Herrschaften den Raum betraten, stimmte er einen langsamen Walzer an, denn er wusste, dass man Madames Gästen direkt nach dem Essen kein schnelleres Tempo zumuten konnte.

Der Dicke zerrte Valerie sogleich auf die Tanzfläche.

„Hm-ta-ta. Hm-ta-ta", zählte er angestrengt murmelnd den Takt, während er Valerie ungeschickt über das glatte Parkett schob. Sie hatte Mühe, ihre Füße aus der Reichweite seiner schwarzen glänzenden Lederschuhe zu bringen, bei deren Anblick sie unwillkürlich an Geigenkästen denken musste. Mehrmals rempelten sie andere tanzende Paare an. Aber noch viel schlimmer war, dass der feiste Graf Valeries Rücken mit seiner schwitzigen plumpen Hand die ganze Zeit befingerte und sie unanständig nah an sich zog.

Valerie war erleichtert, als der Tanz zu Ende war, der Graf

sie zu einem Sofa führte und ihr Glas um Glas von dem prickelnden französischen Schaumwein reichte. Zunächst fand Valerie keinen rechten Gefallen an dem säuerlichen Getränk, doch beim zweiten Glas hatte sie sich bereits daran gewöhnt. Sie begann langsam, sich ein wenig zu entspannen. Zuvor hatte sie versucht, auf dem breiten Sofa möglichst weit von Bobby entfernt zu bleiben, aber er war näher und näher an sie herangerutscht, hatte ungeniert in ihr tiefes Dekolletee gestarrt und ständig versucht, sie an den unschicklichsten Stellen zu berühren. Inzwischen saß Valerie eingeklemmt zwischen dem feisten Grafen und der Sofalehne.

Was soll's? dachte sie und nahm einen tiefen Zug aus ihrem Glas. Der gibt ja eh keine Ruhe. Albern sieht er aus mit diesem Schweißtropfen an der Nase …

Obwohl ihr eigentlich alles andere als zum Lachen zu Mute war, musste Valerie plötzlich kichern.

„Oho, meine kleine Kratzbürste scheint langsam in Stimmung zu kommen", freute sich der Graf und rutschte noch ein paar Zentimeter zu Valerie hinüber. „Das wird auch Zeit. Ich dachte schon, ich muss mich beschweren. Aber jetzt gibst du dem lieben Bobby einen Kuss?"

Er sah sie mit seinen wasserblauen, hervortretenden Schweinsäuglein bittend an und spitzte die feucht glänzenden Lippen. Valerie erstarrte. Doch sie hatte nicht lange Zeit zu überlegen, was sie tun sollte, denn mit einem Mal zog der Graf sie mit einer erstaunlich behänden Bewegung an sich und fing an, sie gierig abzuküssen. Mit einer Hand hatte er sie im Genick gepackt, während die andere nun zu ihren Brüsten wanderte. Durch den Stoff kniff er sie, und Valerie stieß einen Schmerzenslaut aus. In diesem Moment stieß der Dicke ihr plötzlich seine Zunge in den Mund. Valerie hatte noch nie etwas so Ekelhaftes erlebt, und sie erstarrte vor Entsetzen. Der Graf nutzte die Gelegenheit und ergriff ihre Hand, mit der sie versucht hatte, ihre Brüste zu schützen.

Bevor Valerie wusste, wie ihr geschah, zog er ihre Hand zu seinem Hosenlatz. Gleichzeitig ließ er endlich von ihrem Mund ab, doch stattdessen begann er nun, an ihrem Ohr zu knabbern und keuchte dabei: „Fühlst du, wie scharf du mich machst, du kleines Luder?"

Er presste Valeries Hand noch fester an sich, und sie spürte eine wachsende Wölbung in seiner Hose. Angeekelt versuchte Valerie, sich loszumachen.

Egal, was Madame Roeder sagt – das lasse ich mir nicht gefallen, dachte sie.

„Ja, streichele mich", röchelte der Graf in völliger Verkennung der Tatsachen. „Ich merke, du willst nicht länger warten. Es wird höchste Zeit, dass wir nach oben gehen."

„Nach oben?" stieß Valerie fassungslos aus.

„Natürlich. Madame hat uns ihr schönstes Zimmer versprochen", schnaufte Bobby.

„Das mache ich nicht! Lassen Sie mich sofort los!" schrie Valerie und schubste den Dickwanst von sich weg.

Sie bemerkte nicht einmal, dass sie mit dem Ausruf alle Blicke auf sich gezogen hatte. Valerie wollte nur noch weg von diesem widerlichen schwitzenden Kerl. Doch als sie aufsprang, stand Madame Roeder bereits vor ihr und umklammerte Valeries Handgelenk mit eisenhartem Griff.

„Der Kleinen ist der Champagner wohl etwas zu Kopfe

gestiegen, lieber Graf. Bitte entschuldigen Sie uns kurz. Valerie wird gleich für Sie da sein."

Damit zog Madame Roeder die protestierende Valerie hinter sich her und schob sie unsanft durch die Tapetentür ins Speisezimmer.

„Was habe ich dir gesagt?" fauchte sie Valerie wütend an, sobald sie die Tür hinter sich geschlossen hatte.

„Dieser Kerl wollte mir an die Wäsche! Er hat mich behandelt wie ein loses Frauenzimmer", verteidigte Valerie sich unter Tränen.

„Und was glaubst du, was du bist, du dumme, kleine Pute", zischte Madame Roeder und gab Valerie eine Ohrfeige, von der sie fast zu Boden geworfen wurde. „Vor allem, was glaubst du, wo du hier bist?" wollte die Roeder wissen und lachte gehässig. „Warum habe ich dich kleines Stück Dreck wohl aufgelesen? Du bist eine gemeine Mörderin, aber du bist dir zu fein, einem großzügigen Herrn zu Willen zu sein?"

Valerie konnte nicht glauben, was sie hörte. Entsetzt starrte sie Madame Roeder an, die nun drohend auf sie zukam.

„Du gehst jetzt da rein und entschuldigst dich bei dem Grafen. Und dann geht ihr nach oben, und du tust exakt das, was er von dir verlangt. Haben wir uns verstanden?"

„Nein, das tue ich nicht!" rief Valerie und hielt dem wütenden Blick Madame Roeders stand. Sie erwartete schon eine weitere Ohrfeige, aber die Hausherrin blieb ruhig.

„Nun gut", sagte sie nur. „Ich kann auch anders."

Damit griff sie zur Dienstbotenklingel, die noch auf dem Esstisch stand.

Wenige Augenblicke später trat Thorsten ein.

„Was kann ich für Sie tun?“ fragte der hünenhafte Kerl und verbeugte sich leicht.

„Dieses Subjekt hier“, Madame Roeder deutete dabei auf Valerie, als wäre sie Ungeziefer, „widersetzt sich meinen Befehlen. Was, meinst du, soll ich mit ihr tun?“

Thorsten sah Valerie an, und ihr wurde angst und bange. Auf seiner Verbrechervisage breitete sich ein schmieriges Grinsen aus.

„Überlassen Sie sie mir“, schlug er vor. „Ich werde sie schon gefügig machen.“

Valerie wich entsetzt zurück.

„Glaubst du, die Kleine würde deine Behandlung überstehen?“ wollte die Madame mit hintergründigem Lächeln wissen. „Die andere mussten wir hinterher ins Spital bringen.“

Thorsten zuckte nur mit den Schultern.

„Die ist zäh“, murmelte er und sah Valerie lüstern an. „Aber sie wird mich bestimmt nie vergessen“, setzte er grinsend hinzu.

Valerie schloss die Augen, damit sie den brutalen Kerl nicht länger sehen musste. Doch sofort begann sie sich auszumalen, was Thorsten mit ihr machen würde. Die Vorstellung, wie diese Bestie sich gierig auf sie stürzen würde, raubte ihr fast den Verstand.

„Ich denke, wir sollten sie zur Polizei bringen“, sagte Madame Roeder schließlich. „Bevor sie dich auch noch umbringt. Das hat sie nämlich mit dem Letzten gemacht, der ein bisschen Spaß mit ihr haben wollte.“

Valerie atmete zu ihrem eigenen Erstaunen auf. Selbst der

Henkersstrick erschien ihr nicht so schrecklich wie die Vorstellung, dem grausamen Thorsten ausgeliefert zu sein.

„Mit mir macht sie das nicht“, erwiderte Thorsten lachend. „Da bin ich ganz sicher.“

„Meinst du?“ wollte Madame Roeder wissen und lächelte böse.

„Nun gut, zur Polizei kannst du sie morgen noch bringen. Heute Nacht gehört sie dir. Viel Spaß.“

Valerie wurde leichenblass, als Thorsten sich ihr mit gefährlichem Funkeln in den Augen näherte. Verzweifelt stürzte sie zu Madame Roeder und warf sich ihr zu Füßen.

„Bitte, nicht das, bitte, bitte!“ rief sie schluchzend. „Ich tue auch alles, was Sie wollen.“

7. KAPITEL

„Bitte kommen Sie herein“, säuselte Valerie mit aufgesetztem Lächeln und hielt die Tür auf. Der feiste Graf tätschelte ihr die Wange, auf der vier rote Striemen noch von Madame Roeders Ohrfeige zeugten.

„Na bitte“, sagte er grinsend. „Ich wusste doch, dass du dich nur ein bisschen geziert hast.“

Damit quetschte er sich an Valerie vorbei in das in Burgunderrot und Gold gehaltene Boudoir und sah sich anerkennend um. Eines der riesigen, verschnörkelten Messingbetten, die immer mehr in Mode kamen, bildete den Mittelpunkt des Raumes. Es war mit Samtkissen in verschiedensten Größen und Formen übersät. An der Wand über dem Kopfende hing ein Gemälde, das Madame erst vor Kurzem in Auftrag gegeben hatte. Darauf fand sich eine ziemlich genaue Abbildung desselben Bettes, nur tummelten sich auf dem Bild nackte Menschen darauf, die sich offenbar einer Orgie hingaben.

Angeekelt blickte Valerie auf das obszöne Treiben. Sie konnte kaum erkennen, um wie viele Männer und Frauen es sich handelte, so waren ihre Körper ineinander verschlungen. Erschaudernd stellte sie sich vor, was ihr gleich blühen würde, wenn der Dicke sich auf diesem verruchten Lager auf sie stürzte.

Der Graf verschwendete keine Zeit. Kaum hatte Valerie die Tür hinter sich geschlossen, zog er sie an sich und versuchte ungeschickt, ihr Mieder zu öffnen. Dabei hauchte er ihr mit seinem unangenehm riechenden Atem die widerlichsten Sachen ins Ohr.

Valerie schloss die Augen und ließ es geschehen.

Warum habe ich nur nicht begriffen, wo ich hier gelandet bin? fragte sie sich im Stillen verzweifelt. *Wollte* ich es nicht sehen?

Bevor sie sich selbst eine Antwort geben konnte, fing der feiste Graf plötzlich an zu fluchen.

„Haken und Ösen, Haken und Ösen", grummelte er. „Jedes Jahr erfinden diese Couturiers eine neue Mode, statt sich endlich einmal etwas einfallen zu lassen, wie man euch Weiber aus der sündhaft teuren Kledage herausbekommt! Da sollten die sich mal was ausdenken!"

Offenbar kam er mit seinen schwitzigen Wurstfingern beim Öffnen der Korsage einfach nicht weiter. Frustriert ließ er von Valerie ab und ließ sich schnaufend aufs Bett plumpsen.

Valerie glaubte, eine Bewegung an der Zimmerdecke bemerkt zu haben, und sah erschrocken nach oben. Voller Entsetzen entdeckte sie einen riesigen, in Gold gefassten Spiegel, der über dem Bett an der Zimmerdecke angebracht war.

Oh Gott, dachte Valerie. Schlimm genug, dass ich gleich unter diesem Fleischberg begraben sein werde. Aber dabei auch noch sein fettes Hinterteil ansehen müssen …

Unwillkürlich schüttelte sie sich.

„Zieh dich aus", kommandierte der Graf nun. „Aber beeil dich", fügte er stöhnend hinzu und griff sich dabei in den Schritt, um seinen Hosenlatz zu öffnen.

Valerie nickte und ging zum Waschtisch, der sich an der

Wand zwischen Bett und Fenster befand. Ein indischer Paravent, ebenfalls mit erotischen Motiven bemalt, lehnte an der Wand. Valerie zog ihn aus und stellte ihn geschickt so, dass man sie vom Bett aus nicht sehen konnte. Wenigstens jetzt wollte sie noch von den gierigen Blicken des Mannes verschont bleiben.

„Meine kleine Unschuld vom Lande ziert sich wohl etwas", kicherte der Graf. „Na, macht nichts, dann lasse ich mich eben überraschen."

Valerie versuchte, nicht hinzuhören, und begann mit geschickten Bewegungen, das auf dem Rücken geschlossene Mieder zu lösen. Sie fröstelte. Zunächst glaubte sie, es sei die Angst, doch plötzlich entdeckte sie, dass der schwere rote Samtvorhang vor dem Fenster nicht ganz geschlossen war und sich im Wind wiegte. Offenbar hatte jemand zuvor gelüftet und vergessen, das Fenster wieder zu schließen. Von draußen prasselte Regen gegen die halb geöffneten Scheiben, die den hell erleuchteten Raum widerspiegelten.

Als Valerie das große Fenster schließen wollte, gab es die Reflexion des Bettes wider, wo der feiste Graf sich gerade vergeblich abmühte, an seine eigenen Schnürsenkel zu kommen. Schnaufend ließ er von dem Versuch ab und lehnte sich zurück. Seine Hose hatte er bereits heruntergelassen, und sie schlotterte ihm um die Knöchel. Valeries Blick wanderte angewidert an seinen haarigen Beinen hoch.

Pfui Teufel, dachte sie. Unwillkürlich musste sie an den schlimmen Abend mit Gunter denken. Aber sie hatte nicht das Bild des jungen Bauern vor Augen, sondern das des borstigen Ebers, der einmal ihr süßes Ferkelchen gewesen war.

Wie ein fettes Schwein sieht dieser Graf aus, schoss es ihr durch den Kopf. Nur, dass das Ringelschwänzchen bei ihm vorn angebracht ist.

Der Gedanke, dass dieser ekelhafte Koloss sich auf sie stürzen und in sie eindringen würde, verursachte Valerie Übelkeit.

Das lasse ich nicht mit mir machen! dachte sie plötzlich.

Ohne darüber nachzudenken, was sie tat, zog sie das Fenster auf und kletterte in ihrem halb geöffneten Kleid über den Sims. Als der kühle Regen sie traf, war es wie eine reinigende Wohltat.

Das Zimmer, das im zweiten Stock lag, ging nach hinten hinaus, und die Rückwand des Hauses war dicht mit Efeu bewachsen.

Hoffentlich ist er stark genug, dass ich daran hinunterklettern kann, dachte Valerie, als sie auf dem Fenstersims saß und in die Tiefe starrte.

Sie wusste, dass ein kleines Holztor aus dem Garten auf eine dunkle Gasse führte. Dieses Tor war auch abends nicht verschlossen, denn einige der Herren, die Madame Roeders Etablissement besuchten, wollten lieber nicht gesehen werden und kamen durch den Garten. Valerie hatte sich gewundert, warum manche der Gäste diesen Weg wählten – nun war es ihr natürlich klar.

Sie atmete noch einmal tief durch, und ihre Hand suchte nach einem starken Efeutrieb. Als sie eine dicke Ranke gefunden hatte, gab sie sich einen Ruck und ließ sich vom Fenstersims gleiten. Erleichtert stellte sie fest, dass die Kletterpflanze nicht nachgab.

„Was treibst du denn da so lange?“ hörte sie den Grafen von oben schimpfen. „Und mach das verdammte Fenster zu. Es ist saukalt, da vergeht einem ja alles!“

Valerie ließ sich, so schnell sie konnte, am Efeu heruntergleiten, doch sie kam langsamer voran, als sie gehofft hatte. Immer wieder musste sie nach einem festen Griff für Hände und Füße suchen. Hinzu kam, dass sie etwas diagonal klettern musste, denn sie wusste, dass unter ihr das große Salonfenster lag, hinter dem Madames Gesellschaft sich noch vergnügte.

Mit einem Mal hörte sie von oben lautes Scheppern und Krachen. Offenbar war der dicke Graf bei dem Versuch, mit heruntergelassener Hose das Fenster zu erreichen, in den Paravent gefallen.

„Aua! Affenscheiße!“ hörte man ihn sehr unfein fluchen.

Trotz aller Anspannung musste Valerie lachen, als sie sich vorstellte, was für einen Anblick er jetzt bot. Hastig kletterte sie weiter.

Ich habe nicht mehr viel Zeit, dachte sie. Inzwischen war sie bis zum ersten Stock gelangt, doch es waren immer noch fast fünf Meter bis zum Boden.

Der Graf hatte sich offenbar wieder aufgerappelt, denn nun begann er, mit seiner schrillen weibischen Stimme laut zu keifen.

„Zur Hilfe!“ brüllte er. „Die miese kleine Nutte will türmen! Hierher! Sie will in den Garten!“

Valerie konzentrierte sich auf ihren Abstieg und versuchte, dabei kein Geräusch zu machen. Sie hatte den ersten Stock passiert, als plötzlich das riesige Salonfenster schräg über ihr aufflog und Thorsten sich herauslehnte.

Valerie blieb beinahe das Herz stehen, und vor Schreck hätte sie fast die Efeuranke, an der sie sich krampfhaft festhielt, losgelassen.

„Reich mir mal einer eine Lampe“, hörte sie über sich Thorsten rufen.

Es dauerte nicht lange, und Thorsten hielt eine Petroleumlampe aus dem Fenster. Er musste die Öffnung der Lampe gegen den Regen abschirmen. Zunächst konnte er nichts entdecken, doch dann sah er Valerie, die etwas unter ihm im Efeu hing und den Atem anhielt.

„Na warte, du Kröte, dich krieg ich“, murmelte er, und für einen Moment trafen sich ihre Blicke.

Valerie sah, dass Thorsten die Lampe zurück ins Zimmer reichte und nun trotz seiner Größe äußerst behände über den Fenstersims kletterte.

Ich muss mich fallen lassen, dachte sie voller Angst, ihre Hände wollten ihr jedoch nicht gehorchen.

Endlich überwand sie sich und ließ los. Es waren noch einige Meter bis zum Boden, doch zum Glück landete Valerie in einem Strauch, der ihren Aufprall einigermaßen abfederte. Trotzdem schrie sie vor Schmerz laut auf. Sie hatte versucht, sich mit den Händen abzufangen, und ein stechender Schmerz zog durch ihr linkes Handgelenk.

Aber Valerie hatte keine Zeit, sich um ihre Verletzung zu kümmern. Keuchend rappelte sie sich auf und rannte durch die Dunkelheit zum Gartentor.

Hinter ihr waren die Gäste und die Mädchen an die hell erleuchteten Fenster getreten und gaben Thorsten laut rufend Anweisungen.

„Sie rennt zum Tor!“ hörte sie Madame Roeders schrille Stimme. Kurz darauf waren auch schon Thorstens schwere Schritte zu hören, der ihr eilig folgte und immer näher kam.

„Lauf, Valerie, du schaffst es!“ hörte sie plötzlich Louise rufen, doch die Anfeuerung erstarb in einem kehligen Husten.

Der Gartenpfad machte eine Biegung, und Valerie wusste, dass man sie nun vom Haus aus nicht länger sehen konnte. Sie versuchte, noch schneller zu laufen, aber der weite Rock ihres noch immer halb offenen Kleides verfing sich in den Zweigen eines Busches und riss sie zurück. Verzweifelt zerrte Valerie an dem grünen Stoff, der einfach nicht nachgeben wollte. Sie hörte, dass Thorsten ihr dicht auf den Fersen war.

Einem Impuls folgend gab sie ihre Befreiungsversuche auf und drängte sich stattdessen durch die scharfen Dornen ins Innere des dichten Busches. Dort blieb sie mit angehaltenem Atem hocken und schloss vor Angst die Augen.

Erst ein paar Stunden später wagte Valerie es, ihr Versteck wieder zu verlassen.

Nachdem sie sich ins Gebüsch gerettet hatte, war Thorsten an ihr vorbeigelaufen und durch das Tor in die Gasse verschwunden. Valerie hatte aufgeatmet, doch kurz darauf waren Madames Gäste neugierig in den Garten geströmt.

„Thorsten wird sie sicher einholen“, hatte Madame Roeder in Richtung Haus gerufen, wo der dicke Graf, inzwischen wieder vollständig bekleidet, ans Fenster getreten war und sich lauthals beschwerte.

Valerie hatte den Atem angehalten, als sie hörte, dass sich Schritte näherten.

Bitte, bitte, lieber Gott, mach, dass sie mich nicht finden, hatte sie ein Stoßgebet zum Himmel gesandt.

Aber als sie aufsah, hatte sie zu ihrem Entsetzen in ein dunkles Augenpaar geblickt. Der junge Mann, der ihr früher am Abend so gut gefallen hatte, hatte sie entdeckt.

Jetzt ist alles aus, war es Valerie blitzschnell durch den Kopf geschossen.

Doch der Mann hatte gelächelt und ihr zugezwinkert.

„Ich wette, die Kleine ist schon über alle Berge!“ hatte er laut gesagt und Madame Roeder, die hinzugekommen war, galant zurück zum Haus geführt.

„Nichts als Undank“, hatte die Madame geschimpft. „Da nimmt man so ein Mädchen auf …“

„Ach, vergessen Sie das magere Geschöpf“, hatte der junge Mann erwidert. „Wir sollten uns lieber um die Geschäfte kümmern.“

Valerie war noch nie in ihrem Leben jemandem so dankbar gewesen. Er ist wirklich ein Märchenprinz, hatte sie sehnsüchtig gedacht.

Nach einer Weile war der wütende Thorsten zurückgekommen.

„Keine Ahnung, wie die kleine Ratte so schnell verschwinden konnte“, hatte er gemurmelt.

Da immer noch unangenehm dichter Regen fiel und es offenbar ohnehin keine aufregenden Neuigkeiten mehr gab, hatte die Gesellschaft sich nach und nach ins Haus zurückbegeben. Valerie war zitternd vor Erschöpfung und Kälte in ihrem Versteck geblieben. Ängstlich wartete sie, bis alle im Haus verschwunden waren.

Jetzt schloss sie leise die Gartenpforte hinter sich und lief die Gasse hinunter. Ihr Handgelenk schmerzte noch immer, und es war rot und geschwollen.

Bestimmt ist es gebrochen, dachte Valerie und erinnerte sich an eine Nonne, die ein steifes Handgelenk gehabt hatte, weil ihr Bruch nicht ordentlich geschient worden war.

Ich werde nicht einmal vernünftig arbeiten können, sorgte Valerie sich. Wer nimmt denn eine Magd mit einer verkrüppelten Hand? Aber zum Arzt kann ich auch nicht, machte sie sich klar.

Valerie war sicher, dass Madame Roeder die Polizei rufen und sie anzeigen würde. Sie musste, so schnell es ging, aus Köln verschwinden, und niemand durfte sie sehen.

Während sie durch den Regen hastete, versuchte sie, ihre Gedanken zu sortieren und einen Plan zu machen.

Über den Rhein komme ich nicht, überlegte sie, die Polizei gibt den Fährleuten sicher eine Beschreibung von mir. Also muss ich nach Nordwesten. Vielleicht schaffe ich es ja unerkannt in die niederländischen Provinzen.

Eines von Madame Roeders Mädchen stammte aus Amsterdam, und sie hatte Valerie einmal von der großen, lebendigen Hafenstadt mit den vielen Kanälen erzählt.

Da würde es mir sicher gefallen, dachte Valerie sehnsüchtig, und in ihrer Vorstellung sah sie Tulpenfelder und Windmühlen. Dort würde sie bestimmt niemand suchen.

Valerie wusste nicht, wie weit sie schon gelaufen war, doch plötzlich hörte sie schwere Schritte, die durch die Nacht hallten und auf sie zukamen. Eilig drückte sie sich in einen dunklen Torweg. Mit angehaltenem Atem beobachtete sie, wie ein einsamer Gendarm seine nächtliche Runde machte.

Sie suchen mich schon! dachte sie mutlos.

Aber der Polizist ging an ihrem Versteck vorbei, ohne sie zu bemerken.

Nach einer Weile lief Valerie zitternd weiter. Ihr Abendkleid hatte sich inzwischen voll Regen gesogen – es schien Tonnen zu wiegen, und Valerie war bald nass bis auf die Knochen.

In diesem Fummel kann ich mich bei Licht unmöglich sehen lassen, überlegte sie. Also muss ich nachts laufen und tagsüber versuchen, mich irgendwie zu verstecken.

Sie war nach Westen gegangen, zumindest hoffte sie das. Als sie sich nun umdrehte, sah sie in der Ferne den mächtigen Dom aufragen. Der Regen hatte etwas nachgelassen, und hinter der dunklen Silhouette wurde es langsam hell.

„Es wird Zeit, dass ich von den Straßen verschwinde", murmelte sie leise.

Bald würden die Händler mit ihren schweren Ochsenkarren in die Stadt kommen, und die Dienstboten würden mit dem ersten Licht des Tages die Häuser verlassen, um Brot und Milch für ihre Herrschaften zu kaufen.

Verzweifelt sah Valerie sich nach einem geeigneten Versteck um, in dem sie abwarten konnte, bis es wieder dunkel wurde. Nachdem sie eine Weile weitergelaufen war, entdeckte sie einen offenbar verlassenen Geräteschuppen, der sich in einer schmalen Gasse windschief an eine Tischlerei schmiegte. Die grob gezimmerte Holztür hing in den Angeln, und Valerie trat näher.

Enttäuscht sah sie, dass die verwitterte Tür mit einer Kette gesichert war.

„Mist“, flüsterte sie. „Das wäre genau richtig gewesen.“

Valerie wollte schon weitergehen, als ihr auffiel, wie morsch das Holz aussah. Sie zog mit ihrer unverletzten Hand an einem der Bretter. Tatsächlich gab es etwas nach. Valerie achtete nicht darauf, dass sie sich Splitter einriss, während sie an der Planke zerrte. Ihr einziger Gedanke war es, dass sie Schutz finden musste, bevor es endgültig hell wurde.

Schließlich gelang es ihr, zwei der Planken zu lösen, und sie schlüpfte durch den Spalt. Im Inneren des kleinen Schuppens roch es muffig, und Spinnweben streiften Valeries Gesicht, als sie auf allen vieren in das Versteck kroch.

Es dauerte etwas, bis ihre Augen sich an die Dunkelheit gewöhnt hatten. Nach einer Weile erkannte sie, dass verrostete Sägen und Hobel an den Wänden hingen. Auf dem Boden lagen alte Holzscheite und feuchte, schimmelige Sägeabfälle. Valerie überwand ihren Ekel und versuchte, so gut sie konnte, die Holzwolle zusammenzuklauben, um sich wenigstens ein bisschen gegen die feuchte Kälte des Bodens zu schützen. Schließlich legte sie sich auf ihr karges Lager und schloss die Augen. Erst jetzt merkte sie, wie sehr sie fror.

In dem nassen Kleid hole ich mir noch die Schwindsucht, dachte sie, aber dann fielen ihr schon die Augen zu, und sie sank in einen tiefen, erschöpften Schlaf.

Valerie wusste nicht, wie lange sie geschlafen hatte, doch es war schon taghell, als sie plötzlich von wütendem Gebell aus ihren Träumen gerissen wurde.

„Was hast du denn?“ hörte sie eine tiefe Männerstimme. „Ist da eine Ratte drin?“

Valerie erschrak und verhielt sich mucksmäuschenstill.

„Jetzt komm schon“, erklang die Stimme von Neuem, nun etwas ungehalten.

Aber der Hund schien nicht von seiner Entdeckung weichen zu wollen. Valerie hatte die abgerissenen Planken wieder vor die Öffnung gelehnt, um sich vor Blicken zu schützen, doch durch die breiten Zwischenräume erkannte sie einen kleinen schwarzen Pudel, der wie wild kläffte und sich dabei um die eigene Achse drehte.

Wie zur Antwort begann Valeries Magen zu knurren, was den kleinen Hund noch mehr anzustacheln schien. Er rannte auf den Schuppen zu und zerrte mit seinen weißen scharfen Zähnen an einer der losen Planken.

„Was soll denn das, Fridolin?“ hörte Valerie die Männerstimme, und sie sah zwei schwarze gut geputzte Schuhe vor den Eingang treten.

In dem Moment gab die Planke dem Gezerre des Pudels nach und fiel zu Boden.

„Dummer Hund“, schalt der Mann, seine Stimme klang jedoch nicht böse.

Er trat näher und wollte die Planke schon wieder vor die Öffnung stellen. Valerie presste sich in die hinterste Ecke des Schuppens, aber der Mann entdeckte sie trotzdem.

„Was haben wir denn da?“ wunderte er sich und hielt sich die Hand über die Augen, um besser in das schummrige Innere des Schuppens sehen zu können. „Komm da mal raus“, befahl er.

Zunächst konnte Valerie sich vor Schreck und Entsetzen nicht rühren, und sie schüttelte nur verzweifelt den Kopf.

„Muss ich wirklich erst die Polizei rufen?“ wollte der Mann wissen.

Valerie wusste, dass ihr nichts anderes übrig blieb, als ihm zu gehorchen. Langsam kroch sie aus dem dunklen Schuppen nach draußen. Die Sonne blendete sie, und im ersten Moment konnte sie den Mann kaum erkennen, der sie jetzt von oben bis unten musterte.

„Ach, du meine Güte“, murmelte der Mann, als er die zerzauste Valerie in ihrem halb offenen glänzenden Kleid vor sich sah.

Die ganze Zeit kläffte der Pudel wie verrückt und versuchte, an Valerie hochzuspringen. Valerie wehrte ihn mit ihrer gesunden Hand ab. Langsam gewöhnte sie sich an das helle Licht und musterte den Mann ängstlich.

Er war etwa fünfzig Jahre alt, trug einen schlichten schwarzen Anzug und darüber einen etwas verschlissenen, aber säuberlich gestopften Wollmantel. Sein graues Haar war ordentlich zurückgekämmt, und sein buschiger Backenbart war penibel gestutzt. Er hatte helle wache Augen, die Valerie irritiert musterten. Valerie fiel der seltsame Schwung seiner Augenbrauen auf, die an den äußeren Seiten nicht wieder nach unten wuchsen, sondern steil nach oben ausliefen.

„Bitte lassen Sie mich“, flehte Valerie ihn an. „Ich habe nichts Böses getan.“

Der Mann betrachtete sie kopfschüttelnd.

„Mädchen, wie läufst du denn herum?“ fragte er. „Und ganz nass bist du ja auch.“

„Das wird schon trocknen“, entgegnete Valerie mit zitternder Stimme.

„Bis dahin hast du dir den Tod geholt“, widersprach der Mann. „Komm mit“, fügte er hinzu und griff nach ihrem verletzten Handgelenk.

Valerie schrie vor Schmerz auf und wich zurück. Der Mann ließ sie sofort erschrocken los und sah auf ihren bläulich rot verfärbten Arm.

„Das müssen wir sofort versorgen“, sagte er. „Also komm schon.“

Valerie wusste nicht, wie sie reagieren sollte. Wegrennen konnte sie nicht, der Pudel wäre ihr sicherlich hinterhergelaufen, und sie hätte die Blicke aller auf sich gezogen.

Jetzt bin ich dem Dicken entkommen, nur um bei diesem alten Zausel zu landen, dachte sie.

Valerie war sicher zu wissen, was mit ihr geschehen würde. Selbst wenn der Mann sich um ihr schmerzendes Handgelenk kümmern würde, so würde er danach auf jeden Fall seinen Lohn von ihr fordern.

Die Kerle sind doch alle gleich, dachte sie mutlos. Aber wenn ich nicht mitgehe, ruft er die Polizei.

Valerie war viel zu erschöpft und hungrig, um sich länger aufzulehnen. Die Kälte der Nacht saß ihr noch in den Knochen, und sie hatte einfach keine Kraft mehr.

Soll er mit mir machen, was er will, dachte sie ergeben. Es ist sowieso alles egal.

„Ja, ich komme“, sagte sie leise und folgte dem Mann.

8. KAPITEL

Valerie warf noch ein Holzscheit ins Feuer, dann knallte sie die gusseiserne Ofentür zu. „Drecksarbeit! Wäre ich bloß bei der alten Roeder geblieben“, brummelte sie, aber sie meinte es nicht ernst.

Es war jetzt mehr als ein Jahr her, seit der Mann mit dem Pudel sie in dem Schuppen gefunden hatte. Er hatte sie in ein großes elegantes Haus mitgenommen, das sich als ein feines Mädchenpensionat herausstellte. Herr Pütz, wie er sich Valerie schon unterwegs vorgestellt hatte, war der Pedell.

Valerie hatte nicht gewusst, was ein Pedell war, aber sie hatte sich damals nicht getraut, ihn zu fragen. Später hatte sie herausgefunden, dass Herr Pütz so etwas wie ein Hausmeister war. Er hatte eine kleine Wohnung im Souterrain des weitläufigen Gebäudes, und dorthin hatte er Valerie mitgenommen.

Pütz hatte auf einen Ohrensessel vor einem kleinen Kachelofen gedeutet, und Valerie hatte sich gesetzt. Der Mann war in ein Nebenzimmer verschwunden, und einen Moment lang hatte Valerie überlegt, ob sie flüchten sollte. Doch der Pudel war noch immer aufgeregt um sie herumgelaufen und hatte ihre Füße beschnüffelt. Außerdem war es an dem wärmenden Ofen einfach zu schön gewesen, und Valerie hatte ihren Fluchtgedanken beiseite geschoben und ermattet die Augen geschlossen.

Wenig später war der ältere Mann mit einem Tablett in der Hand ins Zimmer gekommen. Er hatte Valerie einen Teller mit einem dick bestrichenen Butterbrot gegeben und einen Becher mit heißer Milch. Dann war er wieder gegangen.

Valerie war wie ein hungriger Wolf über das Essen hergefallen. Nachdem sie den letzten Bissen mit einem Schluck Milch heruntergespült hatte, war der Mann wiedergekommen.

„Ich dachte mir, dass du Hunger hast", hatte er freundlich gesagt, und Valerie hatte beinahe Vertrauen zu ihm fassen wollen.

„Aber jetzt musst du aus den nassen Kleidern heraus", hatte Pütz hinzugefügt.

Also doch, hatte Valerie düster gedacht.

Was hätte sie tun können? Fügsam stand sie auf und wollte gerade anfangen, ihr Mieder aufzuknöpfen, als der Mann sie entrüstet unterbrochen hatte.

„Nicht hier!" hatte er missbilligend gerufen und den Blick niedergeschlagen. „Dein Kleid hat mir schon einiges über dich verraten. Aber dies hier ist ein *anständiges* Haus."

Ohne ein weiteres Wort hatte er ihr saubere weiße Wäsche und ein schlichtes graues Kittelkleid gereicht und auf eine Tür gedeutet. Valerie war gehorsam mit den Sachen in den angrenzenden Raum gegangen. Es war eine kleine Kammer mit einem schmalen Bett, über dem ein schlichtes Kreuz hing. Ansonsten waren nur noch ein Stuhl und ein einfacher Waschtisch in dem Zimmer gewesen.

Valeries Blick war auf ein kleines gerahmtes Bild an der Wand gefallen. Es war die Zeichnung eines jungen Mädchens. Ihre etwas altmodische Frisur und auch der Stil des Bildes deuteten darauf hin, dass die Zeichnung schon einige Jahre alt war.

Valerie hatte das Gesicht des Mädchens betrachtet und verblüfft festgestellt, wie ähnlich es ihr sah. Das Mädchen hatte dieselben klaren hellen Augen, und auch ihr schmales Gesicht mit den hohen Wangenknochen erinnerten Valerie an sich selbst. Über einer Ecke der Zeichnung hatte ein schwarzes Band gehangen.

Sie lebt wohl nicht mehr, hatte Valerie gedacht und einen Moment innegehalten. Schließlich hatte sie sich eilig darangemacht, aus ihren klammen Sachen zu kommen.

Es war gar nicht so einfach gewesen, sich mit einer Hand umzuziehen, und es hatte eine Weile gedauert, bis Valerie zurück in die Stube gekommen war.

Herr Pütz hatte unterdessen einen Schemel an den Ohrensessel gerückt und auf einem kleinen Beistelltischchen eine Schüssel mit warmem Wasser, einen Tiegel mit Salbe und eine Rolle Verbandszeug bereitgelegt.

„Na bitte, jetzt siehst du fast wieder aus wie ein menschliches Wesen", hatte Pütz anerkennend bemerkt, als Valerie in dem schlichten Kleid ins Zimmer getreten war. „Komm her, ich will mir deinen Arm ansehen."

Valerie hatte sich in den Sessel gesetzt, und der ältere Herr hatte vorsichtig ihr Handgelenk untersucht. Trotzdem hatte Valerie bei jeder Berührung die Zähne zusammenbeißen müssen, so sehr hatte ihr Arm geschmerzt.

„Zum Glück ist nichts gebrochen", hatte der Mann gesagt und Salbe auf die verletzte Stelle aufgetragen.

„Das ist Arnika", hatte Valerie gemurmelt. „Gut gegen Schwellungen."

„Woher weißt du das?" hatte der Mann wissen wollen.

„Von Schwester Maria Dolorosa“, hatte Valerie geantwortet, ohne nachzudenken. „Ich bin nämlich von Nonnen aufgezogen worden.“

Bei dieser Äußerung war Herr Pütz in schallendes Gelächter ausgebrochen. „Na, so siehst du mir aus“, hatte er geprustet.

„Es stimmt aber“, hatte Valerie sich verteidigt. „Sie denken, ich bin eine gemeine Hure – aber das stimmt nicht.“

An diesem Morgen hatte Valerie Herrn Pütz schließlich ihre ganze Geschichte erzählt. Zuerst hatte sie gezögert, weil sie Angst hatte, der Mann würde die Polizei rufen, wenn sie ihm die Sache mit Gunter gestehen würde.

Doch Pütz hatte nur zustimmend genickt. „Selber schuld, der Lümmel“, hatte er gemurmelt. „Was geht er dir auch an die Wäsche.“

Nachdem Valerie ihm von ihrer Begegnung mit Madame Roeder und den Geschehnissen in ihrem Haus berichtet hatte, war Pütz wütend aufgesprungen.

„Diese gottlose Vettel gehört in Schimpf und Schande aus der Stadt gejagt!“ hatte er sich aufgeregt.

„Was soll jetzt aus mir werden?“ hatte Valerie ängstlich gefragt.

„Erst einmal schläfst du dich aus, und dann sehen wir weiter. Die Direktorin sucht eine neue Wäscherin. Du hast zwar keine Papiere, aber wenn ich mich für dich einsetze, wird sie dich schon nehmen.“

Er hatte Valerie gesagt, sie könne in der Kammer schlafen, in der sie sich bereits umgezogen hatte.

„Danke", hatte Valerie leise gesagt, aber es kam aus tiefstem Herzen.

Nun war Valerie also seit einem Jahr Wäscherin. Zunächst hatte die Direktorin, Fräulein Hagenberg, sie nicht haben wollen, doch Herr Pütz hatte es irgendwie möglich gemacht. Vielleicht hatte die dünne, strenge Frau auch die Ähnlichkeit zwischen Valerie und dem Mädchen auf dem Bild erkannt.

Das kleine Bild stellte die Tochter von Herrn Pütz dar, die vor mehr als zwanzig Jahren an der Schwindsucht gestorben war. Herr Pütz hatte den Verlust nie verwunden. Seine Frau war schon bei der Geburt der einzigen Tochter verstorben, und Charlotte, so hieß das Mädchen, war sein Ein und Alles gewesen.

Sicher hat Herr Pütz sich deswegen so lieb meiner angenommen, dachte Valerie an diesem Morgen, als sie den schweren Eisenkessel mit dem kochenden Wasser vom Ofen wuchtete.

Ihre Arbeit war hart, und oft fluchte sie darüber, aber nie meinte sie es ernst. Valerie fühlte sich wohl in dem Pensionat, und Herrn Pütz liebte sie inzwischen wie einen Vater. Wären da nicht die keinen Widerspruch duldende Direktorin und ihre verzogenen Schülerinnen gewesen, Valerie hätte sich trotz der Knochenarbeit gefühlt wie im siebenten Himmel.

Herr Pütz war gut zu ihr, und außer Kost und Logis bekam sie sogar einen geringen Lohn von einigen Kreuzern pro Woche. Das meiste davon ging für ihre Kleidung drauf, die Valerie sich selbst nähen musste, wenn sie nach ihren üblichen Vierzehnstundentagen mit dem Waschen und Ausbessern der feinen Schuluniformen fertig war. Einen weiteren

Teil behielt Herr Pütz für ihre Aussteuer zurück, doch einmal im Monat gab er ihr fünf Kreuzer, damit sie sich Zuckerzeug oder ein Exemplar der *Gartenlaube* kaufen konnte.

Valerie hatte an den spannenden Fortsetzungsromanen in dieser Zeitschrift inzwischen einen fast so großen Gefallen gefunden wie damals Louise. Wenn sie abends am Feuer die Geschichten von den armen Mädchen verschlang, die wilde Abenteuer erleben mussten und schließlich immer ihren Märchenprinzen fanden, dachte sie wehmütig an ihre eigenen Träume zurück.

Für mich wird es keinen Prinzen geben, schoss ihr manchmal durch den Kopf, während sie die Seiten umblätterte.

Herr Pütz hatte ihr versprochen, dass er für ihre Aussteuer sorgen würde, wenn auch sie ihren Lohn brav sparte. „Das Geld, das ich für meine Charlotte gespart habe, habe ich ohnehin nie angerührt. Und zusammen mit deinem Lohn wird es eines Tages reichen, damit du einem braven Handwerker oder Handelsmann ein schönes Zuhause bereiten kannst", hatte er ihr erklärt, ohne zu wissen, wie wenig Valerie der Gedanke gefiel, ihr Leben lang als Frau irgendeines Schreiner- oder Bäckergesellen zu schuften. Doch Valerie hütete sich, Herrn Pütz zu widersprechen. Ihre hochtrabenden Träume hätte er sicher nicht gutgeheißen.

„Schuster, bleib bei deinen Leisten", war seine Antwort gewesen, wenn Valerie manchmal doch laut ins Träumen geriet und neidisch die reichen Schülerinnen beobachtete.

Überhaupt waren diese Mädchen eine Pest, fand Valerie. Die meisten der etwa dreißig Schülerinnen, die Fräulein Hagenberg bei sich aufgenommen hatte, waren von Adel, und Valerie fand sie alle schrecklich blasiert. Ständig zeigten sie ihr, wie weit sie über ihr standen, und Valerie vermied es, ihnen überhaupt zu begegnen. Das war nicht schwer, denn die Tage verbrachte sie ohnehin in der großen, von den dampfenden Waschkesseln stets schwülfeuchten Waschküche im Keller oder in der kleinen Nähstube daneben. In die oberen Räume kam Valerie nur, wenn sie frische Wäsche auf den Zimmern zu verteilen hatte. Wenn sie dann einer der Komtessen oder Freifräuleins begegnete, hatten die mit Sicherheit etwas an ihrer Arbeit auszusetzen, oder aber sie übersahen sie absichtlich, als wäre Valerie nichts weiter als eine kleine hässliche Fliege an der Wand.

Die sind doch nur neidisch, dachte Valerie sich oft im Stillen. Sie wusste, dass sie viel hübscher war als die meisten Mädchen im Pensionat. „Daran ändern auch ihre feinen Kleider und Frisuren nichts", sagte sie sich in solchen Momenten.

Doch ein wirklicher Trost war es nicht, denn Valerie wusste, dass diese adligen Fräuleins, seien sie auch noch so hässlich, früher oder später von echten Märchenprinzen zum Altar geführt werden würden. Sie selbst konnte davon nur träumen. Und diesen Unterschied ließen die jungen Damen sie spüren. Aber nicht nur sie.

Erst kürzlich war das erste bürgerliche Mädchen in das Pensionat zugelassen worden, die dicke Käthe Pfefferkorn. Das plumpe Mädchen war die Tochter eines ungeheuer reichen Geschäftsmannes, der in den Wirren der deutschen Revolution sein Glück gemacht hatte.

Käthe stammte mit Sicherheit aus einem vermögenderen Haushalt als die meisten anderen Schülerinnen, die aus Adelshäusern kamen. Aber trotzdem ließen die Mädchen keinen Zweifel daran, dass Käthe weit unter ihnen stand. Dabei waren sie nicht offen unfreundlich – das hätte Fräulein Hagenberg auch nicht zugelassen –, aber sie behandelten das neureiche Mädchen mit einer lässigen Gönnerhaftigkeit, aus der ihre Verachtung sprach.

Käthe versuchte um jeden Preis, sich bei ihren Mitschülerinnen lieb Kind zu machen. Wenn eine der Komtessen ihren neuen Hut bewunderte, schenkte Käthe ihn ihr sofort. Überhaupt tat sie alles, um den anderen zu gleichen, sei es in der Art, ihr dünnes mausgraues Haar zu frisieren oder im Schnitt ihrer aufwändigen Sonntagskleider, die immer ein wenig zu protzig wirkten.

Valerie wusste, dass die adligen Mädchen sich insgeheim über Käthe lustig machten. Trotzdem empfand sie kein Mitleid für das dicke Mädchen.

Warum schleimt sie sich so sehr bei ihnen ein, fragte sich Valerie, wann immer sie beobachtete, wie Käthe sich um ihre Mitschülerinnen bemühte. Sie hat doch alles auf der Welt. Diese blöden Gänse könnten ihr doch eigentlich egal sein.

Besonders, wenn Valerie daran dachte, dass es der wenig ansehnlichen Käthe offenbar trotzdem gelungen war, einen jungen adligen Offizier für sich zu interessieren, stieg Neid in ihr auf.

Warum die, und nicht ich, grübelte sie missgünstig, sie haben es nicht verstanden.

Diese trüben Gedanken plagten Valerie auch an diesem Morgen, während sie in der heißen, stickigen Waschküche die Kessel heizte.

Draußen schien eine milde Herbstsonne, und einige Schülerinnen, darunter auch Käthe Pfefferkorn, flanierten im Garten. Durch das halb offen stehende Fenster, das hoch oben in dem Kellerraum angebracht war, konnte Valerie ihre Stimmen hören, während sie in einem Waschbottich die feine Bettwäsche der Mädchen in heißer Seifenlauge schrubbte.

„Das hat mir Frederic verehrt“, hörte sie Käthe stolz verkünden.

Offenbar hatte Fräulein Pfefferkorns Verehrer ihr ein Präsent zukommen lassen. Die Direktorin achtete streng auf gute Sitten und überwachte ihre Mädchen mit Argusaugen. Doch sie unterband nicht jeglichen Kontakt zu jungen Herren, sofern sie aus gutem Hause stammten. Die meisten ihrer Schülerinnen entstammten dem Landadel und waren auf einsamen Schlössern oder abgelegenen Landsitzen zu Hause. Ihren Eltern war es daher nicht unangenehm, wenn sie während ihrer Zeit in Fräulein Hagenbergs Pensionat eine gute Partie kennen lernten.

Und der Offizier, auf den Käthe ein Auge geworfen hatte, wäre eine außerordentlich gute Partie gewesen. Denn er war von Adel und sie eine Bürgerliche.

„Knickerig ist er offenbar nicht“, gab eines der anderen Mädchen nun zurück. „Aber das wäre auch dumm, bei deiner Mitgift.“

Der Schlag hatte gesessen – Valerie hörte, wie Käthes Stimme schriller wurde, als sie nun antwortete.

„Die hat Frederic nicht nötig", gab sie beleidigt zurück.

„Warum sonst sollte ein Mann von Adel, noch dazu ein Offizier, wohl um dich werben?" entgegnete das andere Mädchen, und Verachtung schwang in ihrer Stimme mit.

„Weil er mich liebt!" behauptete Käthe voller Überzeugung. „Geld hat Frederic nämlich selbst genug. Auf seinen Besitzungen im Osten ist Kohle gefunden worden, und mein Vater sagt, er ist ein gemachter Mann."

Einen Augenblick lang herrschte Schweigen, und Valerie wusste, dass Käthes noble Mitschülerinnen innerlich vor Neid vergingen. Denn anscheinend war Käthes Verehrer ein sehr schneidiger Offizier, auf den andere Mädchen der Schule ebenfalls ein Auge geworfen hatten.

„Man sagt ja, Liebe macht blind", spottete eines der Mädchen nun.

Valerie hatte längst genug von den Gemeinheiten der feinen Damen.

Lieber ersticke ich hier im Dampf, dachte sie wütend, stand auf und drückte mit einem Besenstiel das kleine Fenster unter der Zimmerdecke zu, um die Unterhaltung nicht länger hören zu müssen.

Ein paar Stunden später ging Valerie mit einem frisch geplätteten Bündel Bettwäsche die schmale Stiege hinauf, die von den Wirtschaftsräumen im Keller in die Empfangshalle des Pensionats führte. Sie musste sich beeilen, denn sie war schon spät dran, und der Wäscheberg, der unten noch auf sie wartete, wollte und wollte nicht kleiner werden.

So übersah sie fast den jungen Mann in Uniform, der neben der Tür stand und offenbar darauf wartete, zu Fräulein Hagenberg vorgelassen zu werden. Valerie wollte gerade die Treppe zum ersten Stock hinauflaufen, als sie plötzlich hinter sich seine Stimme hörte.

„Wenn das nicht die kleine Französin ist."

Valerie wirbelte herum.

Im selben Moment, in dem sie den dunkel gelockten jungen Mann erkannte, den sie vor mehr als einem Jahr bei Madame Roeder gesehen hatte, ließ sie vor Schreck ihr Wäschebündel fallen.

„Jetzt bist du also Wäscherin geworden", lachte der Mann und trat näher.

Valerie war starr vor Schreck, und das Blut schoss ihr in die Wangen.

„Ich ... ich ...", stammelte sie hilflos und blickte in die schönen dunklen Augen des groß gewachsenen Offiziers.

Der wollte ihr schon beim Aufheben der Wäsche behilflich sein, doch in dem Augenblick ging die Tür zum Salon auf. Peter, der alte Hausdiener, kam in die Halle.

„Fräulein Hagenberg lässt bitten."

Der junge Offizier reichte Valerie noch einen Kopfkissenbezug, den sie mit einer mechanischen Bewegung entgegennahm. Verschwörerisch zwinkerte er ihr zu und wandte sich zum Salon.

„Na, das wirst du wohl noch einmal waschen müssen", bemerkte Peter und deutete auf die auf der Treppe verstreute Wäsche.

Aber Valerie hörte ihn gar nicht.

Mein Märchenprinz! dachte sie.

9. KAPITEL

„Wie siehst du denn aus?“ wollte Herr Pütz wissen, als er eine Stunde später in die Waschküche kam. Valerie saß regungslos neben dem Waschkessel und starrte ins Leere. Tausend Gedanken schossen ihr durch den Kopf. Mit vor Aufregung zitternden Händen hatte sie die Wäsche zusammengeklaubt und war wieder nach unten gestürzt.

Ich habe ihn wiedergesehen! dachte sie glücklich.

Wenn sie im letzten Jahr über ihren Liebesromanen gesessen und sich aus der grauen Waschküche weggeträumt hatte, hatte sie oft an den schönen Jüngling denken müssen. Und wenn sie sich erträumte, dass sie wie die Romanheldinnen von ihrem Bräutigam an den Altar geführt wurde, hatte ihr Traumprinz immer die Züge dieses jungen Mannes getragen.

Doch inzwischen waren ihr Zweifel gekommen, ob das Wiedersehen wirklich eine glückliche Fügung des Schicksals war.

Was ist, wenn er der Hagenberg sagt, woher er mich kennt? fragte sie sich bang. Sie wusste, dass das strenge Fräulein sie sofort aus dem Haus werfen würde, wenn sie erführe, dass Valerie eines von Madame Roeders Mädchen gewesen war.

Herr Pütz hatte damals eine glaubhaft klingende Geschichte erfunden, die er der misstrauischen Direktorin aufgetischt hatte, und Valerie hatte sich strikt an dieses Märchen gehalten, wann immer jemand aus dem Haus sie nach ihrer Vergangenheit gefragt hatte.

Aber warum sollte mein Prinz das tun, überlegte sie nun. Er hat mich schließlich damals im Garten auch nicht verraten.

Bei dem Gedanken musste Valerie lächeln, und sie erinnerte sich wieder an das Augenzwinkern, mit dem er sich damals abgewandt hatte, um Madame Roeder von Valeries Versteck wegzulocken.

Genau wie eben, dachte sie und war froh zu sitzen, denn ihre Knie wurden schwach und es kam ihr vor, als hätte sie Schmetterlinge im Bauch. Er hat die schönsten Augen der Welt! Was macht er nur hier?

Offenbar hatte er einen Termin bei der Direktorin, doch Valerie konnte sich beim besten Willen nicht vorstellen, warum.

Vielleicht ist eine der Schülerinnen ja seine Schwester, überlegte Valerie. Die kleine Komtess von Finkenberg sieht ihm ein wenig ähnlich.

Diese verworrenen Gedanken plagten Valerie, als Herr Pütz nun besorgt zu ihr trat.

„Ich glaube, du musst mal an die frische Luft. Der Dampf hier drinnen ist ja nicht zum Aushalten. Warum hast du denn nicht das Fenster aufgemacht?“ wollte der gütige Hausmeister wissen.

Valerie sah zu ihm auf, aber sie konnte nicht antworten. Hilflos zuckte sie mit den Schultern. Herr Pütz griff in seine Westentasche und zog einen Kreuzer hervor.

„Hier, lauf zum Bäcker am Friesenplatz und kauf dir meinetwegen etwas Kuchenbruch“, sagte er und hielt Valerie das Geldstück entgegen. „Der Zucker wird dir gut tun.“

Valerie nickte und erhob sich mit schwachen Beinen. Während sie zur Tür ging, hörte sie, wie Herr Pütz hinter ihr das Fenster wieder öffnete.

Wie in Trance lief Valerie durch die Stadt und achtete nicht auf das, was um sie herum geschah. Sie versuchte, ihre Gedanken zu ordnen.

Du *musst* ihn dir aus dem Kopf schlagen, dachte sie. Wenn er Almut von Finkenbergs Bruder ist, heißt das doch, er ist ein Graf. Und der wird sich kaum mit einer Wäscherin abgeben.

Obwohl sie versuchte, vernünftig zu sein, hatte sie das Gefühl, noch immer den amüsierten Blick seiner schönen braunen Augen auf sich zu spüren, und ihr lief ein wohliger Schauer über den Rücken.

Aber manchmal werden Märchen wahr, dachte sie sehnsüchtig.

Beim Bäcker achtete sie kaum darauf, was man ihr für ihren Kreuzer gab. Der dicke gemütliche Bäcker kannte Valerie schon und begrüßte sie freundlich. Als er ihr das Tütchen mit dem Kuchenbruch reichte, zwinkerte er ihr zu, und Valerie musste lächeln .

Obwohl der rotgesichtige Mann dem schönen Jüngling in keiner Weise ähnlich sah, war doch das Augenzwinkern genug, um Valerie wieder in ihre Traumwelt zu versetzen. Im Geiste sah sie sich am Arm ihres Angebeteten eine Straße entlangflanieren. Die vorbeigehenden Herren würden respektvoll ihre Hüte ziehen und den schneidigen Offizier und seine schöne junge Frau grüßen.

So in Gedanken versunken bog Valerie um die Ecke in die Straße ein, die zum Pensionat führte.

„Schon wieder meine kleine Französin."

Eine Kutsche kam neben der erschrockenen Valerie zum Stehen, und der braun gelockte Offizier beugte sich aus dem Fenster.

„Die Welt ist wirklich klein", lachte er und winkte Valerie zu sich.

Die völlig überwältigte Valerie trat schüchtern näher und spürte, wie unter ihrem schlichten Kleid ihr Herz vor Freude und Aufregung pochte.

„Haben Sie Fräulein Hagenberg gesagt, wer ich bin?" fragte sie bang.

„Dazu müsste ich es doch erst einmal selber wissen", antwortete der junge Mann und sprang aus der Kutsche.

Als er neben ihr stand und sie ansah, versagten Valeries Beine ihr fast den Dienst.

„Ich hab oft an dich gedacht, seit der Nacht bei der alten Roeder", begann der Offizier lächelnd.

Valerie wagte kaum zu glauben, was sie hörte.

Er hat mich nicht vergessen! dachte sie überglücklich und bebte innerlich.

„Ich auch an Sie", erwiderte sie leise und traute sich nicht, ihn anzusehen.

Sonst hätte sie bemerkt, wie der Offizier schmunzelte.

„Du bist noch schöner geworden", sagte er lächelnd. „Aber meinst du nicht, dass du mir deine Geschichte schuldest, nachdem ich schon zweimal geschwiegen und dich nicht verraten habe?" fragte er.

„Ich bin ganz langweilig“, stammelte Valerie. „Und außerdem muss ich zurück.“

Sie deutete auf das Pensionat.

„Ach was, die werden mal für ein paar Stündchen auf dich verzichten können“, widersprach der Offizier leichthin. „Komm, wir machen eine Kutschpartie.“

Valerie hatte sich zunächst gesträubt, doch sie konnte dem schönen Offizier nicht lange widerstehen. Schließlich war sie zu ihm in seine Kutsche gestiegen. Die beiden waren am Rhein entlang Richtung Rodenkirchen gefahren und hatten schließlich in einem idyllisch am Flussufer gelegenen Landgasthof Rast gemacht.

Unterwegs hatte Valerie dem jungen Mann ihre ganze Geschichte erzählt, und er war aus dem Staunen nicht herausgekommen.

„Du bist wirklich ein ganz besonderes Mädchen“, sagte er lächelnd, als sie im Garten des Gasthofs unter einer mächtigen Eiche, deren Laub sich schon herbstlich färbte, Platz genommen und einen Imbiss bestellt hatten. „Das habe ich gleich gewusst, als ich dich gesehen habe.“

Der Offizier schenkte für sich und Valerie goldenen Wein in die einfachen Zinnkrüge, die der Wirt ihnen zusammen mit dem Weinkrug gebracht hatte.

„Wie heißt du eigentlich?“ fragte er und blickte Valerie dabei in die Augen.

Schüchtern nannte sie ihren Namen.

„Liebe Valerie, du bist zauberhaft“, entgegnete er mit einem Lächeln und ergriff ihre Hand.

Valerie schämte sich, als er ihre rote, vom Waschen raue Hand an seine Lippen führte und einen Kuss darauf hauchte. Aber ihn schien es nicht zu stören. Der schöne Offizier ließ ihre Hand auch nicht los, als er den Blick wieder hob und in Valeries Augen sah.

„Verzeih, ich habe mich noch gar nicht vorgestellt", sagte er und nahm Haltung an. „Rittmeister von Streelitz, zu Ihren Diensten!" Er knallte mit den Hacken. „Aber meine Freunde nennen mich Fredi."

Die Stunden waren wie im Flug vergangen, und es dämmerte bereits, als Valerie sich erinnerte, dass man sie zu Hause sicher vermissen würde.

„Ich muss zurück!" rief sie erschrocken und sprang auf.

„Ich fürchte, das werden wir heute nicht mehr schaffen", entgegnete Fredi. „Ich habe meinen Burschen mit dem Einspänner zurück in die Garnison geschickt, und wenn nicht noch eine Postkutsche vorbeikommt, sitzen wir wohl fest."

Valerie sah Fredi entsetzt an.

„Aber Herr Pütz macht sich doch Sorgen!" erwiderte sie. „Und wenn ich erst morgen zurückkomme, wird Fräulein Hagenberg mich sicher rauswerfen."

„Unsinn, das erkläre ich ihr schon. Ich nehme alle Schuld auf mich, und meiner Versicherung, dass alles ganz schicklich zugegangen ist, wird sie glauben."

Das hoffte Valerie inständig, während sie Fredi in den Gasthof folgte. Inzwischen hatte sie erfahren, dass er ein leibhaftiger Baron war, dessen Familie aus Preußen stammte.

„Ich dachte, du bist ein Graf", hatte Valerie sich gewundert, und Fredi hatte sie fragend angesehen.

„Weil Almut ja eine Komtess, also die Tochter eines Grafen, ist", hatte sie errötend hinzugefügt. „Sie ist doch deine Schwester?"

Fredi hatte etwas überrascht ausgesehen.

„Nicht direkt, eher eine entfernte Verwandte", hatte er zurückgegeben.

Valerie beobachtete ihn, als er nun auf den Wirt zuging.

Wie schön er ist, dachte sie, während die beiden Männer sich unterhielten.

„Es gibt keine Postkutsche mehr nach Köln", berichtete Fredi, als er wenig später wieder zu ihr kam. „Aber der Wirt hat Gott sei Dank noch zwei Zimmer frei. Er macht sie gerade für uns fertig."

Zwei Zimmer, dachte Valerie, und ihr Herz hüpfte. Er ist also ein Ehrenmann.

Während sie darauf warteten, dass der Wirt von oben zurückkam, schenkte Fredi ihr noch ein Glas Wein ein. Valerie war zwar schon leicht schwindlig von dem ungewohnten Getränk, aber sie konnte ihrem Traumprinzen einfach nichts abschlagen. Brav trank sie den Wein aus.

„So, Sie können jetzt kommen", rief der Wirt von oben.

Als Valerie auf die Treppe zuging, begann sich plötzlich der Raum um sie zu drehen.

„Hoppla, was ist denn mit dir?" fragte Fredi und fing sie schnell auf.

„Der Wein", murmelte Valerie.

„Das war alles ein bisschen viel", erwiderte Fredi lachend. „Dann wollen wir dich mal ins Bett bringen."

Bevor Valerie es sich versah, hatte er sie auf seine starken Arme genommen und trug sie die steile Treppe hinauf. Valerie kuschelte sich an den weichen Stoff seiner schönen Uniform.

„Wo ist das Zimmer der Dame?" fragte Fredi.

Der Wirt öffnete eine Tür. „Ihr Zimmer liegt daneben", fügte er hinzu.

„Gut, das wäre dann alles", entgegnete Fredi, während er Valerie sanft auf dem einfachen, aber sauber bezogenen Bett ablegte.

Der Wirt schloss die Tür hinter sich, und Valerie und der Rittmeister waren allein.

„Geht es wieder?" erkundigte sich Fredi leise.

Valerie nickte und sah zu ihm hoch. Langsam näherte sich sein Gesicht dem ihren, und zärtlich hauchte er Valerie einen Kuss auf die Lippen.

„Ich habe mich vom ersten Augenblick an in dich verliebt", gestand er ihr lächelnd.

„Aber das geht nicht", protestierte Valerie schwach. „Ich bin nur eine einfache Wäscherin."

„Das ist mir ganz egal", entgegnete Fredi. „Ich will nur dich. Für immer nur dich. Und du mich doch auch, oder?"

Valerie wusste nicht, wie ihr geschah. Sollten all ihre Träume plötzlich wahr werden? Dieser wunderschöne, zärtliche Offizier, ein leibhaftiger Baron, wollte sie wirklich heiraten?

Sie blickte in Fredis Augen und wusste, dass es stimmte.

„Ja, ich will", murmelte sie, während Fredi sie in seine Arme zog und sie leidenschaftlich küsste.

10. KAPITEL

Als Valerie am nächsten Morgen wach wurde, wagte sie zuerst nicht, die Augen zu öffnen. Was ist, wenn das alles doch nur ein Traum war? fragte sie sich. Doch ihr Körper sagte ihr, dass sie nicht bloß geträumt hatte. Fredi hatte sie geliebt, leidenschaftlich geliebt.

Zwar hatte es zuerst etwas wehgetan, und Gefallen hatte sie dem Ganzen nicht abgewinnen können – auch nicht, als Fredi zum zweiten Mal zu ihr gekommen war. Aber trotzdem traten Valerie Freudentränen in die Augen, als sie sich an die letzte Nacht erinnerte. Ihr wunderbarer Rittmeister hatte ihr den Himmel auf Erden versprochen und wieder und wieder gemurmelt, wie sehr er sie liebte und sich nach ihr verzehrte.

Mein Verlobter, dachte Valerie verzückt und wollte seine Nähe spüren.

Doch als sie die Hand tastend im Bett ausstreckte, spürte sie nur das grobe Leinen. Erschrocken schlug sie schnell die Augen auf.

Fredi war verschwunden!

„Das kann nicht sein!“ rief Valerie entsetzt aus und sprang aus dem Bett.

Während sie sich hastig in das Betttuch hüllte, hoffte sie, er sei nur ins Nebenzimmer gegangen, damit sie in Ruhe schlafen konnte. Als sie jedoch leise die Verbindungstür öffnete, bemerkte Valerie, dass das andere Zimmer nie benutzt worden war.

Der gemeine Hund! dachte sie und musste sich im Türrahmen abstützen, denn sie drohte, ohnmächtig zu werden.

Wie eine Schlafwandlerin drehte Valerie sich um und ging langsam in ihr Zimmer zurück. Sie wollte sich weinend auf ihr Bett stürzen, als sie auf dem Kopfkissen etwas entdeckte.

Ein Brief! Hastig griff sie nach dem Zettel.

Liebste Valerie, bitte denk nicht, ich wollte mich wegschleichen. Aber du hast so süß geschlafen, und ich musste in aller Frühe zurück in die Garnison. Unter dem Kopfkissen findest du genug Münzen für eine Kutsche nach Köln. Für immer dein, Fredi.

Vor Glück schluchzend presste Valerie den Zettel an ihre Brust. Er hatte sie nicht verlassen!

„Für immer dein", las sie noch einmal halblaut, und eine Träne fiel auf die gleichmäßige, schön geschwungene Schrift des Rittmeisters.

Es war bereits Mittag, als Valerie ins Pensionat zurückkehrte. Sie erwartete, dass die wütende Direktorin schon auf sie warten würde, aber als sie am Dienstboteneingang auf Peter traf, nickte der alte Diener ihr wie gewöhnlich nur zu. Valerie wollte ihn etwas fragen, doch er winkte schlecht gelaunt ab.

„Lass mich bloß in Ruhe, heute ist hier der Teufel los. Der reiche Pfefferkorn ist vorhin mit seiner Gattin aus Frankfurt angekommen, und Fräulein Hagenberg steht Kopf", brummte er. „Irgendwelche großen Ereignisse."

In dem Moment begann die Klingel aus dem Salon zu schellen, und der Diener eilte zur Treppe.

„Ja, ja, ich komme“, grummelte er.

Kann es sein, dass mich noch niemand vermisst hat? dachte Valerie, als sie in die Waschküche lief.

„Wo bist du gewesen? Ich habe vor Sorge kein Auge zugemacht!“ donnerte Herr Pütz, kaum dass sie in den Raum geschlüpft war.

Valerie senkte schuldbewusst den Blick. Doch dann fiel ihr wieder ein, was sie sich auf der Kutschfahrt hierher zurechtgelegt hatte. Eigentlich hatte sie ja eine gute Nachricht für ihren väterlichen Mentor.

„Ich bin verlobt!“ rief sie.

„Das will ich auch hoffen, nachdem du dich über Nacht sonst wo herumgetrieben hast“, gab der Hausmeister grimmig zurück.

Nachdem Valerie geendet hatte, sah Herr Pütz sie einen Moment lang schweigend an. Langsam wiederholte er ihre Worte.

„Dein Verlobter ist also Rittmeister und ein Baron. Du hast ihn gestern hier getroffen, und er heißt Fredi, ja?“

Valerie nickte.

Pütz erhob sich und ging auf sie zu. Valerie fragte sich noch, was wohl kommen würde, da hatte eine schallende Ohrfeige sie schon fast von ihrem kleinen Schemel geworfen. Fassungslos rieb sich Valerie ihre glühende Wange und starrte Herrn Pütz entsetzt an.

Der gutmütige Pedell hatte Valerie nie zuvor angeschrien,

geschweige denn geschlagen, doch jetzt brüllte er sie regelrecht an.

„Fredi heißt er also“, tobte Pütz. „Weißt du, wer das ist? Das ist Baron Frederic von Streelitz!“

Die völlig überraschte Valerie sah ihn nur stumm an.

„Und weißt du, wo dein *Fredi*“, er betonte den Valerie so lieben Namen sehr abfällig, „weißt du, wo er jetzt ist? Dein feiner Herr Rittmeister ist oben im Salon und hält um Käthe Pfefferkorns Hand an!“

Ohne anzuklopfen stürzte Valerie in den Salon.

„Es kann nicht sein, es kann nicht sein“, hatte sie immer wieder gemurmelt, als sie, so schnell sie konnte, die Treppe hinaufgelaufen war.

Aber irgendetwas tief in ihrem Herzen sagte ihr, dass der Hausmeister Recht hatte. Deshalb also war Fredi am Vortag im Haus gewesen. Valerie hatte ja selbst gehört, wie die dicke Käthe von Frederic, dem Rittmeister, geschwärmt hatte.

Als Valerie die im Salon versammelte Gesellschaft nun sah, blieb sie wie angewurzelt stehen.

Herr Pfefferkorn, ein grobschlächtiger Mann in einem auffälligen Anzug nach neuester Mode, saß mit seiner Gattin auf dem kleinen Sofa am Fenster. Das zierliche Möbelstück drohte unter den beiden schier zusammenzubrechen, denn auch Frau Pfefferkorn war eine massige Person. Ihr sonnengelbes, mädchenhaft unter dem Busen geschnürtes Kleid ließ sie aussehen wie einen riesigen Kürbis. Der Eindruck wurde noch verstärkt durch den kecken grünen Hut, der wie ein Stängel über der massigen Frucht zu thronen schien.

Doch das alles war Valerie egal. Denn auf dem zweiten Sofa saß Käthe Pfefferkorn neben der Direktorin. Käthe strahlte über beide runden Bäckchen. Ihr zu Füßen kniete der Rittmeister und bat sie um ihre Hand.

„Fredi!" schrie Valerie entsetzt. „Sag mit bitte, dass das nicht wahr ist!"

Wenig später musste die vor Wut und Verzweiflung weinende Valerie sich vor Fräulein Hagenberg rechtfertigen.

„Ich bin keine lose Dirne!" rief sie unter Tränen.

Frederic von Streelitz hatte alles geleugnet – er hatte behauptet, Valerie nie zuvor gesehen zu haben, und als sie den Brief, den sie am Morgen gefunden hatte, aus ihrem Mieder zog und ihn der Direktorin präsentierte, hatte der Rittmeister ihn an sich gerissen und höhnisch gelacht.

„Es käme mir im Leben nicht in den Sinn, mich ausgerechnet ‚Fredi' zu nennen", hatte er leichthin behauptet. „Und außerdem ist das nicht meine Handschrift", hatte er hinzugefügt und den Zettel der einigermaßen fassungslosen Käthe gereicht. „Nicht wahr, meine Teure?"

Käthe, die sich zu ihren schockierten Eltern geflüchtet hatte, beäugte den Brief misstrauisch. Was die Handschrift anging, schien sie sich nicht sicher zu sein. Doch plötzlich dämmerte ihr, was auf dem Spiel stand. Sie sah zu dem schönen Rittmeister auf und lächelte ihn verliebt an.

„Natürlich nicht, mein Liebster", hauchte sie und sah Valerie böse an.

Von Streelitz nahm den Zettel wieder an sich und warf ihn hastig ins brennende Kaminfeuer.

„Na also“, sagte er zufrieden und hielt den Fall damit für erledigt.

Doch er hatte nicht mit Valeries Temperament gerechnet. Wütend stürzte sie sich auf ihn und wollte ihm die Augen auskratzen.

„Mach es nicht noch schlimmer“, zischte der Rittmeister Valerie leise zu, während er sich befreite und sie unsanft zur Seite stieß.

Aber Valerie gab nicht auf. Weinend flehte sie die Direktorin an, ihr zu glauben.

Unvermittelt meldete Frederic sich noch einmal zu Worte. „Verzeihung, ich muss mich korrigieren“, sagte er ruhig an alle Anwesenden gewandt. „Ich habe dieses Mädchen doch schon gesehen.“

Valeries Herz begann, heftig zu klopfen. Würde ihr Geliebter sich nun zu ihr bekennen? Flehend sah sie ihn an. Doch Frederic von Streelitz beachtete sie nicht.

„Es ist allerdings eine Weile her, und zu dem Zeitpunkt sah diese Person auch anders aus. Sie war geschminkt und trug einen sehr ordinären Fummel. Es war auf einem Spaziergang, und sie ist mir mehr als zehn Minuten hinterhergelaufen. Deshalb erinnere ich mich. Sie war übrigens in Begleitung einer Dame von recht zweifelhaftem Ruf. Einer gewissen Madame Roeder.“

Valerie schrie auf und schlug die Hände vors Gesicht.

Die Direktorin hatte Valerie eine halbe Stunde Zeit gegeben, um ihre Sachen zu packen.

„Das wirst du mir büßen", hatte Valerie in Frederics Richtung gezischt, als sie den Salon verlassen hatte. Der Offizier hatte nur gelacht.

Nun stand sie weinend in dem kleinen Zimmer, das längst zu ihrem einzigen Zuhause auf der Welt geworden war, und schnürte ihr Bündel. Als Fräulein Hagenberg Herrn Pütz gerufen hatte, war auch er nicht länger bei seiner ursprünglichen Geschichte geblieben. Wahrheitsgemäß hatte er berichtet, in welchem Zustand er Valerie gefunden hatte. Für die Direktorin war damit alles klar gewesen.

„Ach, Kind, warum hast du das nur gemacht?" murmelte Herr Pütz, als er nun hinter Valerie ins Zimmer trat.

„Ich habe ihn geliebt. Und er hat *versprochen,* dass er mich heiratet. Wenigstens habe ich das geglaubt", erwiderte Valerie schluchzend.

Sie wollte Trost in den Armen des Hausmeisters suchen, doch er wich zurück. Valerie blieb wie angewurzelt stehen und sah ihn verletzt an.

Jetzt hasst er mich! schoss es ihr durch den Kopf.

Herr Pütz streckte ihr mit einer abrupten Bewegung ein zusammengeknotetes Taschentuch hin. Als Valerie es nahm, fühlte sie, dass Münzen darin waren.

„Jetzt geh", sagte Herr Pütz knapp, aber man sah ihm an, wie sehr ihn die eigenen Worte schmerzten. „Und komm nie wieder."

In Gedanken versunken ging Valerie ein paar Wochen später eine Kölner Straße entlang. Das Geld von Herrn Pütz hatte nicht lange gereicht. Zwar war es mehr als ihr ersparter Lohn gewesen, denn der gütige Hausmeister hatte noch etwas draufgelegt, doch Pensionszimmer und das Essen in Wirtschaften waren teuer in der Domstadt.

Valerie hatte versucht, eine Anstellung zu finden, aber Fräulein Hagenberg hatte sich geweigert, ihr ein Zeugnis zu schreiben, und so war sie überall abgelehnt worden. Einige der Herrschaften, bei denen sie sich vorgestellt hatte, hatten Valerie so scheel angesehen, als sei ihr ihr zweifelhafter Ruf bereits vorausgeeilt.

Valerie fühlte nun in der Tasche ihres Kleides nach dem letzten Taler, den sie noch besaß.

Was soll nur aus mir werden? dachte sie verzweifelt.

Am Morgen war sie zum Wirt der kleinen Herberge in der Altstadt am Fuße des Doms gegangen und hatte ihm gestanden, dass sie das Zimmer nicht länger bezahlen konnte. Sie hatte angeboten, stattdessen für die Logis in der Küche zu arbeiten oder die Zimmer zu machen, doch der Mann hatte sie ausgelacht.

„Mägde habe ich genug“, hatte er gemeint und sie begehrlich gemustert. „Aber ich wüsste schon einen Weg, wie du dir die Zimmermiete verdienen kannst.“

Er war grinsend auf Valerie zugegangen und hatte keinen Zweifel an dem gelassen, was er von ihr wollte. Valerie hatte ohne ein Wort ihr Bündel genommen und war stolz erhobenen Hauptes gegangen.

Heute konnte ich mir das noch leisten, dachte sie nun. Aber was ist in ein paar Tagen, wenn ich gar nichts mehr habe und Hunger leide? Wenn niemand meine Arbeit will, was kann ich dann noch verkaufen – außer meinem Körper?

Als eine Kutsche dicht an ihr vorbeifuhr, zuckte Valerie erschrocken zusammen und sah zum ersten Mal seit Längerem auf. Zu ihrem Entsetzen entdeckte sie, dass sie fast vor Madame Roeders Haus stand. Sofort machte sie auf den Absatz kehrt und wollte weglaufen, doch nach ein paar Schritten blieb sie nachdenklich stehen.

Früher oder später ist es so weit, dachte sie mutlos. Und hier weiß ich wenigstens, was mich erwartet.

Als sie sich umdrehte, war es Valerie so, als würde etwas in ihr zerbrechen. Doch dann atmete sie durch und ging festen Schrittes auf das Hurenhaus der Madame Roeder zu.

TEIL 2

VIER JAHRE SPÄTER

11. KAPITEL

Verschlafen räkelte Valerie sich in ihrem Bett und kuschelte sich noch einmal in die seidigen Damastkissen. Als sie das Klappern von Geschirr hörte, drehte sie sich um. Ihr Dienstmädchen trat mit einem Frühstückstablett ein.

„Wie spät ist es?“ wollte Valerie gähnend wissen.

„Es geht schon auf zwölf“, erwiderte das Mädchen, und leise Missbilligung schwang in seiner Stimme mit.

„Dann hoffe ich für dich, dass du wenigstens mit der Wäsche fertig bist“, gab Valerie kühl zurück.

Sie ärgerte sich nicht zum ersten Mal über die Frechheiten ihrer Angestellten. Obwohl die Magd gut von Valerie bezahlt wurde, ließ sie ihre Herrin doch mit schöner Regelmäßigkeit spüren, wie sehr sie sie insgeheim verachtete. Denn das Mädchen wusste nur zu genau, womit Valerie ihren Lebensunterhalt bestritt. Die schöne junge Frau war Kurtisane, die schillerndste und begehrteste Kurtisane von Köln.

„Ich muss noch bügeln“, sagte das Mädchen nun, während es das Frühstückstablett an Valeries Bett abstellte.

„Beeil dich gefälligst“, fuhr Valerie sie an, während sie zur Teetasse griff. „Ich bezahle dich nicht für deine Faulheit.“

„Sehr wohl“, entgegnete das Mädchen und zog sich nach einem angedeuteten Knicks zurück. „Die hat ein Leben“, brummelte die Magd leise, während sie zur Tür ging.

„Das habe ich gehört“, rief Valerie ihr nach. Dumme Gans, dachte sie, während sie die Zeitung aufschlug. Als ob die eine Ahnung hätte, wie es in meinem Leben zugegangen ist.

Mechanisch blätterte sie die Seiten um, aber keiner der Artikel erregte ihre Aufmerksamkeit. Ihre Gedanken schweiften ab, und sie erinnerte sich an die ersten Monate, nachdem sie zu Madame Roeder zurückgekehrt war …

Mit einem mulmigen Gefühl in der Magengegend hatte sie geläutet und der Dinge geharrt, die von nun an auf sie zukommen würden.

Der grässliche Thorsten öffnete ihr die Tür. Im ersten Moment war er völlig überrascht, doch dann brach er in schallendes Gelächter aus.

„Wen haben wir denn hier?“ murmelte er spöttisch und pfiff durch die schiefen Zähne. „Dass du dich noch einmal hertraust, hätte ich nicht gedacht.“

Auch die Herrin des zweifelhaften Etablissements machte keinen Hehl daraus, dass Valeries reuige Rückkehr sie diebisch freute.

„Ich habe es gewusst!“ rief Madame Roeder, als Valerie zur ihr vorgelassen wurde.

Fast eine Stunde lang kanzelte die hagere Frau Valerie ab und machte ihr Vorhaltungen, welchen Ärger sie ihretwegen gehabt hatte.

„Kannst du dir überhaupt vorstellen, was ich anstellen musste, um den Grafen zu besänftigen? Getobt hat er und wollte mich anzeigen! Mich! Ich bin Geschäftsfrau! Ich muss auf meinen Ruf achten“, regte sie sich auf.

Ruf? Das sagt die Richtige, dachte Valerie wütend, hielt jedoch ihre Zunge tunlichst im Zaum. Sie wusste, dass sie darauf angewiesen war, dass Madame Roeder sie wieder aufnahm.

„Es tut mir sehr Leid“, entgegnete sie mit gespielt reuiger Miene.

„Ja, es wird dir noch Leid tun“, sagte Madame Roeder mit einem hinterhältigen Funkeln in den Augen und wirkte, als wäre ihr gerade etwas besonders Böses eingefallen.

Aber schlagartig setzte sie wieder eine neutrale Miene auf, holte ein schwarzes Kontobuch vom Regal und setzte sich einen Kneifer auf die schmale, vogelartige Nase.

Valerie fragte sich angespannt, was wohl nun kommen würde.

„Du bittest mich also, dich wieder aufzunehmen?“ murmelte Madame Roeder und sah kurz auf.

Valerie nickte.

„Nun gut.“

Die hagere Frau beugte sich über ihr Buch, in dem Seite für Seite lange Zahlenkolonnen in penibler Handschrift aufgelistet waren.

„Mal sehen, was du mich gekostet hast ... Ah, hier haben wir es. Logis, Schneiderin, Speisen und Getränke für die Soiree, die du vermasselt hast ...“

Valerie beobachtete mit leichtem Ekel, wie Madame Roeders knochiger Finger an den Zahlenreihen hinabglitt.

„... summa summarum macht das hundertvierundzwanzig Taler und vierzehn Kreuzer. Das arbeitest du ab, verstanden?“

Valerie starrte die Frau fassungslos an.

Über hundert Taler, schoss es ihr durch den Kopf. Ein ganzes Arbeitsleben als Waschfrau im Pensionat würde wohl nicht ausreichen, um so viel zu verdienen!

„Aber …", stammelte sie. „Wie … wie lange wird das dauern?"

„Ein paar Monate vielleicht", sagte Madame Roeder und zuckte gleichgültig mit den Schultern. „Kommt ganz darauf an, wie du dich anstellst."

Valerie überlegte fieberhaft. Sie war hin und her gerissen. Bei dem Gedanken daran, welches Schicksal sie von nun an erwarten würde, erschauderte sie.

Was ist bloß aus mir geworden? überlegte sie traurig. Gut, dass Schwester Maria Dolorosa mich jetzt nicht sehen kann.

Bei der Erinnerung an die Schwester senkte Valerie vor Scham unwillkürlich den Blick.

Noch kannst du zurück! schien ihr eine innere Stimme zuzurufen.

„Danach verdienst du dein eigenes Geld. Ich lege zehn Prozent von allem, was deine Herren bezahlen, sicher für dich zurück", wurde Valerie in diesem Moment von Madame Roeder aus ihren Gedanken gerissen.

Die Hausherrin deutete auf den Tresor und machte ein Gesicht, als erwarte sie, dass Valerie ihr vor Dank gleich um den Hals fallen müsse.

„Mit Zinsen", fügte sie hinzu.

Valerie starrte auf den Panzerschrank und sah plötzlich noch einmal die trostlose Zukunft vor Augen, die sie als mittellose Waise ohne festen Wohnsitz erwarten würde.

Wenn ich jetzt Nein sage, wird sich der nächstbeste Kerl auf der Straße nehmen, was er will. Ist das etwa besser? fragte sie sich. Andererseits … Wenn ich hier in ein paar Monaten ein Vermögen an Schulden abzahlen kann, dann kann ich danach doch ebenso viel für meine Zukunft zurücklegen!

Valerie musste nicht lange überlegen, um zu wissen, was sie mit dem Geld machen würde.

Ich werde jeden Taler eisern sparen, und wenn ich genug zusammenhabe, eröffne ich einen Hutsalon!

Valerie hatte schon immer eine Schwäche für schöne, ausgefallene Hüte gehabt. Seit sie in Köln war, hatte sie auf der Straße staunend den feinen Damen in ihren neuesten Creationen nachgesehen. Und wenn sie abends im Schein der kleinen Petroleumlampe in ihrem Bett im Souterrain des Mädchenpensionats gesessen hatte, hatte sie sich manches Mal Papier und Griffel genommen und selbst Hüte entworfen.

Ja, ich werde Hutmacherin, beschloss sie an diesem Nachmittag im Büro von Madame Roeder. Das ist ein respektables Handwerk, mit dem ich mein Einkommen sichern kann. Selbst wenn ich jetzt ein Jahr lang hier bleiben und Madames Männer über mich ergehen lassen muss – das ist es wert!

„Was ist nun?“ fragte Madame Roeder ungeduldig. „Bist du mit meinen Bedingungen einverstanden oder nicht?“

„Ja“, antwortete Valerie mit fester Stimme.

„Gut“, erwiderte Madame Roeder mit hintergründigem Lächeln. „Ich habe auch schon den ersten Kunden für dich. Und wehe, du tust nicht, was er sagt.“

„Doch, das werde ich“, entgegnete Valerie, obwohl ihr nun doch flau im Magen wurde.

Madame läutete, und wenig später tauchte der schreckliche Thorsten in der Tür auf.

„Darauf hast du lange gewartet, wenn mich nicht alles

täuscht. Also gut. Heute Nacht kommst du endlich zum Zug. Bring ihr bei, was sie wissen muss“, sagte Madame Roeder dem grinsenden Kerl. „Viel Spaß mit der Kleinen.“

„Ich habe Ihr Bad eingelassen“, meldete Valeries Dienstmädchen sich nun von der Tür aus und riss sie aus ihren Erinnerungen.

„Ja, ich komme“, rief Valerie und sprang aus dem Bett.

Sie war erleichtert, dass das Mädchen sie gestört hatte. Der bloße Gedanke an die Nacht mit dem brutalen Thorsten jagte ihr bis zum heutigen Tag Schauer über den Rücken, und sie wollte nicht an die grässlichen Einzelheiten denken.

Die Roeder hat genau gewusst, was sie tut, dachte Valerie, während sie in ihren eleganten Morgenmantel aus zartrosa Seite schlüpfte. Und sie hat erreicht, was sie wollte.

Denn was immer die Männer, die nach Thorsten gekommen waren, auch von Valerie verlangt hatte, sie hatte ihre oft seltsamen Vorlieben stets mit demselben gleichmütigen Schulterzucken zur Kenntnis genommen und schweigend getan, was sie wünschten.

Als Valerie wenig später in die warme, nach Mandelöl duftende Wanne glitt, versuchte sie, ihre düsteren Gedanken abzuschütteln. Das Leben bei Madame hatte doch auch angenehme Seiten gehabt. Valerie schloss die Augen und genoss es, wie das warme Wasser sie umspielte.

Dabei erinnerte sie sich an Constanze und Louise …

Wie hatte sie sich doch gefreut, die beiden Mädchen nun endlich wiederzusehen.

Constanze, die in der Zwischenzeit noch dicker geworden war, sprang jubelnd auf und fiel Valerie um den Hals.

„Dass ich dich noch einmal wiedersehe, Valerie!“ rief sie begeistert.

Auch Louise begrüßte Valerie warmherzig. Aber sie war ein wenig wehmütig.

„Ach, ich hatte dir so sehr gewünscht, dass deine Flucht gelingt und dass du es besser hast als wir“, sagte sie und wurde plötzlich von einem Hustenanfall unterbrochen. „Aber wen diese Spinne“, Louise meinte Madame Roeder, „erst einmal in ihr Netz gezerrt hat, den lässt sie wohl nicht mehr los.“

Valerie, die nach der Nacht mit Thorsten noch immer unter Schock stand, vergaß sofort ihre Schmerzen und Demütigungen, als sie Louise sah. Das zarte blonde Mädchen war noch dünner geworden. Als Louise nun im strahlenden Mittagslicht, das in den Salon fiel, ein paar Schritte zurückgetreten war, um ihre Freundin anzusehen, kam es Valerie fast so vor, als würden die Sonnenstrahlen durch Louises milchig weiße Haut hindurchscheinen. Louises Augen waren tief umschattet, und offenbar war sie bereits sehr schwach, denn sie musste sich setzen.

„Wie schön du bist“, sagte sie zu Valerie und lächelte.

„Du auch“, gab Valerie sanft zurück.

Denn obwohl es ihr die Kehle zuschnürte, Louise so schwach zu sehen, konnte sie doch nicht leugnen, dass das zarte Mädchen trotz – oder vielleicht sogar wegen – ihrer Krankheit wunderhübsch war. Ihre großen blauen Augen strahlten aus ihrem blassen Gesicht wie funkelnde Saphire, und ihre fragile Gestalt hatte fast etwas Engelhaftes.

Wie eine Marienerscheinung, ging es Valerie durch den Kopf, und sie erinnerte sich an ein Gemälde, das sie im Kloster oft bewundert hatte. Das Bild hatte einen kleinen Hirtenjungen gezeigt, der in einer mondbeschienenen Nacht von seiner Herde aufgesehen und die Vision einer wunderschönen, aus sich selbst heraus leuchtenden blonden Frau gesehen hatte.

Genau so sieht Louise aus, dachte Valerie an diesem Tag in Madame Roeders Salon. Als würde sie aus sich selbst heraus strahlen.

Doch sie hatte auch Angst um ihre Freundin. Valerie setzte sich zu ihr und ergriff ihre Hand.

„Louise, liebe Louise“, sagte sie. „Ich will dir nicht zu nahe treten, aber meinst du nicht, du solltest einmal zum Arzt gehen?“

„Der kann mir doch nicht helfen“, winkte Louise hustend ab. „Und sag bloß der Roeder nichts. Wenn die merkt, wie krank ich bin, schmeißt sie mich raus.“

„Vielleicht wäre das besser, bevor du uns alle noch ansteckst“, brummelte Constanze.

Louise brach in Tränen aus.

„Ich habe niemanden angesteckt“, schluchzte sie und presste ihr Taschentuch an den Mund. „Sonst wärst du ja wohl nicht so fett“, setzte sie böse hinzu, als sie sich wieder einigermaßen beruhigt hatte.

Valerie warf Constanze einen strafenden Blick zu und merkte, dass das kugelrunde Mädchen über seine eigenen Worte erschrocken war und ein schlechtes Gewissen hatte.

„Bitte entschuldige“, murmelte Constanze und nahm

Louise in den Arm. „Ich war gemein, aber ich habe es nicht so gemeint. Das ist nur, weil ich Hunger habe. Ein leerer Magen macht mich übellaunig."

„Du hast Hunger?" fragte Valerie verblüfft, denn ausgerechnet darauf wäre man bei der drallen Rothaarigen gewiss nicht gekommen.

„Madame hat mich auf Diät gesetzt", grummelte Constanze. „Sie hat gesagt, wenn ich noch fetter werde, schmeißt sie mich raus."

„So ein Unsinn", antwortete Valerie. „Du bist vielleicht ein wenig pummelig geworden, aber du siehst doch sehr süß aus. Die Kerle sind bestimmt verrückt nach dir."

„Ich kann mich nicht beklagen", erwiderte Constanze mit kokettem Lächeln. „Das ist auch nicht das Problem. Die Roeder sagt, sie habe es satt, mir dauernd neue Kleider nähen zu lassen. Dabei kann es ihr egal sein. Sie zieht sie mir ja eh vom Lohn ab", fügte Constanze hinzu. „Und trotzdem gibt sie mir nur noch Grünzeug. Wenn das so weitergeht, wachsen mir Hasenohren!"

Bei der Vorstellung prusteten die drei Mädchen bald vor Lachen.

Valerie ließ sich berichten, was in der Zwischenzeit geschehen war.

Offenbar trug Madame Roeder sich seit einiger Zeit mit dem Gedanken, ihr Etablissement aufzugeben. Sie hatte bei irgendeinem Aktiengeschäft gute Gewinne gemacht und überlegte, sich zur Ruhe zu setzen.

„Aber man hört jetzt doch so viel von Krise und Bankrotten", wunderte sich Valerie.

Sie wusste nicht viel darüber, aber im Pensionat hatte sie manches Mal abends am Feuer Herrn Pütz und dem alten Diener Peter gelauscht, wenn sie über Politik und die Wirtschaftslage gesprochen hatten.

„Ach, Madame hat nicht selbst spekuliert“, erklärte Constanze ihr. „Aber sie hat ihren Kunden wohl irgendwelche Anteilsscheine vermittelt und fette Provisionen eingestrichen. Es ging um Kohle, mehr weiß ich auch nicht.“

„Und wenn sie verkauft, was wird aus uns?“ wollte Valerie wissen. „Dann übernimmt hoffentlich nicht dieser entsetzliche Thorsten den Laden?“

„Mach dir mal keine Sorgen“, tröstete Louise sie. „Der kann sich das gar nicht leisten. Für so ein Haus müsste man ein Vermögen hinblättern. Außerdem bringen wir dem alten Raffzahn viel zu viel ein. Die verkauft nie, dazu ist sie viel zu gierig.“

Einigermaßen beruhigt erzählte Valerie ihren Freundinnen nun von der Nacht mit Thorsten. Aber sie musste gar nicht viel sagen. Louise und Constanze warfen sich einen wissenden Blick zu.

„Hat er euch auch …?“ fragte Valerie überrascht, und die beiden nickten.

Mit einem Mal wurde Valerie klar, dass Methode hinter Madame Roeders Befehl steckte.

„Einreiten nennt es die Alte“, erklärte Constanze angewidert. „Wenn mal eine aufmüpfig wird, muss sie nur mit Thorsten drohen, und alle parieren wieder. Glaub mir, keine von uns will das ein zweites Mal erleben. Madame kann sicher sein, dass wir kuschen werden.“

„Die Handtücher", forderte Valerie schlecht gelaunt, als sie sich nun aus der Wanne erhob. Jetzt hatte sie doch wieder an diesen grauenhaften Thorsten gedacht.

Sofort trat das Dienstmädchen mit angewärmten Leinentüchern zu ihr. Während Valerie sich abtrocknete, überlegte sie, was sie mit dem Nachmittag anfangen sollte.

„Leg mir mein blaues Kleid zurecht", trug sie dem Dienstmädchen auf. „Das helle mit den weißen Biesen", fügte sie hinzu. „Und den Strohhut mit dem hellblauen Seidenband."

Valerie besaß inzwischen eine stattliche Hutsammlung, und die meisten davon hatte sie selbst entworfen und sich von einer Putzmacherin extra anfertigen lassen. Sooft sie konnte, ging sie in den Laden und sah der geschickten alten Frau bei ihrer Arbeit zu. Sie versuchte, sich so viel wie möglich abzugucken, denn den Traum von einem eigenen Hutsalon hatte sie nie so ganz aufgegeben, auch wenn es nicht danach aussah, als sollte sich dieser Wunsch erfüllen. Zumindest zu ihrem Vergnügen versuchte Valerie inzwischen, eigene Hüte zu schneidern. Es waren zumeist einfache Stoffkappen, zu mehr reichten ihre Fähigkeiten noch nicht. Aber diese Art der Kopfbedeckung war ohnehin zurzeit in Mode, und Valeries zunächst klägliche Versuche waren mit der Zeit besser und besser geworden.

„Und pack die rosa Kappe in eine hübsche Hutschachtel. Ich treffe mich mit Constanze und will sie ihr schenken."

„Sehr wohl", erwiderte das Mädchen und knickste.

Doch statt sich still und leise zurückzuziehen und den Auftrag auszuführen, konnte die Magd ihr loses Mundwerk wieder nicht halten.

„Schöne Gesellschaft", murmelte sie im Gehen. „Eine Straßenhure."

Valerie sah ihr wütend nach.

Constanze war keine Straßenhure, aber es stimmte, dass das Schicksal es mit ihr nicht so gut gemeint hatte wie mit Valerie, nachdem Madame Roeders Haus von der Polizei geschlossen worden war. Mit Schaudern erinnerte sich Valerie an die Nacht, als plötzlich Gendarmen mitten in eine Soiree geplatzt waren und Madame Roeder und ihre Mädchen kurzerhand mit auf die Wache genommen hatten. Damals war sie schon fast ein Jahr bei Madame gewesen, und langsam hatte sie sich an ihr Leben gewöhnt …

An jenem Abend tanzte Valerie gerade mit dem Herrn, der sie für die Nacht ausgesucht hatte, als plötzlich die Salontür aufflog. Ein ganzer Trupp Uniformierter stürmte in den Raum. Erschrocken hörte der Pianist auf zu spielen, und die Mädchen sahen sich schockiert und hilflos an. Auch Madames Gäste, allesamt Herren aus den besten Kreisen, waren erschrocken. Einige versuchten, fluchtartig den Salon zu verlassen, aber die Polizisten hatten die Ausgänge versperrt. Madame Roeder war dem Trupp in den Salon gefolgt und machte nun ihrem Unmut lauthals Luft.

„Eine Unverschämtheit ist das!" tobte sie. „Ich habe immer brav meine Steuern gezahlt. Und mehr", fügte sie wütend hinzu. „Offenbar ist Ihnen nicht klar, dass ich beste Beziehungen zum Polizeichef habe!" fuhr sie den ranghöchsten Gendarmen an. „Das hier", drohte Madame Roeder und deutete in die Runde, „wird Sie Ihre Stellung kosten!"

Der Gendarm lächelte nur müde und hielt ihr ein vom Polizeichef unterzeichnetes offizielles Dokument unter die Nase. Die wütende Bordellbesitzerin überflog das Papier und wurde leichenblass.

„Was soll das heißen, Aktienbetrug?“ murmelte sie und musste sich am Flügel abstützen. „Was kann ich denn dafür, wenn auf dem Land nun doch keine Kohle gefunden wurde? Wenden Sie sich gefälligst an den Verkäufer der Aktien!“

„Der Baron und seine junge Gattin weilen in den Flitterwochen. Zudem hat sein Schwiegervater, ein einflussreicher Mann, sich für ihn verbürgt“, gab der Uniformierte gelangweilt zurück. „Aber Sie haben die Anteilsscheine in Ihrem …“, er sah sich missbilligend in dem opulenten Salon um, „in Ihrem ‚Etablissement‘ beworben, und Ihre Gäste haben sie nur gekauft, weil Sie sich schriftlich für die Echtheit aller Gutachten verbürgt haben. Jetzt haben die Käufer ihr gesamtes Geld verloren. Unter anderem auch mein verehrter Vorgesetzter“, fügte er mit einem Lächeln hinzu. „Und der Polizeichef der Stadt Köln schätzt es gar nicht, betrogen zu werden.“

Die Polizisten gestatteten Madames peinlich berührten Gästen, das Haus zu verlassen, ohne ihre Personalien aufzunehmen. Madame Roeder und ihre Mädchen hingegen wurden mit auf die Wache genommen.

Valerie zitterte am ganzen Leib, als einer der Gendarmen sie unsanft in den hohen, geschlossenen Wagen mit den vergitterten Fensteröffnungen schubste, der von zwei schweren Pferden gezogen wurde.

Ihr war klar, dass sie in höchster Gefahr schwebte. Sie

hatte keinerlei Papiere, mit denen sie sich hätte ausweisen können. Wenn die Polizisten Nachforschungen anstellten und herausfänden, dass sie eine gesuchte Mörderin war, wäre das ihr Ende gewesen. Zitternd setzte sie sich auf eine der harten Holzbänke, die links und rechts in die Seiten des Polizeigefährts eingelassen waren. Sie wollte unwillkürlich ein Stoßgebet zum Himmel senden, doch als sie ihre Hände faltete, kam es ihr vor wie eine Sünde.

Eine gemeine Dirne, die einen Menschen umgebracht hat, bin ich, dachte sie und schämte sich schrecklich. Der liebe Gott wird Besseres zu tun haben, als sich um mich zu kümmern.

Auf der Polizeiwache überreichte Madame den Polizisten einen dicken Dokumentenstapel.

„Selbstverständlich habe ich Papiere für alle meine Mädchen, und registriert sind sie auch“, zeterte sie.

Die Mädchen wurden einzeln aufgerufen. Als der Beamte „Waltraut Schmitz“, ausrief, blieb es zunächst still, und keines der Mädchen trat vor. Valerie war so tief in ihre düsteren Gedanken versunken, dass sie zunächst gar nichts um sich herum wahrnahm. Aber als der Polizist den Namen noch einmal ausrief, laut und fordernd diesmal, sah sie auf und bemerkte, dass Madame Roeder sie wütend anfunkelte und auffordernd mit dem Kopf nickte.

„Ja, hier“, rief sie unsicher und trat vor.

Madame Roeder gab ihr ein fast unmerkliches Zeichen.

„Du bist also Waltraut Schmitz aus Hamburg?“ fragte der Gendarm und musterte Valerie von oben bis unten.

Valerie hielt den Atem an und nickte stumm. Madame hatte offensichtlich falsche Papiere für sie anfertigen lassen.

Kann es denn möglich sein, dass sie mich am Ende doch nicht entlarven? dachte sie voller Hoffnung.

„Wann geboren?“ fragte der Beamte.

Valerie stockte der Atem. Wie konnte sie wissen, welches Geburtsdatum auf dem Dokument eingetragen war? Hilfe suchend blickte sie zu Madame Roeder. Die hagere Frau sah sie eindringlich an und senkte den Kopf. Valerie folgte ihrem Blick und sah, dass Madame in ihrem Schoß einige Finger ihrer Hände vorstreckte. Drei an der linken, alle fünf an der rechten.

„Am dritten Mai“, antwortete Valerie dem Polizisten nun hastig.

„Welches Jahr?“ fragte der.

Valerie schaute erneut zu Madame Roeder, aber der Polizist fuhr sie schroff an: „Sieh mich gefälligst an, wenn ich mir dir spreche. Also, welches Jahr?“

„Ich … ich …“, stammelte Valerie hilflos.

Jetzt ist es aus! schoss es ihr durch den Kopf.

„Weiß ihr eigenes Geburtsjahr nicht, die dumme Gans“, murmelte der Gendarm kopfschüttelnd. „Aber in deinem Gewerbe muss man wohl nur die Taler zählen“, fügte er grinsend hinzu.

Valerie lächelte ihn entschuldigend an.

„Du bist also eine Hamburger Deern“, stellte der Polizist fest. „Da bin ich ja auch ursprünglich her. Wo genau bist du denn geboren?“

Valerie hatte keine Ahnung, was sie sagen sollte. Von Hamburg wusste sie nur, dass es an einem großen Fluss namens Elbe lag.

„In der Hafengegend“, erwiderte sie unsicher.

„Das hätte ich mir denken können, dass du von der Reeperbahn kommst“, lachte der Polizist. „Aber du klingst gar nicht wie eine von der Waterkant“, fügte er hinzu.

„Meine Mutter stammt aus Hildesheim“, antwortete Valerie hastig und biss sich im gleichen Moment auf die Zunge.

Du taube Nuss, ärgerte sie sich im Stillen über sich selbst. Er ist ohnehin schon misstrauisch, und jetzt bringst du ihn auch noch auf die Spur!

„Wir werden das überprüfen“, sagte der Polizist und gab einem Kollegen ein Zeichen.

Der packte Valerie grob an der Schulter und schob sie aus dem Raum. Zusammen mit den anderen Mädchen von Madame, die bereits vernommen worden waren, sperrte er sie in eine große Zelle, auf deren Boden stinkendes Stroh lag. Constanze saß bereits in einer Ecke und rief sie zu sich.

„Komm, setz’ dich hierher.“

Valerie betrachtete angeekelt das muffige Stroh.

„Ich glaube, ich bleibe lieber stehen“, sagte sie.

„Stell dich nicht so an“, schimpfte Constanze. „Vor Morgen kommen wir hier sowieso nicht mehr raus. Willst du etwa die ganze Nacht stehen?“

„Ja“, antwortete Valerie nur.

Irgendwann in der Nacht setzte sie sich doch zu Constanze und Louise, die später auch in die Zelle gebracht worden war. Valeries Füße in den zierlichen Schnürstiefelchen taten entsetzlich weh, und sie konnte einfach nicht mehr stehen. Die Mädchen schnatterten wild durcheinander und überlegten, was wohl mit ihnen passieren würde.

„Wenn die alte Roeder den Polizeichef beschissen hat, kommt sie hier so schnell nicht mehr raus", überlegte Constanze. „Uns lassen sie laufen, aber danach müssen wir sehen, wie wir klarkommen."

„Und unser Geld?" fragte eines der Mädchen besorgt.

„Kannste vergessen", antwortete Constanze. „Du hast doch gesehen, dass sie alles beschlagnahmt haben."

In der Tat hatten an dem Abend vier Beamte den schweren Tresor aus Madames Arbeitszimmer gewuchtet. Valerie hatte es gesehen, bevor man sie in den Polizeiwagen gepfercht hatte.

„Verdammte Scheiße", murmelte das Mädchen. „Wozu hab ich denn die ganzen Jahre die Beine breit gemacht? Für nichts und wieder nichts!"

Valerie war das Geld in dem Moment egal. Sie machte sich noch immer Sorgen, dass die Polizisten ihre Angaben überprüfen und feststellen würden, wer sie wirklich war.

„Jetzt sitz doch mal still", grummelte Constanze, die sich inzwischen neben ihr auf den Boden gelegt hatte und einschlafen wollte. „Sieh lieber zu, dass du auch etwas Schlaf kriegst."

Aber Valerie konnte kein Auge zumachen.

Als am nächsten Morgen ein Beamter die Gittertür aufschloss und mit einem Korb trockener, harter Brotkanten an den Frauen vorbeiging, schüttelte Valerie stumm den Kopf.

„Dann nehme ich ihrs", sagte Constanze schnell und nahm sich zwei Brotstücke aus dem Korb.

Beinahe hätte sie das zweite Brotstück fallen lassen, denn mit einem Mal sprang Valerie auf und rannte zur Gittertür.

„Adalbert!“ rief sie.

Der Advokat Adalbert Grossmann war einer ihrer Kunden. Er war ein respektabler Herr von etwa fünfzig Jahren, und Valerie hatte sich immer gefreut, wenn er zu ihr gekommen war. Adalbert war ausgesucht höflich zu ihr, brachte ihr manches Mal ein kleines Präsent mit, und auch seine intimen Wünsche waren leicht zu erfüllen.

Jetzt blickte Valerie den Advokaten flehentlich an.

„Bitte hol mich hier raus“, bat sie ihn.

Adalbert Grossmann sah sich schnell um, und es war ihm anzumerken, dass es ihm peinlich war, öffentlich mit einer Dirne gesehen zu werden. Aber der Polizist, der das Brot verteilte, hatte ihnen den Rücken gekehrt, und sonst war niemand zu sehen.

„Ach, du liebe Güte“, murmelte der Advokat, als er bemerkte, dass offenbar Madames sämtliche Mädchen in der Zelle zusammengepfercht waren. „Dann stimmt es also doch. Die Roeder ist aufgeflogen.“

Valerie nickte.

„Ich hatte schon so was läuten hören“, sagte Grossmann. „Die Kohleaktien?“

„Ich glaube“, antwortete Valerie. „Aber was hat das mit uns zu tun? Und was wird aus uns?“ fügte sie angstvoll hinzu.

Doch in dem Moment ging die Tür zur Amtsstube auf, und der Advokat trat schnell von den Gittern zurück.

„Ich sehe, was ich tun kann“, murmelte er noch und ging hastig weiter.

12. KAPITEL

Valerie saß inzwischen an ihrem kleinen, aber hocheleganten Schminktisch und setzte ihr Strohhütchen auf. Adalbert, dachte sie versonnen und musste lächeln.

Sie hatte dem Advokaten einiges zu verdanken. Denn damals hatte er sie nicht nur noch am selben Tag aus der Haft freibekommen, sondern er hatte sie zu seiner festen Mätresse gemacht und die Wohnung angemietet, in der Valerie bis heute lebte.

Anfangs war die dreiräumige Wohnung mit Küche, Abtritt, Bad und Dienstbotenkammer eher karg möbliert gewesen. Aber für Valerie war es von Anfang an der Himmel auf Erden gewesen.

„Mein eigenes Zuhause, mein kleines Nest!" hatte sie gejubelt, als Adalbert ihr die Wohnung in der Melchiorstraße zum ersten Mal gezeigt hatte.

Und wann immer sie es sich leisten konnte, hatte Valerie Möbel, Vorhangstoffe oder Bilder gekauft, um ihr Zuhause zu verschönern. Zuerst war das große Messingbett gekommen, ein Geschenk von Adalbert, dann der Schminktisch und schließlich sogar ein aufrechtes Piano für den Salon.

Adalbert war ihrer irgendwann überdrüssig geworden, doch er hatte großzügig die Miete weiter beglichen, bis Valerie einen anderen wohlhabenden Herren gefunden hatte, der sich ihre Dienste exklusiv leisten konnte. Ein jeder hatte mit seinen Talern dazu beigetragen, dass Valeries Zuhause immer schöner wurde.

Ihr „Derzeitiger“, wie sie alle ihre Herren illusionslos zu nennen pflegte, ein vermögender Fabrikant mit Frau und vier Kindern, hatte sich erst vor Kurzem bereit erklärt, einen Kunstmaler zu engagieren. Denn Valerie wollte in ihrem Schlafzimmer unbedingt ein Panoramabild von Wand zu Wand haben. Es war der letzte Schrei, auf Tapeten zu verzichten und sich die Wände stattdessen mit kunstvollen, exotischen Motiven bemalen zu lassen.

„Paris!“ hatte Valerie gefordert, als der Maler zu ihr gekommen war.

Seit Valerie begonnen hatte, sich für Mode, besonders für Hüte, zu interessieren, bekam sie gar nicht genug von allem, was aus Paris kam. Sie ließ sich teure französische Schnittmuster für ihre Kleider schicken und hatte sich sogar ein dickes Buch mit Illustrationen gekauft, das die Geschichte der schönen Stadt an der Seine beschrieb.

Dieses Buch hatte Valerie hervorgeholt, nachdem der Maler bekannt kannte, dass er noch nie in Paris gewesen sei und daher nicht wisse, wie er die Stadt abbilden sollte.

„Malen Sie genau das“, hatte Valerie gesagt und auf eine Abbildung gezeigt, auf der man die Seine mit ihren schönen Brücken und die eleganten Uferstraßen sah, auf denen gut gekleidete Menschen flanierten.

Lächelnd blickte sie nun auf die kunstvolle Bemalung der dem Bett gegenüberliegenden Wand und dachte sehnsüchtig, wie gern sie selbst einmal nach Paris fahren würde. Jeden einzelnen ihrer „Herren“ hatte sie zu überreden versucht, aber bislang hatte ihr noch keiner diesen Wunsch erfüllt.

Irgendwann klappt es schon, dachte Valerie nun und setzte

ihren Hut auf. Aber jetzt kann ich nicht länger träumen, ich muss mich sputen, wenn ich noch zu Constanze will.

Constanze und die anderen Mädchen waren nach zwei Tagen ebenfalls freigelassen worden, aber damals hatte Valerie nichts davon gewusst. Denn sie hatte noch immer Angst gehabt, dass die Polizei ihre wahre Identität feststellte. Daher hatte sie sich nicht getraut, auf der Wache nach dem Schicksal ihrer Freundinnen zu fragen. Auch den Advokaten Grossmann hatte sie damit nicht behelligen wollen, denn der hatte keinen Hehl daraus gemacht, wie peinlich es ihm gewesen war, Valerie ausgerechnet auf der Polizeiwache wiederzutreffen.

Ich muss froh sein, dass er so großzügig zu mir ist, hatte Valerie gedacht. Da kann ich ihm nicht auch noch mit Constanze und Louise kommen.

Erst ein halbes Jahr später hatte sie wieder etwas von den beiden gehört, und zwar, als es eines Morgens plötzlich wie verrückt an ihrer Tür schellte …

Es war sehr früh, und Valerie schlief natürlich noch. Erschrocken fuhr sie hoch und bekam sofort Angst, dass wieder die Polizei vor ihrer Tür stehen könnte.

Doch wenig später kam ihr Mädchen ins Schlafzimmer und meldete mit missbilligender Miene, dass eine „Person“ Valerie sprechen wolle und sich nicht abweisen ließ.

„Sie nennt sich Constanze“, sagte das Mädchen, zog die Augenbrauen hoch und setzte ein Gesicht auf, als wäre ein streunender Hund ins Haus gelaufen.

„Constanze!“ jubelte Valerie und lief barfuß und im Nachthemd in ihren kleinen Salon.

Sie erschrak, als sie ihre Freundin wiedersah. Constanze trug ein ärmliches Kleid, das sie ungeschickt mit einigen glänzenden Bordüren zu verzieren versucht hatte. Ihr schönes rotes Haar war ungewaschen und zerzaust, und Valerie sah, dass nicht nur das Kleid, sondern auch Hals und Hände ihrer Freundin eine gründliche Wäsche nötig hatten.

„Louise ist tot", stieß Constanze hervor.

Erst an jenem Tag erfuhr Valerie, was aus ihren Freundinnen geworden war.

Nachdem die Polizei sie auf freien Fuß gesetzt hatte, hatten sich die mittellosen Mädchen nicht anders zu helfen gewusst, als zu einem der Hurenhäuser am Rheinhafen zu gehen und darum zu bitten, dass man sie aufnahm.

„Du kannst dir nicht vorstellen, wie es da zugeht", erzählte Constanze ihr. „Jede Nacht musst du drei, vier Freier über dich rüberlassen, bevor du überhaupt anfängst, einen Kreuzer für dich selbst zu verdienen."

Denn die Bordellwirte nahmen Wucherzinsen für Kost und Logis, und zudem mussten die Mädchen ihre Kohlen selber kaufen, wenn sie die kleinen rußigen Öfen in ihren muffigen Kammern beheizen wollten. Der Rest des Geldes reichte gerade einmal für die Kleidung und den Besuch einer öffentlichen Badeanstalt einmal in der Woche.

Dieses harte Leben war zu viel für die ohnehin kranke Louise gewesen.

„Letzte Nacht hat sie ihren letzten Seufzer getan", schluchzte Constanze mit Tränen in den Augen. „Der Kerl, der bei ihr war, hat es nicht einmal gemerkt."

Auch Valerie fing an zu weinen, als sie an das Schicksal der zarten Louise dachte.

„Aber wenn ihr gewusst habt, wo ich wohne, warum seid ihr dann nicht zu mir gekommen? Ich hätte euch doch geholfen!“ wollte sie von Constanze wissen.

Die griff gierig nach einem Stück Kuchen, das Valerie ihr angeboten hatte, nachdem sie ihre Freundin zunächst einmal in die heiße Badewanne gesteckt hatte.

„Ach ja?“ gab Constanze mit vollem Mund zurück. „Hast du etwa einmal nach uns gefragt?“

„Ich konnte nicht riskieren, noch einmal zur Polizei zu gehen“, entschuldigte sich Valerie. „Und ich wusste ja auch nicht, wo ihr seid.“

Constanze zuckte nur mit den Schultern und ging nicht länger auf das Thema ein, denn sie hatte etwas anderes auf dem Herzen.

„Unser Wirt, der bucklige Jupp, will die Louise in ein Armengrab werfen lassen“, sagte Constanze, und wieder schimmerten Tränen in ihren Augen. „Aber das hat sie nicht verdient. Weißt du, Louise hat in letzter Zeit oft von ihrem Tod gesprochen. Sie hatte es wohl schon geahnt“, fügte sie schniefend hinzu. „Und sie hat immer gesagt, wie glücklich es sie machen würde, wenn wenigstens ein Priester an ihrem Grab sprechen würde. Sie hat doch an den lieben Gott geglaubt, nur in die Kirche hat sie sich nie getraut. Aus Scham.“

Auch Valerie traten Tränen in die Augen, denn sie wusste ganz genau, wie Louise sich gefühlt haben musste. Sie selbst sprach manchmal noch, aus reiner Gewohnheit, ein Nachtgebet, und danach fühlte sie sich immer friedlich und getröstet.

Aber das Gefühl hielt nie lange, denn immer sagte ihr eine innere Stimme, dass sie eine Sünderin und eine Mörderin war und dass Gott sie sicher nicht erhören würde. Doch es war auch immer eine andere Stimme in ihr, und die klang in Valeries Ohren fast wie die von Schwester Maria Dolorosa – und diese sanfte Stimme sagte ihr, dass Gott all seine Schäflein liebte und sich um sie sorgte.

Valerie räusperte sich und fuhr sich über die Augen. „Dann wollen wir mal dafür sorgen, dass Louise ein anständiges Begräbnis bekommt", antwortete sie Constanze an diesem traurigen Tag.

Entschlossen straffte sie die Schultern, stand auf und gab ihrer Freundin aus ihrer Tasche Geld für die Auslagen eines Bestattungsunternehmers.

Und zum ersten Mal seit Jahren ging sie wieder in eine Kirche. Die Agneskirche lag nur wenige Straßen entfernt an einem kleinen Platz, und Valerie konnte von ihrer Wohnung aus täglich die Glocken läuten hören.

Es kostete sie einige Überredungskunst und vor allem eine größere Spende, den mürrischen Pfarrer dazu zu bewegen, die Aussegnung für eine Dirne zu sprechen, doch am Ende erklärte er sich bereit, die Zeremonie zu vollziehen.

Am übernächsten Tag gaben Valerie und Constanze ihrer toten Freundin das letzte Geleit.

Es war ein seltsamer Leichenzug. Valerie in ihrem einzigen schwarzen Kleid, dem man ansah, dass es für festliche Abende geschnitten war, und die dicke Constanze, die nur ihr rotes Kleid besaß. Valerie hatte ihr ein dunkles bodenlanges Cape geliehen. Aber dieses weich fließende Gebilde, das Valeries schöne Figur so elegant umschmeichelte, wenn sie es auf dem Weg zur Oper trug, schloss noch nicht einmal über Constanzes kugelrunder Figur, und so sah man vor ihrer üppigen Brust stets ein Stück verschlissenen roten Stoffes hervorblitzen.

Der Pfarrer hielt seine Rede so knapp, wie der Anstand es gerade erlaubte, dann schlug er über dem Grab das Kreuz, nickte Valerie und Constanze kurz zu und verschwand eiligen Schrittes.

Valerie trat an das offene Grab und warf eine weiße Rose auf Louises schlichten Sarg.

„Nun hat sie ihren Frieden", sagte sie leise, und die beiden Freundinnen nahmen sich weinend in die Arme.

Seit dem traurigen Tag war Constanze regelmäßig zu Besuch bei Valerie, oder die beiden trafen sich in einem der neumodischen Kaffeehäuser in der Stadt.

Valerie sorgte dafür, dass ihre Freundin wieder mehr auf sich achtete, und sie gab ihr immer das Gefühl, bei ihr willkommen zu sein.

„Du hast es ja famos getroffen", stellte Constanze bei ihrem nächsten Besuch fest, als sie sich in Valeries hübscher Wohnung umsah.

„Ja, ich hatte Glück", wusste Valerie darauf nur zu erwidern. „Aber ich bin mir sicher, wir finden auch einen festen Herren für dich, und dann hast du auch bald eine eigene Wohnung."

„Wer nimmt mich denn noch?" winkte Constanze ab.

Und wirklich, die Zeit in dem Hafenbordell hatte ihre Spuren hinterlassen. Valerie bemerkte mit Schrecken, wie verhärmt ihre Freundin trotz ihrer Fülle aussah, und es kam ihr vor, als wäre Constanze in den wenigen Monaten um Jahre gealtert. Sie war noch dicker geworden, denn ihr einziger Trost war offenbar billiges Zuckerzeug gewesen. Zudem hatte Constanze einen ihrer oberen Schneidezähne verloren, und wenn sie lachte, sah man nun eine hässliche Lücke.

„Ach was, dich müssen wir nur ein bisschen schminken und zurechtmachen", antwortete Valerie, doch sie konnte ihren eigenen Worten nicht glauben.

Tatsächlich gelang es Valerie nicht, einen festen „Gönner" für ihre Freundin zu finden. Sie schenkte ihr nach und nach ein paar hübsche Kleider und achtete darauf, dass ihre Freundin ein erholsames Bad nahm und ihre Haare wusch, wann immer sie zu ihr kam, aber es wollte alles nichts fruchten. Constanze war einfach zu unansehnlich geworden, als dass sich einer der Herren, die um Valeries Gunst nur so buhlten, mit ihr hätte schmücken wollen.

Doch dem gemütlichen dicken Mädchen schien es nichts auszumachen. Constanze nahm ihr Schicksal immer mit Gleichmut hin und schien dabei nie den Humor zu verlieren. Valerie liebte es, mit ihrer Freundin auszugehen oder herumzublödeln.

Sie selbst wurde oft von Herren angesprochen, wenn sie in ihren eleganten, nach Pariser Modellen geschneiderten Kleidern am Rhein flanierte, in ein Kaffeehaus ging oder die Oper besuchte.

Diese respektablen Offiziere, Großbürger oder sogar Adligen wirkten meist etwas verlegen und gaben genau Acht, dass man sie nicht sah. Denn offenbar wusste alle Welt, woher die atemberaubend schöne junge Frau die Taler hatte, die sie ungeniert für Putz und Luxus ausgab. Und obwohl diese Herren sich nichts sehnlicher wünschten, als mit Valerie allein zu sein, vermieden sie es, sich mit ihr in der Öffentlichkeit sehen zu lassen.

Eines Tages, als sie in einem Kaffeehaus saßen und heiße Schokolade tranken, fragte Valerie ihre Freundin, ob man ihr ansähe, dass sie eine Kurtisane sei.

„Ich trage doch keinen billigen Flitter. Alle meine Kleider sind schlicht und elegant. Und trotzdem scheint jeder zu wissen, wer ich bin und was ich mache", ärgerte sie sich und rührte aufgebracht in ihrer Schokolade.

Constanze lachte und hielt sich die Hand vor den Mund, damit man ihre Zahnlücke nicht sah.

„Sieh dir diese Kölner Trampel doch einmal an", prustete sie und deutete auf die respektablen Damen an den anderen Cafétischen. „Es ist klar, dass eine Frau wie du hier auffällt."

„Und das nennt sich Großstadt", grummelte Valerie und brachte Constanze damit erneut zum Lachen.

„Und wenn Köln eines Tages so groß wird, dass es bis Rodenkirchen wächst, es bleibt ein Dorf", antwortete sie. „Hier kennt jeder jeden."

Dieselben Worte gebrauchte Constanze auch, als Valerie ihr schließlich von ihrem Traum erzählte, eines Tages einen Hutsalon zu eröffnen.

Sie kamen auf einem Stadtbummel an einem leeren Ladenlokal vorbei, und Valerie drückte neugierig ihr Näschen an die Scheibe.

„Das wäre perfekt", murmelte sie und weihte Constanze voller Stolz in ihre Pläne ein.

„Ich gestehe, das Begräbnis für Louise, Gott hab sie selig, hat ein ziemlich dickes Loch in meinen Sparstrumpf gerissen. Doch wenn das Glück mir treu bleibt, und mein ‚Derzeitiger' auch, kann ich in ein paar Jahren den feinsten Hutsalon von Köln eröffnen", schwärmte sie.

„Ich will dich ja nicht enttäuschen", entgegnete Constanze und fegte ungeniert ein paar Kuchenkrümel von ihrem üppigen Busen, „aber wer, glaubst du, würde wohl ausgerechnet bei dir kaufen? Die feinen Damen, von deren Ehemännern du das Geld für den Salon bekommen hast?" fragte sie und lachte schallend. „Siehst du denn nicht, wie sehr sie dich hassen?" wollte Constanze wissen und wies auf zwei feine Damen, die bei dem Anblick der beiden Mädchen mit erhobenen Nasen sofort die Straßenseite gewechselt hatten.

Valerie sah zu den Frauen hinüber und musste Constanze Recht geben. Die bösen Blicke der beiden Bürgersfrauen galten ihr und nicht der plumpen Constanze, der man ihr Gewerbe viel eher ansah als Valerie.

„Die haben Angst vor dir", sagte Constanze, „weil sie genau wissen, dass ihre braven Männer davon träumen, wie sie unter deine Decke schlüpfen, wenn sie im Ehebett ihren Pflichten nachkommen müssen."

„Dann mache ich meinen Salon eben woanders auf, wo

mich keiner kennt“, erwiderte Valerie trotzig und sah ihre Freundin herausfordernd an.

„Es wird dir überall so gehen“, entgegnete Constanze und blickte die Freundin bedauernd an. „Du bist zu hübsch für eine Hutmacherin. Die Damen wollen nicht daran erinnert werden, dass dir die teuren Hüte so viel besser stünden als ihnen. Dann kommen sie nicht in Spendierlaune.“

Valerie ging weiter und dachte über Constanzes Worte nach. Plötzlich blieb sie wieder stehen.

„Was soll ich bloß machen? Ewig geht es nicht so weiter. Ich werde auch nicht jünger, und mein ‚Derzeitiger‘ hat neulich in der Oper schon so einer blutjungen Schlampe nachgegafft“, regte sie sich auf.

„Ja, die Konkurrenz schläft nicht“, entgegnete Constanze trocken.

Dabei hatte Valerie keinen Grund, sich Sorgen zu machen. Sie war nie schöner gewesen, und jeder Mann hätte sich glücklich geschätzt, wenn sie ihm ihre Aufmerksamkeit geschenkt hätte.

„Wenn mich wenigstens irgendwann einer heiraten würde“, grummelte sie.

„Vergiss es“, hörte sie die Stimme ihrer Freundin neben sich. „Mit dir wollen sie sich vergnügen, aber als Mutter ihrer Kinder suchen sie sich doch alle etwas Respektables.“

„Na, großartig“, gab Valerie zurück und stapfte wütend weiter. „Weißt du was?“ wandte sie sich nach einer Weile an Constanze. „Es wird Zeit, dass ich hier wegkomme. Ich meine richtig weg, ins Ausland. Irgendwohin, wo mich keiner kennt. Wenn ich mir das ein paar Monate lang leisten könnte, so richtig mit Stil in einem Hotel zu wohnen, würde ich bestimmt irgendeinen reichen Knacker finden, der mich heiratet. Ach, ich wäre für mein Leben gern in Paris!"

Valerie schreckte aus ihren Erinnerungen auf.

Sie hatte die ganze Zeit an ihrem Schminktisch gesessen und die Wandbemalung von Paris angestarrt, während sie ihren Gedanken nachgehangen hatte.

Von St. Agnes schlug es schon Viertel vor drei.

„Ach, du liebes bisschen!" rief sie und sprang auf. „Constanze wartet ja schon seit einer Stunde!"

Hastig griff sie nach der Hutschachtel mit der Kappe, die sie für ihre Freundin genäht hatte, und rannte schnell aus der Wohnung.

Als Valerie wenig später in dem Kaffeehaus ankam, war Constanze bereits beim zweiten Stück Kuchen.

„Was bin ich froh, dass du noch aufgetaucht bist", begrüßte das dicke Mädchen sie mit vollem Mund. „Ich hätte das gar nicht bezahlen können. Auweia, das wäre ein schöner Skandal geworden. Eine Dirne, die die Zeche prellt!"

„Es tut mir schrecklich Leid", entschuldigte sich Valerie und setzte sich auf die Stuhlkante. „Ich habe völlig die Zeit vergessen. Und ich kann auch gar nicht bleiben. Mein ‚Derzeitiger' kommt in einer Stunde. Donnerstags hat er Fechtunterricht, und danach ist er immer besonders stürmisch. Da muss ich ihn schon im Negligee erwarten."

„Da hast du dich wohl ganz umsonst angezogen", lachte Constanze und wischte sich ein Kakaobärtchen von der

Oberlippe. „Wie ich dich kenne, hast du wieder bis mittags in den Federn gelegen."

„Stimmt", gab Valerie unumwunden zu und lachte ebenfalls. „Aber erstens mag ich dieses Kleid, und zweitens musste ich dich doch auslösen. Außerdem habe ich noch ein Geschenk für dich."

Sie reichte ihrer Freundin die Hutschachtel. Constanze hob neugierig den Deckel und stieß einen kleinen Jubelschrei aus.

„Die ist ja allerliebst", rief sie und setzte die hübsche Kappe gleich auf.

„Steht dir sehr gut", bemerkte Valerie, nachdem sie einen prüfenden Blick auf Constanze geworfen hatte. „Das Rosa bringt dein schönes Haar zur Geltung."

Mit einem zufriedenen Lächeln zupfte sie an Constanzes Schläfen zwei flammend rote Löckchen hervor, nahm die beiden Samtbänder, die links und rechts an der Kappe befestigt waren, und band Constanze eine große Schleife unter dem Kinn.

„So, aber jetzt muss ich mich sputen."

Sie drückte ihrer Freundin noch einen ganzen Taler aus ihrer Börse in die Hand, gab ihr einen Schmatz auf die Wange und sauste wieder aus dem Kaffeehaus.

Nachdem sich ihr ‚Derzeitiger' etwas von seinem nachmittäglichen Schäferstündchen erholt hatte, drehte er sich auf dem Messingbett zu Valerie um und lächelte sie an.

„Ich habe eine Überraschung für dich", sagte er mit geheimnisvoller Miene.

„Was denn, Tigerchen?“ säuselte Valerie und unterdrückte ein Gähnen.

Insgeheim nannte sie jeden ihrer Gönner nur den „Derzeitigen“, eine Marotte, die besonders Constanze sehr belustigte. Aber wenn die Herren bei ihr waren, behandelte Valerie sie, als wären sie der Mittelpunkt der Welt. Sie gab ihnen Kosenamen, die sie sorgsam auswählte. Immer hatten diese Namen etwas mit den kühnsten geheimen Träumen dieser Männer zu tun und schmeichelten ihnen daher sehr.

Der „Derzeitige“, Johann Wolfgang Sóbotta, ein reicher Fabrikant, dessen Familie ursprünglich aus Böhmen stammte, wünschte sich nichts sehnlicher, als Frau und Kinder in Köln zurückzulassen und in exotischen Ländern auf Großwildjagd zu gehen.

„Eine Schande ist es, dass wir so gut wie keine Kolonien haben“, ereiferte er sich immer wieder. „Sonst könnte ich meine Beziehungen zum diplomatischen Corps und zur Armee nutzen.“

„Fahr doch einfach so“, hatte Valerie einmal vorgeschlagen, dafür jedoch nur heftigen Protest geerntet.

„Du hast ja keine Ahnung, wie es zugeht bei den Wilden. Wenn man da nicht zur Kolonialmacht gehört, landet man womöglich im Kochtopf der Eingeborenen“, hatte Sóbotta gezetert.

Valerie hatte sofort ganz erschrocken getan. „Das ist ja grauenhaft. In solche Länder reist du mir auf keinen Fall“, hatte sie protestiert. „Da hätte ich viel zu viel Angst um dich.“

Natürlich war ihr klar, dass der Fabrikant selbst viel zu große Angst hatte, um seine Pläne jemals in die Tat umzusetzen. Aber sie ließ ihn selbstverständlich in dem Glauben, er sei der größte Held, den sie je getroffen hatte. Sóbotta blühte auf, wenn er seine geheimen Fantasien bei ihr ausleben konnte. Und das wusste Valerie – die nachmittäglichen Besuche Sóbottas bei Valerie folgten immer einem festen Ritual.

Früher oder später lenkte die schöne Kurtisane das Thema geschickt auf die Großwildjagd, und spätestens dann kannte Sóbotta kein Halten mehr. Er beschrieb die wilden Tiere in den schillerndsten Farben und zeigte Valerie, wie sie sich im Urwald anschlichen, wenn man nicht genug Acht gab – oder kein so furchtloser Jäger war wie er. Valerie gab bei dieser Vorstellung stets die unschuldige Jungfrau, die sich in der Wildnis verirrt hatte, und am Ende stürzte sich die Bestie zwangsläufig auf sie.

Das war der Moment, in dem Sóbotta, inzwischen im Adamskostüm, mit einem Hechtsprung neben ihr auf dem Bett zu landen pflegte. Und diese Heldentat hatte ihm auch seinen Kosenamen, Tiger, eingebracht.

Valerie dachte zwar im Stillen immer, dass Sóbotta, ein stämmiger, jedoch klein gewachsener Mann mit äußerst kräftigen Beinen, dabei viel mehr einem dicken Frosch glich, der von einem Seerosenblatt schnellte, um eine Fliege zu fangen, aber das behielt sie tunlichst für sich.

„Was wünscht sich meine kleine Valerie denn wohl am allermeisten?“ fragte er sie nun.

„Ein Nerzcape“, murmelte Valerie verschlafen.

„Oje, dann liege ich mit unserer Reise nach Paris wohl

völlig daneben?“ erwiderte der Fabrikant mit gespielter Enttäuschung in der Stimme.

Valerie war schlagartig hellwach und setzte sich kerzengerade im Bett auf.

„Paris?“ stieß sie aufgeregt hervor. „Wir fahren wirklich nach Paris?“

Sóbotta konnte sich vor Küssen und Umarmungen gar nicht mehr retten, als er bestätigte, dass seine Geschäfte ihn in der nächsten Woche ohnehin nach Paris führen würden.

„Du reist als meine Frau“, erklärte er. „Also gewöhne dich besser schon daran, dass man dich mit Madame Sóbotta ansprechen wird.“

Valerie juchzte und sprang aus dem Bett.

„Tigerchen, das müssen wir feiern!“ rief sie und huschte aus dem Zimmer.

Wenig später kam sie mit einer Flasche Champagner und zwei Gläsern zurück und kletterte wieder zu dem Fabrikanten ins Bett. Schwungvoll entkorkte sie die Flasche und schenkte das sprudelnde Getränk in zwei edle Kristallgläser.

Sóbotta hörte den Schaumwein in die Gläser perlen und verzog das Gesicht. Einen Moment lang starrte er mit düsterer Miene auf das Wandgemälde auf der gegenüberliegenden Wand. Er hatte es bezahlt, wenn auch grummelnd, und normalerweise gefiel ihm die Ansicht von Paris. Doch heute schien ihm der Anblick der träge dahinfließenden Seine unangenehm zu sein. Sóbotta gab es nur ungern zu, aber langsam kam er in das Alter, in dem sein Körper begann, ihm Streiche zu spielen. Das erste Organ, das nicht mehr so funktionierte, wie es sollte, war ausgerechnet seine Blase.

„Du entschuldigst mich“, murmelte er und kletterte aus dem Bett.

Nachdem der Fabrikant hastig aus dem Zimmer gehüpft war, lehnte Valerie sich in den Kissen zurück und nahm einen Schluck Champagner.

Jetzt rennt er schon wieder auf den Abtritt, dachte sie kopfschüttelnd. Dabei trinkt er so gut wie nie was.

Aber Sóbottas Blasenproblem beschäftigte sie nicht lange.

„Paris“, flüsterte sie schwärmerisch. „Die Stadt der Hüte!“

Valerie war sehr wohl bewusst, dass alle Welt Paris als die *Stadt der Liebe* bezeichnete, doch das war ihr ganz egal. Sie glaubte nicht mehr an Liebe. Dazu hatte sie die Männer zu genau kennen gelernt.

Liebe, dachte sie und verzog das Gesicht. Das ist nur eine Erfindung der Romanzendichter, mit denen sie ihre Bücher verkaufen wollen. Nein, im wirklichen Leben gibt es so was nicht. Und für mich schon gar nicht.

Da hatte sie noch keine Ahnung, dass sie nur wenige Tage später der Liebe ihres Lebens begegnen würde …

13. KAPITEL

Paris war noch viel, viel schöner, als Valerie es sich erträumt hatte. Die mehrtägige Reise war sehr anstrengend gewesen, aber auch aufregend. Sie und der Fabrikant hatten unter anderem in Brüssel Station gemacht, und Valerie hatte die Gelegenheit genutzt, um sich reichlich mit schönster Spitze einzudecken. Natürlich kaufte sie auch besonders köstliche Pralinen für Constanze.

Als sie dem Fabrikanten die Rechnungen präsentierte, murmelte der halb im Scherz: „Wie soll das erst werden, wenn wir in Paris sind?"

Valerie hatte ihm ein Küsschen auf die Stirn gedrückt und nur gelächelt.

„Ach, Tigerchen, gönn mir doch die kleine Freude."

Als sie am nächsten Tag spätabends in Paris ankamen, war Valerie so erschöpft, dass sie noch in der Kutsche verkündete: „Ich glaube, die nächsten zwei Tage werde ich nur schlafen."

Doch bereits als sie die elegante Eingangshalle ihres noblen Hotels betrat, war Valeries Müdigkeit mit einem Schlag verflogen. Noch nie hatte sie einen derartigen Glanz und Luxus gesehen.

„Das ist ja ein Palast", hauchte sie überwältigt und betrachtete staunend die eindrucksvollen Kristalllüster, die von den hohen getäfelten Decken hingen. „Wo sind denn die Kerzen?" wunderte sie sich erstaunt.

„Gaslicht", erklärte ihr der Fabrikant. „Eine recht neue Erfindung. Mal sehen, ob sich das durchsetzt."

Als sie zur Rezeption gingen, genoss Valerie es außerordentlich, als Madame Sóbotta angesprochen und mit äußerster Zuvorkommenheit behandelt zu werden.

So ist es also, wenn man eine wirklich feine Dame ist, dachte sie und erinnerte sich mit gerunzelter Stirn an die vielen Male, an denen Kellner oder Verkäufer in Köln zwar ihre Taler gierig genommen, sie selbst aber mit unverhohlener Verachtung behandelt hatten.

Es wird Zeit, dass ich endlich respektabel werde, nahm sie sich in diesem Moment vor. Es kann doch nicht völlig unmöglich sein, irgendeinen reichen Mann zu finden, der mich heiratet. Was gäbe ich darum, immer so nett und höflich behandelt zu werden.

Aber als sie die Suite betrat, die Sóbotta angemietet hatte, stellte sie den Gedanken an einen potenziellen Heiratskandidaten erst einmal zurück. Die drei Räume, ein Salon und zwei Schlafzimmer, waren verschwenderisch eingerichtet, und Valerie konnte sich an den kostbaren Möbeln im französischen Empirestil gar nicht satt sehen.

„Die Napoleon-Suite", verkündete der Fabrikant mit stolzgeschwellter Brust, als sie in einem der Schlafzimmer standen. „Man sagt, der große Feldherr habe hier manches Mal übernachtet, wenn ‚wichtige Staatsgeschäfte' ihn davon abhielten, zu seiner Joséphine ins eheliche Bett zurückzukehren", erklärte er augenzwinkernd. „Es erschien mir sinnig, diese Suite für uns zu wählen", fügte er grinsend hinzu.

Überschwänglich umarmte Valerie ihren Gönner und zog ihn auf das große prunkvolle Himmelbett.

„Dann kümmern wir uns jetzt mal um *deine* wichtigen Staatsgeschäfte, Tigerchen", flüsterte sie mit verführerischem Lächeln.

Zwei Stunden später betraten die beiden in eleganter Abendgarderobe den großen Speisesaal. Das Hotel war berühmt für seine Küche, und abgesehen von den internationalen Hotelgästen sah man auch viele Pariser Paare, die nur für ein exquisites Diner in das Hotel gekommen waren.

Valerie musste gar nicht erst lauschen, ob sich die Paare auf Französisch unterhielten, sie erkannte die einheimischen Paare auch so auf den ersten Blick.

„Was für eine Eleganz!" murmelte sie, als sie die Roben der Damen betrachtete. „Tigerchen, morgen gehen wir einkaufen!"

„Daraus wird leider nichts", entgegnete Sóbotta, „ich habe den ganzen Tag geschäftlich zu tun."

„Wie schade", erwiderte Valerie. „Dann muss ich ja ganz allein losziehen."

Im Stillen überlegte Valerie, ob es ihr womöglich gelingen würde, einen französischen Herrn auf sich aufmerksam zu machen. Sie sah sich noch einmal in dem festlichen Speisesaal um.

Wie selbstverständlich diese Damen den ganzen Luxus nehmen – sie scheinen gar nicht zu bemerken, wie man sich um sie bemüht und sie behandelt, als wären sie Prinzessinnen, ging es Valerie durch den Kopf.

Sie wünschte sich nichts sehnlicher, als so ein Leben führen zu können: geachtet und ohne Sorge um die Zukunft. Sie wusste aus eigener Erfahrung, wie schnell die Begeisterung der Männer schwand, wenn sie einmal zur Genüge das genossen hatten, was Valerie ihnen zu geben in der Lage war.

Erst tun sie, als wäre man eine Göttin, dachte sie etwas missmutig, aber wehe, diese Göttin ist einmal zu ihnen herabgestiegen und hat ihre Wünsche erfüllt. Ich habe es satt, satt, satt, grummelte sie insgeheim, während sie ihren Gönner charmant anlächelte. Immer dasselbe Spiel. Früher oder später wird man weggeworfen wie ein alter Hut. Und wenn ich irgendwann nicht mehr jung und schön bin, was soll dann aus mir werden?

Entschlossen atmete sie durch.

Nein, es *muss* endlich anders werden. Morgen kleide ich mich ein wie eine wirklich feine Dame. Und sobald die Roben fertig sind, sehe ich mich nach einem Mann um, der es endlich ernst mit mir meint. Basta!

„Du möchtest doch auch, dass deine Valerie elegant aussieht an deiner Seite, nicht wahr, Tigerchen?“ flötete sie gleich darauf, als könne kein Wässerchen sie trüben. „Und die Kleider, die ich mitgebracht habe, sind hier schon alle aus der Mode. Sieh dich nur um“, sagte sie und deutete diskret in die Runde. „Ich brauche dringend etwas Neues. Schließlich will ich dir keine Schande machen.“

Es war dem Fabrikanten anzusehen, dass er davon nicht begeistert war, Geld für horrend teure Kleider auszugeben. Sóbotta war ein sehr wohlhabender Mann, aber er stammte aus ärmlichen Verhältnissen und hatte in seiner Kindheit in Böhmen noch lernen müssen, was es heißt, Hunger zu leiden. Verschwendung war ihm nach wie vor ein Gräuel.

„Ich kann keinen Unterschied sehen“, brummte er, als er

Valeries Kleid mit denen der anderen weiblichen Restaurantgäste verglich. „Und außerdem“, fügte er augenzwinkernd hinzu, „gefällst du mir sowieso am allerbesten, wenn du die Hüllen fallen lässt.“

Valerie lächelte ihn etwas gezwungen an und widmete sich ihrer Suppe.

Darüber ist das letzte Wort noch nicht gesprochen, dachte sie grimmig.

Tatsächlich kostete es Valerie noch einige Überredungskunst … Doch als Sóbotta am nächsten Vormittag aufbrach, um einem Geschäftspartner seine Aufwartung zu machen, hatte Valerie ein beeindruckend dickes Geldbündel in ihrer Börse.

Davon wird sich sicherlich etwas Hübsches finden lassen, dachte sie zufrieden und zog die fremdartigen Billets aus der Tasche.

Übermütig fächerte sie sich mit den großen Scheinen Luft zu und begann, ihren Tag zu planen.

Als Erstes mache ich eine Stadtrundfahrt! dachte sie und lächelte verzückt. Ich bin so gespannt, wie mein Wandgemälde in natura aussieht.

Nachdem sie sich fertig gemacht hatte, ging Valerie zur Rezeption und bat darum, ihr eine Mietdroschke rufen zu lassen.

Der Rezeptionist, ein gut aussehender, dunkelhaariger Mann, der ausgezeichnet Deutsch sprach, erklärte der ‚verehrten Madame Sóbotta‘, dass das Hotel über eigene Kutschen verfügte, die man ihr gern für den Tag zur Verfügung stellen würde.

Valerie war begeistert. Sie beschrieb dem Hotelangestellten, was sie alles sehen wollte, und erkundigte sich nach den besten Damenschneidern der Stadt.

„*Pas de problème*", murmelte der Franzose, „ich werde den Kutscher selbstverständlich instruieren."

Wenig später saß Valerie in der eleganten offenen Kutsche, die auf den Türen das Wappen des noblen Hotels trug, und bestaunte aufgeregt die Sehenswürdigkeiten. Der Kutscher, ein älterer bärtiger Mann, drehte sich ab und an um, zeigte auf ein Gebäude und erklärte Valerie etwas in schnellem, aber leider undeutlichem Französisch, von dem Valerie kein Wort verstand.

In den vergangenen Jahren hatte sie zwar einige Brocken Französisch aufgeschnappt, doch ihre Kenntnisse reichten bei Weitem nicht, um einer Unterhaltung zu folgen, wie sie inzwischen mit Bedauern festgestellt hatte. Trotzdem nickte sie dem Kutscher freundlich zu und lächelte, denn obwohl die Stimme des alten Mannes einen rauen Ton hatte, klangen seine Erklärungen wie Musik in ihren Ohren.

Als an diesem strahlenden Julitag schließlich die Seine vor ihnen auftauchte, hätte Valerie am liebsten laut gejubelt. Das Flussufer sah in der Tat fast genauso aus wie das Wandgemälde an ihrer Schlafzimmerwand in Köln. Sie wusste, dass die Vorlage, die sie dem Kunstmaler gezeigt hatte, schon über hundert Jahre alt gewesen war, und hier und da entdeckte sie ein neues Gebäude, doch die Ähnlichkeit war verblüffend.

Es ist, als ob ich Teil des Bildes geworden wäre, freute sie sich im Stillen. Wenn ich wieder in Köln bin, lasse ich den

Maler noch einmal kommen. Dann soll er genau so eine Kutsche in das Bild einfügen wie die, in der ich sitze.

Nach einer Weile hielt der Kutscher vor einem der einladend aussehenden Cafés, die das Ufer der Seine säumten, drehte sich um und sah Valerie fragend an. Er deutete auf seine Pferde und erklärte Valerie etwas in schnellem Französisch.

Offenbar will er seine Pferde tränken, überlegte Valerie und nickte ihm zu.

Daraufhin stieg der Kutscher von seinem Bock und öffnete mit einer Verbeugung den Schlag für Valerie. Er redete wieder auf sie ein, aber Valerie verstand nur „un heur".

Scheint so, als wolle er mich in einer Stunde abholen, vermutete sie, während sie aus der Kutsche stieg.

„Bon", sagte sie und nickte dem Kutscher freundlich zu.

Der Kutscher ging noch voraus und öffnete die Tür des Cafés für sie, dann lüftete er seine tellerförmige Wollmütze mit dem kleinen Zipfel in der Mitte, verbeugte sich und ging zurück zu seinem Gefährt.

Als Valerie in das Café eintrat, lief sofort ein Ober auf sie zu, verbeugte sich und führte sie zu ihrem Tisch. Höflich reichte er Valerie eine Speisekarte.

Ach, du liebes bisschen, dachte sie, während sie auf die Karte starrte. Ich habe keine Ahnung, was das alles bedeutet. Doch schließlich erkannte sie etwas, was ihr vertraut vorkam.

„Tarte de citron", sagte sie und deutete auf die Karte. „Et café crème."

Der Kellner nickte, verbeugte sich höflich und kehrte kurz darauf tatsächlich mit einem Stück appetitlich aussehenden Zitronenkuchens und einer großen Tasse dampfenden Kaffees zurück.

„Na, bitte, geht doch“, murmelte Valerie zufrieden, während sie sich weißen Zucker in den Kaffee rührte.

Zu Hause trank Valerie selten Kaffee, sie bevorzugte Tee oder heiße Schokolade, aber hier in Paris schmeckte ihr das bittere aufputschende Getränk plötzlich. Neugierig probierte sie den Kuchen und stellte fest, dass er ebenso köstlich war.

Als Valerie eine Stunde später wieder auf die sonnenbeschienene Promenade trat, fühlte sie sich gestärkt und unternehmungslustig. Ihr Kutscher wartete bereits und half ihr zuvorkommend zurück in die Kutsche. Wieder redete er auf sie ein und sah sie fragend an. Valerie glaubte, ein ihr bekanntes Wort verstanden zu haben.

„Oui, couture“, entgegnete sie, während sie sich in den weichen Lederpolstern zurücklehnte.

Der Kutscher nickte und kletterte auf seinen Bock.

„Allez!“ rief er, während er seine Peitsche durch die Luft knallen ließ.

Die eleganten Kutschpferde setzten sich in Bewegung, und bald bog der Wagen von der Uferpromenade ab. Valerie drehte sich ein letztes Mal um. Sie wollte unbedingt noch einen Blick auf die ihr so bekannte Szenerie werfen.

Aber auch das Gewirr kleiner fröhlich belebter Gassen, durch das sie nun fuhren, fesselte Valeries Aufmerksamkeit.

Irgendwie sehen die Leute hier fröhlicher aus als zu Hause, dachte sie, während sie beobachtete, wie apfelbäckige Verkäuferinnen laut ihre Waren anpriesen, die sie appetitlich auf Ständen arrangiert hatten. Selbst die Äpfel sehen saftiger aus als bei uns, dachte sie, als sie an einem Stand vorbeifuhren.

Wenig später bog die Kutsche in eine elegante Straße ein. Hier wurden keine Lebensmittel feilgeboten, sondern feine Bekleidungsgeschäfte reihten sich aneinander. Die Türen der Läden waren durch edle Baldachine geschützt, die nobel wirkende Wappen und in verschnörkelten Schriftzügen die Namen der Schneider trugen.

„Ist das alles schön!" rief Valerie vor Begeisterung laut aus und klatschte in die Hände.

Ihr Kutscher nahm dies zum Zeichen, sein Gefährt anzuhalten. Er öffnete Valerie den Schlag und wies fragend auf ein Bekleidungsgeschäft.

Valerie blickte neugierig zu dem Laden, hinter dessen blitzenden Fensterscheiben die prächtigsten Stoffe ausgebreitet waren. Freudig nickte sie dem Kutscher zu, der daraufhin die wenigen Stufen zum Portal des Geschäfts hinaufeilte und ihr mit einer weiteren Verbeugung die Tür öffnete.

Ein melodiöses Glockenspiel, das über der Tür angebracht war, erklang, und ein elegant gekleideter Herr kam schnellen Schrittes aus einem der hinteren Räume auf Valerie zu. Formvollendet verbeugte er sich und hauchte Valerie einen Handkuss auf ihren Satinhandschuh. Gleich darauf begann der Schneider, auf Valerie einzureden. Sie ließ diese Tirade wortlos über sich ergehen, obwohl sie nicht mehr verstand, als dass sie offenbar „très élégante" sei.

Nach einer Weile blickte der galante Schneider sie fragend an, und Valerie zuckte etwas hilflos mit den Schultern.

„Je ne parle pas français", murmelte sie entschuldigend.

„Êtes-vous allemande?“ fragte der Schneider.

Valerie nickte.

„Ah, das ist kein Problem“, sagte er nun zu ihrer Erleichterung. „Ich stamme aus dem Elsass. Wie schön, dass ich einmal wieder Deutsch sprechen kann“, fügte er lächelnd hinzu. „Aber Sie müssen verzeihen, meine Sprachkenntnisse sind etwas eingerostet.“

Valerie stellte bald fest, dass der Schneider sein Licht unter den Scheffel gestellt hatte – sein Deutsch war ausgezeichnet, und er verbrachte mehr als zwei Stunden damit, sie ausführlich zu beraten. Er zeigte ihr ein großes Buch mit Schnittmustern, erklärte, welche Stoffe sich am besten für welche Kleider eigneten, und nahm sich alle Zeit der Welt, mit Valerie die passenden Farben und Muster auszusuchen.

Schließlich entschied Valerie, sich zwei Tageskleider und eine hinreißende Abendrobe anfertigen zu lassen. Der Schneider nickte und holte sein Maßband hervor. Valerie war entzückt, als sie hörte, dass sie in Zukunft auch von Köln aus direkt bei ihm würde bestellen können.

„Vorausgesetzt, Ihre Maße bleiben gleich“, erklärte der Schneider schmunzelnd.

„Ich hoffe es“, gab Valerie augenzwinkernd zurück, während der Mann ihre schlanke Taille abmaß und Valerie mit Komplimenten nur so überhäufte.

Ich weiß ja noch gar nicht, was das alles kostet, dachte sie plötzlich erschrocken und erkundigte sich etwas betreten nach der Rechnung.

Als der Schneider ihr die Summe für die drei Kleider nannte, erbleichte Valerie.

„Oje", rief sie erschrocken aus, „ich fürchte, ich habe nicht ganz so viel bei mir!"

Das war reichlich untertrieben, denn Valerie wusste, dass sie mit den Scheinen, die Sóbotta ihr am gestrigen Abend im Bett noch zugesteckt hatte, nicht einmal zehn Prozent der Rechnung würde begleichen können.

„Es wäre auch sträflicher Leichtsinn, mit so viel Geld in der Tasche auszugehen", entgegnete der Schneider lächelnd. „Aber machen Sie sich keine Sorgen."

Offenbar hatte der Mann die Kutsche gesehen, in der Valerie vorgefahren war, und hatte das Wappen und den Schriftzug des Hotels erkannt.

„Verraten Sie mir lediglich Ihren Namen", erklärte der Mann, „und ich schicke die Rechnung an Ihr Hotel."

„Madame Sóbotta", sagte Valerie, als der Schneider sie fragend anblickte.

Ihr war nicht ganz wohl bei dem Gedanken, dass der Fabrikant, als dessen Ehefrau sie reiste, bald diese horrende Summe auf seiner Rechnung finden würde.

Aber was soll ich tun? dachte sie. Ich kann keinen Rückzieher mehr machen, nach der ganzen Arbeit, die der brave Mann sich mit mir gemacht hat. Außerdem will ich diese Kleider unbedingt!

„Ihr Gatte wird begeistert sein, wenn er die Kreationen erst einmal an Ihnen sieht", bemerkte der Schneider augenzwinkernd, denn er ahnte offenbar, was Valerie Sorgen bereitete. „Und für eine so schöne Frau wie Sie ist ohnehin nichts zu kostbar."

Valerie lächelte den Couturier geschmeichelt an.

„Ich hoffe, mein Gatte sieht das genauso“, entgegnete sie und entschloss sich, die Dinge auf sich zukommen zu lassen. „Jetzt brauche ich noch die passenden Hüte und Handschuhe.“

„Und vergessen Sie die Taschen nicht“, ergänzte der Schneider. „Es wäre Frevel, ohne die passenden Accessoires auszugehen.“

Valerie nickte, und der Mann empfahl ihr sogleich das gegenüberliegende Geschäft einer Putzmacherin.

„Sie ist die Beste von ganz Paris“, schwärmte er.

Wenig später betrat Valerie das Geschäft der Hutmacherin. Als sie sich in dem feinen Laden umsah, kam sie aus dem Staunen nicht mehr heraus. Die allerschönsten Hüte, die sie je gesehen hatte, waren ausgestellt. Sofort überkam sie wieder die Sehnsucht, selbst einen solchen Laden zu besitzen.

Entweder eine reiche Heirat oder das, dachte sie entschlossen. Das wären meine größten Wünsche, und ich werde nicht lockerlassen, bis einer davon in Erfüllung gegangen ist.

Als die gut aussehende junge Hutmacherin auf sie zutrat, musste Valerie an Constanzes Worte denken.

Die ist genauso hübsch wie ich, schoss es ihr durch den Kopf. Von wegen, man muss hässlich sein, um Hüte zu verkaufen! Zumindest in Paris gilt das offensichtlich nicht.

Die Hutmacherin nahm sich ihrer gleich an. Sie sprach zwar kein Deutsch, doch diesmal war die Verständigung einfach. Valerie musste nur auf eine der Kreationen deuten, und schon setzte die hübsche Frau ihr den gewünschten Hut auf. Vor einem großen in die Wand eingelassenen Spiegel hielt sie ihr einen Handspiegel so, dass Valerie sich von vorn und hinten betrachten konnte. Es dauerte nicht lange, und Valerie hatte sich vier Hüte ausgesucht, die sie direkt mitnehmen wollte. Drei weitere, die zu ihren neuen Kleidern passen sollten, hatte sie in Auftrag gegeben und nannte nun ebenfalls den Namen ihres Hotels.

Die Putzmacherin nickte eifrig und verstand auch, dass sie sich wegen der noch zu liefernden Hüte mit dem Schneider von gegenüber absprechen sollte, damit sie in Stoff- und Farbwahl auch zusammenpassten. Als Valerie ihren eigenen Hut wieder aufsetzte und sich zum Gehen bereit machte, wollte die Hutverkäuferin ihr die edlen Schachteln zur Kutsche tragen, doch Valerie winkte lachend ab.

„Die kann ich selbst nehmen", sagte sie, und die Putzmacherin reichte ihr die Hutschachteln.

Nachdem die nette Hutmacherin ihr die Tür aufgehalten hatte, trat Valerie auf die Straße und sah sich nach ihrer Kutsche um. Ihr Kutscher, der sein Gefährt auf der gegenüberliegenden Straßenseite im Schatten einer großen Linde geparkt hatte, winkte ihr zu und setzte sich in Bewegung, um die Kutsche zu wenden. Valerie trat etwas vor, als sie plötzlich von jemandem angerempelt wurde. Vor Schreck verlor sie zwei der Hutschachteln, von denen eine davonrollte und ausgerechnet unter den großen Rädern ihrer herankommenden Kutsche landete.

„Verdammt! Können Sie nicht aufpassen?" entfuhr es Valerie wenig fein, und sie sah sich verärgert nach dem Übeltäter um, der sie so achtlos angestoßen hatte.

„Ah, heimatliche Klänge", antwortete ihr eine wohlklingende Männerstimme auf Deutsch. „Bitte verzeihen Sie meine Unachtsamkeit. Ich komme selbstverständlich für den Schaden auf."

„Das will ich auch hoffen", erwiderte Valerie mürrisch. Als sie jedoch den Mann ansah, der vor ihr stand und sie anlächelte, blieb ihr beinahe der Mund offen stehen.

Der Deutsche war groß gewachsen, von schlanker, aber dennoch muskulöser Statur. Sein Gesicht war markant und sehr männlich, und er musterte sie ungeniert mit seinen dunklen Augen, die amüsiert zu funkeln schienen.

Warum sieht der mich so an? schoss es Valerie durch den Kopf, und sie spürte, dass sie errötete. Was ist bloß los mit mir? schalt sie sich im Stillen. Ich benehme mich doch sonst nicht wie eine alberne Gans.

Irgendetwas im Auftreten des Mannes faszinierte sie jedoch derart, dass sie Angst hatte, ihre Knie würden gleich ihren Dienst versagen. Vielleicht war es das selbstbewusste Lächeln, vielleicht auch das scheinbar wissende Schmunzeln – Valerie wusste es nicht. Doch sie hatte das Gefühl, dieser Fremde würde ihr direkt in die Seele blicken, und sie erschauerte.

Will er mich mit seinen Blicken ausziehen? ging es ihr durch den Kopf.

Aber statt wütend zu werden, lächelte sie den Mann zu ihrer eigenen Überraschung schüchtern an. Der zog nun seinen Hut und verbeugte sich galant. Valerie hatte plötzlich das Gefühl, als würde sie gleich dahinschmelzen.

„Gestatten? Friedrich Hartenstein", stellte der Fremde sich lächelnd vor.

14. KAPITEL

Du bist die dümmste Kuh der Welt, und dabei gibst du nicht mal Milch! schalt Valerie sich in Gedanken, während ihre Kutsche sie zurück zum Hotel brachte. Was, in Gottes Namen, ist in dich gefahren? Dich diesem Hartenstein als Baronin von Streelitz vorzustellen? Ausgerechnet!

Wütend boxte Valerie in das Polster neben sich.

„Aua", entfuhr es ihr.

Der Kutscher drehte sich erschrocken um, doch Valerie winkte nur ab.

„Bon", murmelte sie und ärgerte sich über ihr schlechtes Französisch. „Tout c'est bon."

Dabei ist *nichts* gut, *gar nichts!* dachte sie missmutig.

Als der Fremde, der sie so unerklärlich fasziniert hatte, sie vor dem Hutsalon mit diesem selbstbewussten, wissenden Lächeln gemustert hatte, war es Valerie vorgekommen, als könne dieser Mann bis in ihr Innerstes blicken.

Er sieht mir an, dass ich eine Kurtisane bin, hatte es sie durchfahren. Unsinn, das kann nicht sein! ... Oder doch? Ja, dieser Kerl amüsiert sich über mich!

Valerie hatte sich selbst nicht wiedererkannt, als sie dem unverschämt gut aussehenden Friedrich Hartenstein gegenüberstand.

„Darf ich fragen, für wen ich dieses bedauernswerte Opfer eines Kutschunfalls neu arbeiten lassen darf?" hatte er sie lächelnd gefragt und sich nach der verbeulten Hutschachtel gebückt. „Fräulein ...?" hatte er fragend hinzugefügt.

„Wie kommen Sie darauf, dass ich ein Fräulein bin?" hatte Valerie mit bebender Stimme entgegnet.

„Nun, da Sie keinen Ehering tragen ...", hatte Hartenstein gelassen geantwortet und auf ihre Hand gedeutet.

Valerie hatte nach dem Verlassen des Hutgeschäfts ihre Handschuhe noch nicht wieder angezogen, und tatsächlich, ihr Ringfinger war nackt gewesen. In diesem Moment hatte sie sich gefühlt, als stünde sie selbst splitterfasernackt vor Friedrich Hartenstein.

Madame Sóbotta scheidet also aus, hatte sie hastig gegrübelt. Aber was sage ich ihm? ‚Valerie, Findelkind und große Kurtisane'? war es ihr voll bitterer Ironie durch den Kopf gegangen. Oder ‚Waltraut Schmitz', wie es in den falschen Papieren steht, mit denen ich mich immer noch durchschlage?

Als sie wieder zu Friedrich Hartenstein aufgesehen hatte, schien dieser mit leicht süffisantem Lächeln auf eine Antwort zu warten.

Was grinst der so? hatte Valerie trotzig gedacht und sich herausgefordert gefühlt.

Ohne darüber nachzudenken, hatte sie ihn kühl angelächelt.

„Nicht jede Frau ohne Ehering muss zwangsläufig ein ‚Fräulein' sein", hatte sie zurückgegeben. „Ich für meinen Teil bin Baronin. Baronin Valerie von Streelitz!"

Nun, auf dem Rückweg zum Hotel, konnte Valerie es immer noch nicht fassen. Warum hatte sie ausgerechnet den Namen des Mannes verwendet, der sie damals so schändlich missbraucht hatte?

Frederic von Streelitz, dachte sie wutschnaubend. Dabei glaubte ich, diesen miesen Halunken hätte ich endlich erfolgreich aus meinen Erinnerungen getilgt.

Valerie verstand sich selbst nicht mehr.

Wie ein Schulmädchen hab ich mich aufgeführt. Was hat dieser Hartenstein, dass er mich dermaßen verunsichert hat?

Sie wusste es nicht. Nur einer Sache war sie sich sicher. Ich muss diesen Mann wiedersehen! ging es ihr durch den hübschen Kopf, als ihre Kutsche vor ihrem noblen Pariser Hotel vorfuhr.

Hartenstein hatte sich nochmals entschuldigt, dass durch seine Schuld ihr Hut ruiniert worden war.

„Ich hoffe nur, Sie wollten nicht ausgerechnet dieses Modell heute Abend in der Oper tragen“, hatte der Deutsche gesagt.

„Wieso Oper?“ hatte Valerie ihn irritiert gefragt.

„Aber ich bitte Sie, Baronin“, hatte er zurückgegeben. „‚Tout le Monde‘ trifft sich doch heute Abend bei der Uraufführung von Offenbachs ‚La Nuit blanche‘. Haben Sie etwa keine Loge?“

„Doch, selbstverständlich“, hatte Valerie gelogen und gehofft, sie würde nicht wieder erröten. „Ich hatte es ganz vergessen. Nein, ich wollte nicht diesen Hut tragen.“

„Da bin ich aber erleichtert, Gnädigste.“

Hartenstein hatte sich abermals verbeugt, ihr charmant die Hand geküsst und hinzugefügt, er hoffe sehr, die schöne Baronin am Abend wiederzusehen. Die ganze Zeit hatte dieses feine Lächeln auf seinen Lippen gelegen, das Valerie noch immer den Verstand raubte.

Auch als sie jetzt das Hotel betrat, konnte sie an nichts anderes denken. Sie ging schnurstracks auf die Rezeption zu, wo der Angestellte, der am Morgen die Kutsche für sie gerufen hatte, sich sofort erkundigte, ob ihr Paris gefallen habe.

„Ganz hinreißend", antwortete Valerie lächelnd, doch sie verlor keine weitere Zeit damit, ihre Eindrücke zu schildern. „Ich habe eine Bitte", fuhr sie fort. „Ich brauche Opernkarten. Eine Loge. Für diese Premiere heute Abend. Wie hieß der Komponist noch …? Offenberg?"

„Ah, Jacques Offenbach", erwiderte der Rezeptionist. „Aber ich fürchte, da muss ich Sie enttäuschen. ‚La Nuit Blanche' ist seit Monaten ausverkauft", fügte er bedauernd hinzu.

Valerie entglitten die Gesichtszüge. Damit hatte sie nicht gerechnet.

Ich *muss* diesen Mann wiedersehen, dachte sie. Ich weiß zwar nicht, warum, aber ich *muss!*

„Lässt sich da denn gar nichts machen?" fragte sie und setzte ihr verführerischstes Lächeln auf. „Sie haben doch sicher Beziehungen."

Wenn Valerie eines wusste, dann, dass man mit Geld alles kaufen konnte. Sie nahm das gesamte Bargeld, das Sóbotta ihr gegeben hatte, aus ihrer Tasche und schob es diskret über den Rezeptionstresen. Und tatsächlich gab sich der Hotelangestellte, als würde er fieberhaft überlegen. Dabei vergaß er allerdings nicht, die Scheine wieselflink einzustecken.

„Ah, ich habe eine Idee!" rief er aus. „Mir ist zu Ohren gekommen, dass Madame Rivelle, eine große Opernfreundin, die bei uns zu Gast ist, bedauerlicherweise erkrankt ist. Eventuell wäre sie bereit, Ihnen ihre Loge abzutreten. Ich werde mich erkundigen, Madame.“

Na bitte, du gieriger Wurm, dachte Valerie und lächelte.

Laut sagte sie: „Sie retten mir das Leben! Ich weiß gar nicht, wie ich das wieder gutmachen kann“ und klimperte mit ihren langen dichten Wimpern.

„Es ist mir eine Ehre“, erwiderte der Hotelangestellte. „Allerdings müsste ich Monsieur Sóbotta den vollen Preis der Loge in Rechnung stellen.“

„Geld spielt keine Rolle“, sagte Valerie mit äußerer Gelassenheit. „Machen Sie es möglich. Und sagen Sie mir bitte sofort Bescheid. Sie finden mich im Teesalon.“

Valerie hatte kaum an ihrem Tee genippt, als der Rezeptionist zu ihr kam und ihr mit einer kleinen Verbeugung das Opernbillet überreichte.

„Soll ich dafür sorgen, dass am Abend eine Kutsche für Sie bereitsteht?“ fragte er.

„Natürlich“, erwiderte Valerie, bedankte sich erneut und stand auf, ohne ihren Tee auszutrinken.

Was ziehe ich nur an? überlegte sie fieberhaft.

Valerie hatte sich zwar aus Köln eine Abendrobe mitgebracht, aber sie war sich nicht sicher, ob sie damit den Pariser Anforderungen an Stil und Schick genügen würde. „Immerhin bin ich eine Baronin“, murmelte sie und musste kichern. Inzwischen hatte sie die Vorteile ihrer unbedachten Äußerung gegenüber Hartenstein erkannt. Ich werde diesen unverschämten Kerl lehren, mich wie eine Dame zu behandeln, nahm sie sich vor.

Doch als sie wieder an sein aufreizend selbstbewusstes Lächeln dachte, wurden ihr erneut fast die Knie schwach. Sie hielt sich am prunkvollen Geländer der imposanten Treppe fest, atmete durch und nahm in Windeseile die letzten Stufen nach oben.

Als Valerie in ihre Suite kam, erwartete sie schon der übellaunige Sóbotta. Offenbar war sein Tag wenig erfolgreich verlaufen. Ein berühmter Bankier, dem er seine Aufwartung hatte machen wollen, hatte ihn nicht einmal empfangen. Und zu allem Überfluss war die Rechnung des Schneiders, bei dem Valerie ihre neue Garderobe geordert hatte, bereits eingetroffen. Sóbotta tobte.

„Bist du von allen guten Geistern verlassen?" schrie er Valerie an. „So viel Geld für Kleider aus dem Fenster zu werfen! Meine Frau gibt für ihre Garderobe eine derartige Summe nicht einmal in zehn Jahren aus!"

„Erstaunlich", entgegnete Valerie. „Dabei braucht sie doch viel mehr Stoff."

Sóbotta entging die auf die ausladende Figur seiner Gattin abzielende Spitze nicht. Aber was ihm normalerweise ein Lächeln entlockt hätte, regte Valeries Gönner heute nur noch mehr auf. Minutenlang rannte der kleine Fabrikant in der Suite auf und ab und echauffierte sich über Valeries Verschwendungssucht.

Valerie wusste, dass sie ihn unbedingt beschwichtigen musste, wenn sie ihre Pläne nicht in Gefahr bringen wollte. Doch als sie zu dem Porträt von Napoleon aufsah, das über dem Kamin im Salon der Suite hing, musste sie sich auf die

Unterlippe beißen, um nicht laut loszuprusten. Die Ähnlichkeit war unverkennbar.

Ob der sich bei Joséphine auch so aufgeführt hat? überlegte sie amüsiert, als sie das Bild des großen Feldherrn betrachtete.

Aber dann riss Valerie sich zusammen und setzte all ihre Verführungskünste ein, um den noch immer zeternden Sóbotta zu besänftigen. Sie zirpte, gurrte, versprach ihm den Himmel auf Erden – es schien alles nichts zu nutzen.

„Jetzt sei doch nicht so garstig", bat sie ihn. „Immerhin ist es ja nicht so, dass ich das ganze Geld für mich ausgegeben habe. Natürlich habe ich auch an dich gedacht, Tigerchen. Wir gehen heute Abend in die Oper", verkündete sie strahlend.

Sóbotta verharrte in der Bewegung und starrte Valerie einen Moment lang regungslos an.

„Bist du wahnsinnig?" brüllte er. „Wenn es etwas gibt, was ich hasse wie die Pest, ist es die Oper! Um dieses Gejaule zu hören, hätte ich nicht nach Paris kommen müssen. Da hätte ich gleich mit Hiltrud in Köln bleiben können!"

Hiltrud war seine Frau, und Valerie wusste tatsächlich, wie sehr der Fabrikant es hasste, seine Gattin in die Oper zu begleiten.

Nur nicht nervös werden, sagte sie und setzte ein nachsichtiges Lächeln auf.

„Tigerchen, denk doch mal nach", sagte sie mit zuckersüßer Stimme. „Wir gehen in die spektakulärste Premiere der Saison. Und wen trifft man da?"

„Matronen und Kerle vom anderen Ufer", gab Sóbotta wutschnaubend zurück.

„Unsinn. Dort wird alles sein, was Rang und Namen hat. Und ganz sicher auch dein Bankier, dieser Blauschild, oder wie er heißt. Gibt es eine bessere Gelegenheit, ihn für deine Geschäfte zu interessieren?“ gab Valerie zurück.

Sóbotta überlegte.

„Ich gebe es nicht gern zu – ich glaube, du hast Recht“, sagte er schließlich kleinlaut.

Geht doch, dachte Valerie lächelnd, als ihr nun wieder handzahmer Tiger ins Bad ging, um sich zu rasieren.

„Aber über die Schneiderrechnung reden wir noch“, rief er ihr über die Schulter zu.

Gut, dass er nicht ahnt, was die Loge ihn kostet, dachte Valerie erleichtert.

Als die beiden an diesem Abend vor der Oper vorfuhren, war Valerie angespannt wie eine Geigensaite.

Hoffentlich blamiere ich mich nicht, dachte sie und musterte zum hundertsten Mal kritisch ihr Kleid.

Es war zartblau und nach der neuesten Mode aus edler schwerer Seide geschneidert. Der weite, bauschige Reifrock knisterte und raschelte, wenn Valerie sich darin bewegte, und das eng geschnürte Mieder raubte ihr fast den Atem. Aber der Schnitt betonte ihre gertenschlanke Taille, und das tiefe, mit Spitzen besetzte Dekolletee bedeckte Valeries feste wohlgeformte Brüste nur so weit, wie der Anstand es unbedingt gebot. Um den Hals trug sie eine edle und sehr teure Perlenkette, die ihr ein Verflossener verehrt hatte. Es war Valeries wertvollster Besitz, und sie wusste, wie schön die Perlen ihren schlanken Hals betonten.

Nachdem sie aus der Kutsche ausgestiegen und an Sóbottas Arm das breite Portal zur Oper hochgestiegen war, sah sie sich neugierig um.

Ob man wohl merkt, dass ich keine Pariserin bin? fragte sie sich unsicher.

Aber sie hatte kaum das edle Foyer betreten, da wusste sie, dass sie sich nicht zu schämen brauchte. Die Blicke der Männer waren durchweg interessiert und begehrlich, die der Damen neidisch.

Dieses war der erste Streich, dachte Valerie lächelnd und begann sofort, sich nach Friedrich Hartenstein umzusehen.

Doch sie konnte ihn nirgendwo entdecken. Valerie war enttäuscht, und als es zum dritten Mal klingelte und auch die letzten Premierengäste in den Konzertsaal strömten, folgte sie ihrem Gönner ein wenig frustriert in die verschwenderisch ausgestattete Loge.

„Er ist tatsächlich hier“, murmelte Sóbotta zufrieden, nachdem er durch ein Operglas die Ränge abgesucht hatte. „In der Pause werde ich ihn sicher sprechen können.“

„Zeig mal“, bat Valerie und nahm dem Fabrikanten das Operglas ab.

Sóbotta deutete auf die Loge des berühmten Bankiers, aber Valerie interessierte sich nicht für den eleganten Mann. Sie versuchte vielmehr, Friedrich Hartenstein in der Menge zu entdecken. Als sie im Parkett unter ihr einen Mann entdeckte, der dem Deutschen ähnlich sah, wäre ihr beinahe ein kleiner Schrei entfahren.

„Hartenstein“, murmelte sie aufgeregt.

„Was hast du gesagt, Schatz?“ wollte ihr Begleiter wissen.

„Nichts."

Valerie starrte weiter durch das Opernglas ins Parkett. Doch als der Mann sich ein wenig mehr in ihre Richtung wendete, erkannte sie betrübt, dass sie sich geirrt hatte. Pagen liefen durch den Opernsaal und löschten das Licht, während das Orchester sich einspielte. Valerie seufzte und wollte das Opernglas schon sinken lassen, als sie eine Bewegung aus einer schräg gegenüberliegenden Loge wahrnahm. Sie hob erneut das Glas und sah, dass Hartenstein ihr lässig mit seinem Opernglas zuwinkte.

Valerie erstarrte.

Oh mein Gott, dachte sie. Er hat die ganze Zeit gesehen, dass ich nach ihm gesucht habe. Wie peinlich!

Es wurde dunkel, und Applaus brandete auf, als der Dirigent sein Podest betrat.

Als zur Pause das Licht im Saal wieder angemacht wurde, hätte Valerie nicht sagen können, welche Musik sie gehört hatte. Die ganze Zeit war sie mit ihren Gedanken bei Hartenstein gewesen. Selbst im Dunkeln hatte sie das eine oder andere Mal durch das Opernglas zu seiner Loge gesehen, und noch einmal hatten sich ihre Blicke getroffen.

Du benimmst dich wie ein albernes kleines Mädchen, schalt sie sich, als Sóbotta ihr die Logentür aufhielt.

„Ich hoffe, du bist mir nicht allzu böse, wenn ich dich jetzt allein lasse?" fragte ihr Begleiter. „Ich muss meine Chance nutzen und mich um die Geschäfte kümmern."

„Ich bitte dich", entgegnete Valerie nachsichtig. „Deshalb sind wir hier. Lauf du nur zu deinem Bankier."

Insgeheim konnte sie es gar nicht abwarten, bis Sóbotta um die Ecke verschwunden war. Sofort blickte sie sich nach Hartenstein um. Aber sie konnte ihn nicht entdecken.

Er kann doch nicht vom Erdboden verschwunden sein, dachte sie und umrundete den Rang, von dem alle Logen abgingen.

Doch sie konnte ihn nicht ausmachen. Frustriert ging Valerie die breite, mit rotem Teppich bespannte Treppe hinunter ins Foyer, wo die Operngäste an Champagnergläsern nippten und sich angeregt unterhielten. Auch hier konnte sie den Deutschen nicht finden. Als ein Page mit einem Tablett an ihr vorbeiging, nahm Valerie sich einen Kelch und nippte an dem perlenden Getränk.

„Sie sehen atemberaubend aus, Baronin", hörte sie plötzlich Friedrich Hartensteins Stimme hinter sich.

Vor lauter Schreck verschluckte Valerie sich und begann zu husten.

„Verzeihung, jetzt habe ich wohl schon wieder einen Unfall provoziert", sagte Hartenstein und klopfte ihr leicht auf den Rücken.

„Es ist alles in Ordnung", japste Valerie und versuchte durchzuatmen.

Das darf doch nicht wahr sein! dachte sie. Er muss mich ja für ein dummes Huhn halten, wenn ich mich so aufführe.

Valerie bemühte sich, die Contenance zurückzugewinnen. Aber als sie Friedrich Hartenstein mit einem Blick musterte, der, wie sie hoffte, kühl und gelassen wirkte, erkannte sie sofort wieder dieses Lächeln und das aufreizende Funkeln in seinen Augen – es war um sie geschehen …

„Ich fürchte, ich muss den Baron zum Duell fordern“, sagte Friedrich nun.

„Welchen Baron?“ fragte Valerie perplex.

„Na, Ihren Gatten. Wie kann er nur so ungalant sein, Sie ganz allein zu lassen.“

Valerie fiel siedend heiß ein, dass sie sich als Baronin ausgegeben hatte. Dieser Friedrich Hartenstein machte sie wirklich vollkommen nervös – sie musste sich ein wenig zusammenreißen, wenn ihre kleine Lüge nicht auffliegen sollte.

„Aber sein Verlust ist mein Gewinn“, fügte Hartenstein nun lächelnd hinzu und bot Valerie formvollendet seinen Arm an. „Wollen wir uns ein wenig umsehen?“

Valerie hatte das Gefühl, als würde sie träumen, so irreal kam ihr alles um sie herum vor, während sie an Friedrichs Arm durch das Foyer schritt. Sie hatte allein Augen für ihn.

Was für starke Muskeln er hat, dachte sie nur, und wie gut er riecht.

Friedrich Hartenstein begann, höfliche Konversation zu machen. Valerie kam sich mit jedem Satz, den er ihr entlockte, dümmer und alberner vor. Sie wusste nichts zur Musik zu sagen, und seine Nähe machte sie so fahrig, dass sie fast zu stottern begann, wenn sie ihm antwortete. Als er sie nach ihrer vermeintlichen Familie ausfragte, dem Geschlecht derer von Streelitz, deren Geschichte ihm offenbar nicht unbekannt war, verwickelte sie sich immer mehr in ihre Lügen.

„Jetzt bin ich etwas verwirrt“, hörte sie ihn sagen, während sie an der Garderobe vorbeigingen. „Ich dachte, Amalie von Streelitz wäre die Urgroßmutter Ihres Mannes, nicht Ihre.“

„Zum Kuckuck!" entfuhr es der überforderten Valerie recht unfein. „Sie wissen doch ganz genau, dass ich keine Baronin bin!"

Hartenstein sah sie völlig verblüfft an – und begann, schallend zu lachen. Valerie starrte ihn mit vor Scham hochrotem Kopf an.

„Hören Sie endlich auf, so zu wiehern!" schimpfte sie. „Die Leute gucken ja schon. Und die Situation ist ohnehin peinlich genug."

„Verzeihen Sie, schöne Unbekannte", entgegnete Hartenstein lachend. „Ich hatte keine Ahnung. Aber eigentlich ist es ganz egal, wer Sie sind. Wir wollen trotzdem dasselbe, nicht wahr?"

Zart berührte er sie am Kinn, sodass sie ihm in die Augen sehen musste.

„Wollen wir das?" murmelte Valerie verwirrt.

„Ich denke, schon", entgegnete Friedrich nun lächelnd. „Komm."

Bevor Valerie etwas erwidern konnte, nahm er sie bei der Hand und zog sie durch eine kleine Tür.

Der Raum, in dem sie sich befanden, war das Hinterzimmer der Garderobe, in dem die Bediensteten der Oper die Pelze und Mäntel der Gäste aufbewahrten. Dicht an dicht hingen die kostbaren Kleidungsstücke an schmalen Gestellen, und ein Gemisch unterschiedlicher edler Parfums durchzog das Zimmer.

Aber Valerie merkte nichts von alledem. Sie konnte nur gebannt in Friedrichs Augen starren.

„Es schickt sich nicht, dass wir …“, hauchte sie halbherzig, als Friedrich sie in seine starken Arme zog.

„Na und?“ flüsterte er ihr ins Ohr und begann, sanft ihren Hals zu küssen.

Valerie sträubte sich nicht. Auch nicht, als seine Küsse fordernder wurden und sie spürte, dass er mit geschickten Bewegungen ihr Mieder aufknöpfte. Haken und Ösen stellten für diesen Mann offenbar kein Problem dar.

Tu was, sag was, lauf weg, mach irgendwas, versuchte Valerie, sich selbst zur Vernunft zu bringen.

Doch sie wusste, dass sie sich nicht wehren würde.

„Friedrich“, wisperte sie nur, als er mit einer Armbewegung eine Reihe von Mänteln von ihren Bügeln fegte und sie auf den Boden warf. Behutsam hob er Valerie auf seine Arme und bettete sie sanft auf die Pelze.

Nerz, dachte Valerie noch – dann vergaß sie alles um sich herum.

Noch nie hatte ein Mann sie so geliebt. Valerie wusste nicht, wie ihr geschah, als Friedrich immer leidenschaftlicher wurde.

Was macht er nur? dachte sie, doch schließlich gab sie sich dieser köstlichen Erregung hin, die sie nie zuvor gespürt hatte.

Ihre Körper harmonierten, als wären sie füreinander geschaffen, und ihre Bewegungen wurden immer schneller und intensiver. Valerie fühlte, wie sie auf einer Welle von Leidenschaft davongetragen wurde, und das Blut rauschte in ihren Ohren wie die Brandung einer wilden stürmischen See.

Was *ist* das? schoss es ihr durch den Kopf, als sie plötzlich das Gefühl hatte, dass ihr ganzer Körper wie ein Vulkan zu explodieren schien und wohlige Wärme ihr Inneres durchströmte.

„Oh mein Gott! Ja! Friedrich!“ schrie sie.

Valerie hatte keine Ahnung, wie lange sie auf den weichen Pelzcapes gelegen hatte. Sie spürte, wie Friedrich sie auf die Wange küsste und sich sanft aus der Umarmung löste. Valerie öffnete kaum die Augen. Sie atmete noch immer schwer und versuchte, wieder zu sich zu kommen, als plötzlich die Tür aufflog.

„Du dreckige Hure!“ hörte sie den fassungslosen Sóbotta brüllen.

15. KAPITEL

Valerie konnte sich kaum erinnern, wie sie aus der Oper gekommen war. Friedrich, der sich offenbar bereits wieder angezogen hatte, als Sóbotta in die Garderobe gestürzt war, hatte sich zwischen sie und ihren aufgebrachten Gönner gestellt.

„Ich gehe davon aus, dass Sie Satisfaktion verlangen, mein Herr“, hatte er gelassen gesagt.

Sóbotta hatte getobt: „Ich duelliere mich doch nicht wegen einer miesen kleinen Dirne! Diesem Miststück drehe ich hier und jetzt den Hals um!“

Das alles war Valerie vorgekommen wie ein schrecklicher Albtraum, denn jetzt hatte sie gesehen, dass nicht nur Sóbotta sie überrascht hatte. Eine neugierige Menschenmenge, die von Minute zu Minute größer wurde, hatte sich tuschelnd und lachend vor der Tür gedrängelt. Valerie hatte hastig ihre Blöße bedeckt und gesehen, dass der wütende Fabrikant sich auf sie stürzen wollte. Friedrich hatte sich blitzschnell zu ihr gebeugt.

„‚Notre Dame‘ in zwei Stunden“, hatte er ihr dabei zugeflüstert.

Mit einer geschickten, kraftvollen Bewegung hatte er den kleinen Sóbotta abgewehrt und ihn aus dem Raum gezogen. Als die Tür hinter den beiden zugefallen war, hatte Valerie sich mit zitternden Fingern angezogen und sich verzweifelt nach einem Fluchtweg umgesehen.

Am anderen Ende des engen Raumes hatte sie hinter den Mantelreihen eine weitere Tür entdeckt und war darauf zugestürzt. Die Tür führte auf einen engen Gang, der für die Angestellten des Opernhauses gedacht war. Hier war nichts von dem Prunk zu spüren, den die Besucher der Oper zu sehen bekamen. Valerie war an den kahlen Wänden entlanggehuscht und hatte atemlos nach einem Ausgang gesucht. Aber es hatte nicht lange gedauert, und sie hatte sich in dem Labyrinth von Gängen und Nischen hoffnungslos verirrt.

Nach einer Weile hatte Valerie geglaubt, Stimmen zu hören, und war auf das Geräusch zugelaufen. Dass gleichzeitig auch die Musik lauter wurde, hätte ihr eine Warnung sein müssen, doch Valerie war viel zu aufgeregt und durcheinander gewesen, um klar denken zu können. Erst als sie plötzlich in gleißendem Licht gestanden hatte, war ihr bewusst geworden, dass sie drauf und dran gewesen war, auf die Bühne zu rennen.

Entsetzt hatte sie auf dem Absatz kehrt gemacht und war dabei gegen einen Schemel gestoßen, der laut polternd umgefallen war. Die Sopranistin hatte sich irritiert umgedreht und Valerie einen wütenden Blick zugeworfen. Valerie wäre am liebsten in Tränen ausgebrochen, aber der Impuls, aus dieser verhexten Oper herauszukommen, war stärker gewesen.

Nun hatte sie wenigstens wieder ungefähr gewusst, wo sie sich befand, und bald eine Tür gefunden, die auf einen der Gänge vor den Eingängen zum Parkett führte. Von dort aus war sie im Foyer gelandet. Eine wütende Garderobiere war ihr schon entgegengekommen und hatte sie auf Französisch beschimpft.

Erst da hatte Valerie sich erinnert, dass sie vor Kurzem noch mit Friedrich auf den kostbaren Pelzen der Operngäste gelegen hatte.

Oh mein Gott, hatte sie gedacht. Wie konnte ich das nur tun? Ich muss völlig verrückt geworden sein!

Lange Zeit zum Nachdenken war ihr nicht geblieben, denn sie hatte vor der aufgebrachten Garderobiere nach draußen flüchten müssen, so schnell sie konnte. Erst als sie um zwei Ecken gerannt war, hatte Valerie es gewagt, stehen zu bleiben und durchzuatmen.

Ich muss schnell zum Hotel und meine Sachen packen, bevor Sóbotta dort auftaucht, war es ihr durch den Kopf geschossen.

Eine Mietdroschke war in dem Moment vorbeigefahren, und Valerie hatte sie schon herbeiwinken wollen, als ihr eingefallen war, dass sie kein Geld bei sich hatte. Sie hatte zwar geistesgegenwärtig ihr besticktes Handtäschchen mitgenommen, als sie aus der Garderobe geflohen war, doch außer Puder, Fächer, einem Spitzentaschentuch und ihrer kleinen vergoldeten Taschenuhr war nichts darin. Sie erinnerte sich, dass sie am Nachmittag dem Rezeptionisten all ihr Geld gegeben hatte.

Auch das noch, hatte sie frustriert gedacht. Na, was soll's, dann laufe ich eben. So weit kann es ja nicht sein.

Aber Valerie hatte fast eine Stunde gebraucht, bis sie das Hotel gefunden hatte. Als sie die hell erleuchtete Halle betreten hatte, war derselbe Rezeptionist sofort auf sie zugelaufen.

„Ich bedaure", hatte er kühl gesagt, „aber ich habe Anweisung, Sie nicht hereinzulassen."

„Ich muss doch …", hatte Valerie verzweifelt eingewandt und nach oben gedeutet.

Der zuvor so freundliche Rezeptionist hatte ihr mit eisiger Miene die Tür gewiesen.

„Sie sind in unserem Hause nicht länger erwünscht", hatte er gesagt. „Bitte gehen Sie, oder muss ich erst die Pagen zur Hilfe rufen?"

„Meine Sachen …", hatte Valerie schockiert gemurmelt. „Was soll ich denn machen? Ich habe nicht einmal Geld!"

Mit einer widerwilligen Bewegung hatte der Hotelangestellte einen Schein aus seiner Westentasche gezogen und ihn Valerie gereicht.

„Und jetzt machen Sie, dass Sie rauskommen", hatte er höhnisch gesagt.

Gesenkten Hauptes hatte Valerie das Hotel verlassen.

Das war vor einigen Minuten gewesen. Valerie war ohne nachzudenken einige Straßenzüge weit gelaufen. Sie hatte eine kleine Bank entdeckt und sich gesetzt.

„Ich muss einen klaren Kopf bekommen", murmelte sie nun. „Wenn doch nur Friedrich hier wäre."

Erst da fiel ihr wieder ein, dass sie sich ja verabredet hatten. Aber was hatte Friedrich ihr nur zugeflüstert?

„Es war der Name irgendeines Lokals", grübelte sie. Es wollte ihr einfach nicht einfallen. „Notre irgendwas", überlegte sie laut. „Some, Rome, nein, ich glaube, es war Dame", erinnerte sie sich plötzlich wieder.

Als sie aus der Ferne eine Kirchenuhr schlagen hörte, realisierte Valerie, dass die zwei Stunden bis zu dem verabredeten Zeitpunkt schon beinahe verstrichen waren. Hastig sprang sie auf. Doch mit einem Mal wurde ihr bewusst, dass sie in einer fremden Stadt war und nicht die geringste Ahnung hatte, wohin sie gehen musste.

In dem Augenblick vernahm sie Schritte hinter sich. Ein elegant gekleideter Mann näherte sich ihr.

„Excusez moi“, sprach sie ihn an.

„Oui?“ fragte der Mann erstaunt. Offenbar sah man in dieser Gegend des Nachts nicht oft junge Frauen in Abendkleider und ohne Mäntel durch die Straßen irren.

„Parlez vous allemand?“ fragte Valerie.

„Ein wenig“, erwiderte der Mann mit starkem Akzent. „Was kann ich tun für Sie?“

„Ich suche ein Lokal namens ‚Notre Dame‘“, erklärte Valerie aufgeregt.

„Ein Lokal?“ wunderte sich der Mann. „Ich weiß nicht. Ach, doch, ich denke, es gibt oben in Montmartre auch eine Bar mit dem Namen. Aber ich würde Ihnen nicht raten …“

Valerie fiel ihm ins Wort: „Montmartre, wo ist das?“

„Oh, das ist diffizil“, überlegte der Mann. „Am besten Sie nehmen eine, äh, wie sagt man … Kutsche.“

Valerie blickte auf den Geldschein, den sie noch immer in der Hand hielt.

„Ob das reichen wird?“ fragte sie den Mann.

„Ich denke“, erwiderte der. „Aber diese Bar …“

Er schüttelte den Kopf und gab deutlich zu verstehen, dass ihm das Lokal suspekt war. Aber Valerie war es egal.

„Merci“, rief sie ihm zu und lief, so schnell sie konnte, zum Hotel zurück.

Valerie wusste, dass auf dem kleinen Platz vor dem Hotel Mietdroschken standen. Eilig lief sie auf eine Droschke zu. Der Kutscher, der mit seinen Kollegen auf dem Trottoir stand und eine Pfeife rauchte, sah sie etwas überrascht an, hielt ihr aber sofort den Schlag auf und kletterte auf seinen Bock, als Valerie sich aufgeregt an ihn wandte.

„Montmartre, ‚Notre Dame'", rief sie, während sie in die Kutsche stieg.

Der Kutscher drehte sich verwundert zu ihr um und sagte etwas auf Französisch, doch Valerie verstand ihn nicht.

„Allez", erwiderte sie nur und ließ sich in die Polster sinken.

Sie fuhren eine ganze Weile, und Valerie hatte Zeit, über alles nachzudenken, was ihr heute passiert war.

Ich habe mich einem wildfremden Kerl hingegeben. Mitten in der Oper, dachte sie und war über sich selbst schockiert.

Doch als sie an Friedrich dachte, begann ihr Herz wieder zu klopfen.

Er ist nicht *irgendwer,* überlegte sie. Wie sind füreinander bestimmt, das spüre ich. Und gleich, wenn wir uns wiedersehen, wird alles gut.

Der Gedanke beruhigte sie, und Valerie entspannte sich etwas. Als sie sich die skandalöse Situation in der Oper nun noch einmal vor Augen führte, musste sie laut lachen. Der Kutscher drehte sich erstaunt zu ihr um, doch Valerie winkte nur ab.

Jetzt hält der Kutscher mich auch noch für verrückt. Aber das ist mir egal, Hauptsache, ich sehe gleich Friedrich.

Als der Kutscher seinen Wagen anhielt, blickte Valerie sich irritiert um. Die Kutsche stand am Fuße einer mächtigen, scheinbar endlos hohen Treppe, und von einer Bar war weit und breit nichts zu sehen.

„Notre Dame?“ fragte Valerie.

„Oui“, antwortete der Kutscher und deutete auf die Treppe.

Er drehte sich zu Valerie um und nannte ihr den Preis für die Fahrt. Das Geld, das der Hotelangestellte ihr gegeben hatte, reichte gerade so für die Fahrt.

Dieser Geizhals, dachte Valerie. Heute Nachmittag habe ich dem Kerl glatt das Fünfzigfache geschenkt.

Sie reichte dem Kutscher den Geldschein und stieg aus der Droschke. Ohne zu zögern begann sie, die Treppe hinaufzulaufen. Sie wollte und wollte kein Ende nehmen. Ab und an kamen Valerie Menschen entgegen, schlicht gekleidete Gestalten, Männer zumeist, die Valerie neugierig musterten. Der ein oder andere sprach sie an, aber Valerie achtete nicht auf sie. Sie wollte nur zu Friedrich.

Als sie am Ende der Treppe angekommen war, sah sie sich nach dem Lokal um, entdeckte jedoch nichts.

„Mist“, murmelte Valerie. „Dieser Kutscher wird mich doch nicht betrogen haben?“

Ihr wurde klar, dass er sie als Fremde überallhin hätte fahren können, denn sie kannte sich nicht aus. Verunsichert wandte Valerie sich um, aber hier oben war niemand.

„Rechts oder links?“ überlegte sie laut.

Nachdem sie eine Weile unentschlossen stehen geblieben war, hörte sie es von der Kirche elf Uhr schlagen.

Ich bin viel zu spät, dachte sie verzweifelt. In dem Moment vernahm sie Schritte. Aus dem Dunkel kam eine Frau auf sie zu. Ihr billiges, effekthascherisches Kleid und die auffällige Schminke verrieten Valerie sofort, dass es sich um eine Prostituierte handeln musste.

Eine Kollegin, dachte Valerie und musste schmunzeln.

Als sie die Frau, die Valerie misstrauisch musterte, ansprach, zuckte die zunächst nur mit den Schultern.

„‚Notre Dame', un bar", wiederholte Valerie.

Endlich schien die Frau zu begreifen. In schnellem Französisch redete sie auf Valerie ein und schüttelte immer wieder den Kopf. Doch Valerie fragte sie erneut. Achselzuckend wies das Freudenmädchen ihr schließlich den Weg. Valerie verstand so viel, dass sie in eine Gasse einbiegen und sich dann zweimal nach links wenden sollte. Sie dankte der Prostituierten, die ihr kopfschüttelnd nachsah, und machte sich eilig auf den Weg.

Nach etwa fünf Minuten stand Valerie vor einer übel aussehenden Spelunke. Der Name auf dem rostigen Schild verriet ihr, dass sie tatsächlich am Ziel angekommen war. Trotzdem scheute Valerie sich, die Bar zu betreten.

Friedrich kann unmöglich dieses Loch gemeint haben, dachte sie verunsichert.

Aber da weit und breit keine andere Kneipe zu entdecken war, trat sie schließlich ein. Sofort wandten sich ihr alle Blicke zu. An einem grob gezimmerten Tresen saß etwa ein halbes Dutzend Männer, Arbeiter, die sie gierig betrachteten und begannen, offenbar anzügliche Kommentare zu machen, die Valerie jedoch zum Glück nicht verstand.

Sie setzte ihre eisigste Miene auf und schaute sich nach Friedrich um.

Er war nirgendwo zu sehen.

Als sie zur Theke ging, stellte sie sich vor, sie wäre die Mutter Oberin aus dem Kloster. Und der Trick schien zu helfen. Die Männer starrten sie zwar an, doch keiner von ihnen wagte es, sich ihr zu nähern.

„Vin rouge“, sagte sie zu dem grobschlächtigen Mann, der hinter dem Tresen bediente, und legte die wenigen Münzen, die der Kutscher ihr zurückgegeben hatte, auf die Bar.

Der Wirt nickte und schenkte ihr dünnen Rotwein in ein einfaches, nicht ganz sauberes Glas. Valerie nahm es und ging zu einem kleinen Tisch in einer Ecke. Sie hoffte, die Kerle würden sie in Ruhe lassen, aber es dauerte keine Minute, bis ein groß gewachsener, junger Kerl grinsend auf sie zukam. Valerie wandte den Blick ab, um ihm zu zeigen, dass sie allein sein wollte.

„Wenn das nicht die kleine Wally ist“, hörte sie den Mann plötzlich auf Deutsch sagen. „Die Welt ist wahrhaftig klein.“

Verblüfft sah sie auf und musterte ihn. Er war vielleicht Mitte zwanzig, der Kleidung nach schien er nicht besonders wohlhabend zu sein, und auch sein muskulöser Körper und seine schwieligen Hände deuteten darauf hin, dass er nur ein einfacher Arbeiter war. Irgendwie kam dieser Kerl ihr bekannt vor, doch Valerie konnte sein Gesicht einfach nicht zuordnen.

„Sag bloß, du erkennst mich nicht mehr. Und dass, nachdem du mich fast umgebracht hättest“, sagte der Mann und lächelte schief.

In diesem Moment kam die Erinnerung zurück.

„Gunter?“ wisperte Valerie entgeistert.

Er war es tatsächlich. Gunter, der Bauernsohn, der vor fast sechs Jahren versucht hatte, sie zu vergewaltigen. Valerie dachte noch immer mit Schrecken an die Nacht, die ihr ganzes Leben auf den Kopf gestellt hatte.

„Aber du bist doch …“, murmelte sie fassungslos, während Gunter sich einen grob gezimmerten Schemel heranzog und sich setzte.

„Tot?“ vollendete er lachend ihren Satz. „*Das* hast du nicht geschafft. Ich hatte bloß ein paar gebrochene Rippen und einen mächtigen Brummschädel.“

Valerie traute ihren Ohren nicht – all die Jahre hatte sie geglaubt, sie hätte einen Menschen umgebracht, und nun stand er plötzlich quicklebendig vor ihr. Erschaudernd dachte sie daran, wie Madame Roeder sie erpresst hatte.

Die alte Vettel hat mich die ganze Zeit angelogen! schoss es Valerie durch den Kopf. Was hätte aus meinem Leben werden können, wenn ich nicht gedacht hätte, dass ich mich vor der Polizei verstecken muss!

„Was machst du hier in Paris?“ wollte Gunter wissen. „Noch dazu in dem Aufzug.“

„Ich war in der Oper“, gab Valerie zurück. „Und ich musste etwas überhastet aufbrechen.“

„Du bist eine richtig feine Dame geworden“, bemerkte Gunter nun und musterte sie. „Schöne Perlen“, fügte er hinzu.

Valerie griff sich an den Hals. Schlagartig wurde ihr klar, dass sie das kostbare Geschmeide in dieser verruchten Gegend besser nicht offen tragen sollte.

„Ach, die sind nicht echt“, erwiderte Valerie, während sie die Kette abnahm und hastig in ihre Tasche steckte.

Gunter lächelte nur.

„Und was treibt dich nach Montmartre?“ fragte er. „Nicht gerade die beste Gegend für eine feine Dame wie dich.“

„Ich treffe mich hier mit meinem … äh, Verlobten“, entgegnete Valerie. „Vielleicht kennst du ihn. Friedrich Hartenstein.“

„Nie gehört“, sagte Gunter achselzuckend. „Was macht er denn? Ein Künstler oder ist er auch in der Fabrik?“

„Friedrich ist Geschäftsmann“, erklärte Valerie voller Stolz. Sie erinnerte sich verschwommen daran, dass Friedrich ihr in der Oper etwas von Geschäften erzählt hatte und dass er meistens auf Reisen in ganz Europa war. Aber genau wusste sie es leider nicht mehr. Seine Ausstrahlung hatte sie so verwirrt, dass seine Worte kaum zu ihr durchgedrungen waren.

„Ein Geschäftsmann war hier schon seit Jahren nicht mehr“, erwiderte Gunter lachend. „Bist du sicher, dass du hier richtig bist?“

„Ich hoffe es“, murmelte Valerie und sah sich unsicher in der Bar um. Die Zweifel, die sie von Anfang an gehabt hatte, verstärkten sich jetzt noch. Doch was sollte sie tun? Außer diesem Hinweis hatte sie nichts.

Ich *muss* ihn wiedersehen, dachte sie.

Laut sagte sie: „Er wird kommen.“

Mehr als drei Stunden später war Friedrich noch immer nicht da. Gunter hatte ihr inzwischen erzählt, wie es ihm seit jener Nacht ergangen war. Und er hatte sich entschuldigt, dass er sie so bedrängt hatte.

„Ich dachte, du willst es auch“, hatte er sich mit einem schiefen Grinsen gerechtfertigt. „Aber deine Reaktion hat mich vom Gegenteil überzeugt“, hatte er grinsend hinzugefügt. „Ich hoffe, du bist nicht mehr böse. Es ist schließlich lange her.“

Innerlich hatte Valerie vor Wut gekocht. Aber ihr Zorn richtete sich nicht gegen Gunter, der war ihr längst gleichgültig geworden. Viel wütender war sie auf sich selbst, dass sie Madame Roeder so einfach geglaubt und sich nicht selbst erkundigt hatte, ob man sie wirklich wegen Mordes suchte.

„Ach, das sind alte Geschichten. Schwamm drüber“, hatte sie erwidert.

Gunter hatte ihr erzählt, dass er, nachdem seine Verletzungen verheilt waren, wie geplant ins Ruhrgebiet gegangen war. Doch die Arbeit unter Tage hatte ihm nicht zugesagt, und so hatte er schließlich auf einem der Lastkähne angeheuert, die die Kohle in alle Welt brachten.

„Ich bin ganz schön rumgekommen“, hatte er Valerie gesagt.

„Bist du schon lange in Paris? Und was machst du hier?“ hatte Valerie wissen wollen.

„Ach, dies und das“, hatte Gunter nur geantwortet und auf den Boden geschaut.

Er hat Dreck am Stecken! war es Valerie durch den Kopf geschossen. Gunter war so ausweichend gewesen, und sie spürte genau, dass er etwas zu verbergen hatte. Aber sie konnte es ihm nicht übel nehmen, denn sie selbst war mit ihren Erklärungen ebenso zurückhaltend gewesen. Ist ja auch egal, hatte sie gedacht.

Während des Gesprächs hatte sie immer wieder zur Tür gesehen. Doch ihre Hoffnung war mehr und mehr geschwunden, je später es geworden war.

Was soll ich nur tun, wenn Friedrich nicht kommt? Ich habe kein Geld, keine Kleider, und ich spreche nicht einmal diese verdammte Sprache, sorgte sie sich.

Valerie wurde aus ihren trüben Gedanken gerissen, als der Wirt nun zu ihnen kam und auf Französisch etwas zu Gunter sagte.

„Er will zumachen", erklärte der ihr.

„Aber das darf er nicht, ich muss auf Friedrich warten!" rief sie entsetzt.

„Du bist mir eine Marke. Weißt nicht einmal, wo dein eigener Verlobter in Paris abgestiegen ist", wunderte sich Gunter und schüttelte verständnislos den Kopf. „Na, heute Nacht wird sich daran wohl nichts mehr ändern lassen", fügte er hinzu. „Morgen kannst du ja in den Hotels fragen oder nach Hause fahren. Irgendwann wird er ja wieder in Köln auftauchen. Es sei denn, er hat dich versetzt", bemerkte er grinsend.

Kann das sein? fragte Valerie sich entsetzt. Hat Friedrich mich nur zum Narren gehalten?

Doch sie verwarf den schrecklichen Gedanken sofort wieder. Warum hätte Friedrich das tun sollen? Sie war dankbar für Gunters Idee, in den Hotels nach Friedrich zu fragen. Darauf war sie noch gar nicht gekommen.

Irgendwo werde ich ihn schon finden, dachte sie hoffnungsvoll. Nur, was mache ich heute Nacht?

„Du kannst mit zu mir kommen", sagte Gunter nun, als hätte er ihre Gedanken gelesen.

„Auf gar keinen Fall", entgegnete Valerie.

„Keine Sorge", beruhigte Gunter sie und lächelte schief. „Dich fass ich bestimmt nicht noch mal an, wenn du es nicht willst. Meine Rippen verraten mir heute noch, wann es regnen wird", brummte er und verzog das Gesicht. „Ich habe ein Zimmer, nicht weit von hier. Du kannst auf dem Bett schlafen, ich im Sessel. Heiliges Ehrenwort."

Valerie zögerte, doch schließlich sah sie ein, dass ihr gar nichts anderes übrig blieb. Und Gunter hatte wirklich aufrichtig geklungen.

„Also gut", sagte sie und stand auf.

Als Valerie am nächsten Morgen wach wurde, galt ihr erster Gedanke Friedrich. Nur langsam kam die Erinnerung an den gestrigen Tag zurück. Gunter hatte sie mitten in der Nacht durch dunkle verwinkelte Gassen geführt und durch die Hintertür in ein heruntergekommen aussehendes Haus gebracht. Sein Zimmer war ärmlich möbliert gewesen. Er hatte zwar nur eine Kerze angezündet, aber Valerie hatte gesehen, dass außer einem schmalen Bett, einem kleinen Schrank, einem wackeligen Tisch mit zwei Stühlen und einem verschlissenen Sessel nichts in dem Raum gewesen war. Keine Bilder, keine persönlichen Dinge. Doch es war ihr ziemlich egal gewesen, was für ein karges Leben dieser Gunter führte. Sie war viel zu müde gewesen.

Gunter hatte ihr ein frisches Betttuch gegeben und es sich tatsächlich mit seiner Decke im Sessel so bequem gemacht, wie es nur ging. Schon nach wenigen Minuten hatte sie sein regelmäßiges Schnarchen gehört.

Er hat Wort gehalten und mich nicht angerührt, dachte sie nun, während sie sich reckte. Das rechne ich ihm hoch an.

Schläfrig schlug sie die Augen auf und sah sich im Zimmer um. Gunter lag nicht mehr im Sessel.

Er ist wohl zur Arbeit, dachte Valerie gähnend. Nett, dass er mich schlafen gelassen hat.

Helles Tageslicht fiel durch ein kleines Fenster. Der Raum wirkte genauso karg wie am Vorabend, wenn nicht noch trostloser. Valerie glaubte sich zu erinnern, dass gestern in einer Ecke eine kleine Kiste gestanden hatte, aber sie hatte sich wahrscheinlich getäuscht.

Plötzlich wurde sie von lautem Klopfen aus ihren Gedanken gerissen. Eine schrille Frauenstimme rief etwas auf Französisch. Verschlafen wickelte Valerie sich in das Betttuch und ging zur Tür. Sie war ansonsten nur mit einem kratzigen karierten Hemd bekleidet, das Gunter ihr am Vorabend gegeben hatte. Ihr Abendkleid und ihre Handtasche lagen auf einem der Stühle.

Als Valerie die Tür einen Spaltbreit öffnete, sah sie, dass eine verkniffen wirkende Matrone direkt vor der Tür stand. Sofort begann die Frau, wie wild auf Französisch auf sie einzureden, wobei sie immer wieder den Gang hinunter deutete und Daumen und Zeigefinger rieb, als wollte sie Geld von Valerie.

„Bitte entschuldigen Sie. Ich spreche kein Französisch“, versuchte Valerie, den Redefluss der aufgebrachten Frau zu stoppen.

Die verdrehte nur die Augen und lief den Gang hinunter,

nachdem sie Valerie mit einem weiteren Redeschwall überschüttet hatte.

„Die bin ich los“, murmelte Valerie, als sie die Tür schloss.

Doch kaum eine Minute war vergangen, als es erneut energisch klopfte. Als Valerie öffnete, stand die Frau wieder vor ihr. Dieses Mal hatte sie einen jungen Mann bei sich, der sich artig verbeugte.

„Ich bin auch Gast hier“, erklärte er der irritierten Valerie auf Deutsch mit deutlich erkennbarem Schweizer Akzent. „Madame Lessard, die Wirtin, möchte, dass Sie das Zimmer räumen. Gunter ist wohl heute in aller Frühe abgereist, und sie will den Raum neu vermieten.“

„Wie bitte? Ich verstehe nicht …“, entgegnete Valerie wie vor den Kopf geschlagen.

Es dauerte eine Weile, bis sie begriff, dass sie sich in einer billigen Pension befand und dass Gunter sich offenbar aus dem Staub gemacht hatte.

Im Grunde kann es mir ja egal sein, was mit Gunter ist, dachte sie. Ich will sowieso weg und Friedrich finden.

Sie bedankte sich bei dem Schweizer, der ihr erklärte, dass er Kunstmaler war und schon seit einigen Jahren in Paris lebte.

„Sagen Sie der Wirtin doch bitte, ich bin gleich weg“, bat sie den Mann.

Der wollte sich bereits nach einem höflichen Kopfnicken zum Gehen wenden, als Valerie noch etwas einfiel.

„Ach, Verzeihung“, rief sie. „Sie wissen wohl nicht zufällig, wo ich eine Pfandleihe oder einen Juwelier finde? Ich fürchte, ich muss auf die Schnelle an etwas Bargeld kommen", fügte sie mit entschuldigendem Lächeln hinzu.

Ich brauche unbedingt ein vernünftiges Kleid, dachte sie. Gott sei Dank habe ich noch meine Perlen …

Im selben Moment schoss ihr ein grauenhafter Gedanke durch den Kopf. Ohne die Antwort des höflichen Schweizers abzuwarten, rannte sie zum Tisch und griff nach ihrer Tasche. Es war Valerie völlig egal, dass dabei das Betttuch zu Boden fiel und der Maler und die Wirtin sie nun halb nackt sehen konnten. Mit zitternden Händen öffnete sie den Verschluss der kleinen bestickten Abendtasche. Ein Blick genügte, um ihren Verdacht zu bestätigen. Nicht nur Gunter war spurlos verschwunden. Ihre Perlenkette war ebenfalls nicht mehr da.

Oh Gott, dachte Valerie, während sie auf einen der wackeligen Stühle sank. Was soll jetzt bloß aus mir werden?

16. KAPITEL

Heute, fast fünf Jahre später, erschauderte Valerie immer noch, wenn sie an die Zeit in Paris zurückdachte. Sie war so verzweifelt gewesen, dass sie ihrem Leben vielleicht sogar ein Ende gesetzt hätte, wenn der nette Schweizer ihr nicht geholfen hätte.

Zunächst hatte er die keifende Wirtin beruhigt und dann aus der hemmungslos schluchzenden Valerie nach und nach herausbekommen, was ihr widerfahren war. Natürlich hatte Valerie ihm nicht alles erzählt. Nur so viel, dass sie völlig mittellos war und unbedingt Friedrich Hartenstein finden musste.

„Ich kann Ihnen leider kein Geld geben", sagte der Maler, nachdem Valerie auf ihr Abendkleid gezeigt und weinend hervorgestoßen hatte, dass sie doch damit am helllichten Tag nicht auf die Straße gehen könnte.

„Weinen Sie nicht, ich habe eine Idee", tröstete der Schweizer die verzweifelte Valerie. „Ich bin gleich wieder da."

Wenig später kehrte er mit einem einfachen, etwas verschlissenen Herrenanzug und einem weißen Hemd zurück.

„Ich glaube, wir haben fast dieselbe Statur", sagte der schlanke, nicht besonders hoch gewachsene Mann. „Es ist zwar eigentlich nicht schicklich für eine Dame, in Männersachen herumzulaufen, aber wenn wir Ihre Haare unter eine Mütze stecken, gehen Sie vielleicht als hübscher Knabe durch", fuhr er augenzwinkernd fort. „Wenigstens können Sie so in den Hotels nach Ihrem Liebsten fragen."

Obwohl ihr noch immer Tränen über die Wangen liefen, versuchte Valerie, sich ein Lächeln abzuringen.

„Das ist sehr, sehr nett von Ihnen“, murmelte sie dankbar.

„Ach was“, winkte der Schweizer ab. „Der Liebe muss man auf die Sprünge helfen.“

Aber Valerie hatte kein Glück. Drei Tage lang lief sie durch Paris und fragte in fast jedem besseren Hotel nach Friedrich – doch vergeblich. In der ersten Nacht kehrte sie noch in die kleine Pension in Montmartre zurück, denn der Schweizer hatte ihr angeboten, sie könne auf dem Divan in seinem kleinen zugigen Atelier unter dem Dach übernachten.

Doch am nächsten Morgen hörte Valerie, wie der Maler sich auf dem Flur mit der mürrischen Wirtin stritt. Valerie verstand zwar nur Bruchstücke der auf Französisch geführten Unterhaltung, aber ihr war klar, dass die Frau offenbar mehr Geld verlangte, wenn eine weitere Person im Zimmer übernachtete.

Valerie ließ ihren Blick durch den kleinen Raum schweifen und erkannte, dass der Maler am Existenzminimum lebte, und sie wollte ihm unter keinen Umständen weitere Schwierigkeiten bereiten. So hinterließ sie ihm eine Nachricht, in der sie versprach, den Anzug zurückzugeben und den Schweizer für seine Auslagen zu entschädigen, sobald es ihr möglich wäre.

Schließlich brach Valerie auf, um erneut nach Friedrich zu suchen. Auf dem Weg in die feine Pariser Innenstadt kam sie an einer Pfandleihe vorbei, in der sie für ein paar Münzen ihre kleine vergoldete Taschenuhr, ihren einzigen noch verbliebenen Besitz, versetzte.

In dieser Nacht schlief sie auf einer Parkbank in einer der zauberhaften Grünanlagen von Paris. Sie war froh, dass es Hochsommer war und trocken, aber trotzdem fühlte sie sich am nächsten Morgen müde und zerschlagen. Nachdem sie sich an einem kleinen Springbrunnen notdürftig gewaschen hatte, zog sie weiter. Doch auch an diesem Morgen hatte sie kein Glück. In keinem der feinen Hotels, in denen sie nach Friedrich fragte, konnte man ihr weiterhelfen.

Später, am Mittag, kaufte sie sich etwas Brot und billigen Käse und setzte sich auf eine Bank vor einer großen Kirche, um sich etwas zu stärken. Sie war völlig in Gedanken versunken, als sie in der Nähe plötzlich deutsche Stimmen vernahm. Ein dem Dialekt nach norddeutsches Ehepaar, wohlhabende Leute, ließen sich von einem Stadtführer die Sehenswürdigkeiten erklären.

„Und hier sehen Sie nun die berühmteste Kirche von ganz Paris, man sagt sogar, sie sei das älteste noch erhaltene Gebäude in der ganzen Stadt. ‚Notre Dame' wurde im Jahre …"

Valerie hörte nicht mehr, was der Stadtführer über die Entstehung der Kirche erzählte. Entsetzt starrte sie auf die Kirche.

„‚Notre Dame'", murmelte sie tonlos.

Mit einem Schlag wurde Valerie ihr ganzer schrecklicher Irrtum bewusst. Natürlich hatte Friedrich sich nicht in der üblen Spelunke in Montmartre mit ihr treffen wollen. Er hatte ihr den Namen des berühmtesten Bauwerks von ganz Paris genannt!

Valerie sprang auf und rannte, so schnell sie konnte, in die Kirche. Sie klammerte sich an den Gedanken, dass Friedrich vielleicht eine Nachricht für sie hinterlassen hatte. Doch erneut wurde sie enttäuscht.

Valerie war so verzweifelt, dass sie vor einer Marienstatue niederkniete und die Mutter Gottes um Hilfe anflehte.

„Heilige Mutter Maria", betete sie. „Ich weiß, dass ich kein gottgefälliges Leben führe. Aber wenn du meine Seele noch nicht ganz aufgegeben hast, dann erhöre mich. Bitte mach, dass ich Friedrich wiederfinde. Ich werde dich in meinem ganzen Leben nie wieder um etwas bitten, ich habe nur diesen einen Wunsch."

Schließlich bekreuzigte sie sich und verließ langsam die Kirche.

Valerie lief in düstere Gedanken versunken durch die Straßen von Paris. Plötzlich fand sie sich vor dem Hotel wieder, in dem sie noch wenige Tage zuvor so fürstlich mit dem Fabrikanten Sóbotta residiert hatte.

Kann es sein, dass Friedrich in demselben Hotel wohnt wie ich? überlegte sie.

Zunächst zögerte sie einzutreten, denn sie hatte sich an den Rezeptionisten erinnert, der ihr so hochmütig die Tür gewiesen hatte. Doch schließlich überwand sie sich, zog die Baskenmütze, die der Maler ihr gegeben hatte, tief in die Stirn und trat ein.

Tatsächlich traf sie hinter der Rezeption denselben Angestellten wieder. Der musterte den schmalen, ärmlich gekleideten ‚Jüngling' kritisch, und einen Moment lang hatte Valerie

Angst, dass er sie spätestens dann erkennen würde, wenn sie ihn auf Deutsch ansprechen würde.

„Verzeihung", wandte sie sich mit verstellter Stimme an den Hotelangestellten, „wohnt bei Ihnen ein Friedrich Hartenstein? Ich habe eine dringende Nachricht für ihn."

Der Rezeptionist erkannte sie nicht. Offenbar hielt er sie für einen Boten. Er schlug sein großes Register auf und suchte nach dem Namen Hartenstein.

„Ja, hier haben wir ihn", sagte er schließlich, und Valeries Herz tat einen Hüpfer. „Aber Monsieur Hartenstein ist gestern abgereist", fügte er hinzu und zerschlug Valeries Hoffnung.

„Wohin?" fragte Valerie verzweifelt.

„Darüber hat Monsieur keine Angaben gemacht. Soviel ich weiß, befindet er sich auf einer längeren Europareise", antwortete der Rezeptionist und zuckte bedauernd mit den Schultern.

„Haben Sie eine Heimatadresse?" wollte Valerie wissen.

„Mal sehen", murmelte der Hotelangestellte. Doch er schüttelte den Kopf. „Nein. Als letzte Adresse habe ich hier nur ein Londoner Hotel."

Gesenkten Hauptes wandte Valerie sich ab. Ihre letzte Hoffnung, Friedrich je wiederzufinden, war nun endgültig dahin. Auf dem Weg zum Ausgang liefen ihr Tränen über die Wangen, und sie achtete nicht darauf, wohin sie ging.

„Passen Sie doch auf, Sie Lümmel", beschwerte sich plötzlich eine ältere Dame, die gerade das Hotel betreten wollte.

Valerie erkannte die Stimme sofort wieder.

„Madame Roeder?" entfuhr es ihr.

Von allen Menschen der Welt musste sie ausgerechnet die Frau wiedertreffen, die sie am wenigsten sehen wollte. Madame Roeder musterte sie irritiert, und es dauerte eine Weile, bis sie in dem jungen Mann Valerie wiedererkannte. Sie brach in schallendes Gelächter aus.

„Das ist ja eine ganz neue Masche“, wieherte sie. „Verkleidest du dich jetzt als Mann, um auch noch die Herren mit einem … nun, etwas besonderen Geschmack zu beglücken.“

Valerie wollte schon wortlos an ihr vorbeigehen, doch Madame Roeder hielt sie auf.

„Jetzt erzähl mir mal, wie es dir ergangen ist“, sagte Madame und zog die sich sträubende Valerie hinter sich her in den Teesalon.

Als Valerie das üppige Kuchenbüfett sah, schmolz ihr letzter Widerstand dahin. Seit drei Tagen hatte sie nichts anderes gegessen als Weißbrot und ein wenig säuerlichen Ziegenkäse. Außerdem hatte sie an diesem Morgen ihr letztes Geld ausgegeben, und ihr war klar, dass sie bald Hunger leiden würde.

Dann esse ich mich jetzt wenigstens noch einmal satt, dachte sie, als sie sich seufzend zu Madame Roeder setzte.

Da Valerie nicht besonders gesprächig war, berichtete Madame Roeder ihr wortreich, wie es ihr selbst gegangen war. Angeblich hatte sie sich nach der Razzia der Polizei von allen Vorwürfen reinwaschen können.

„Das hat lange genug gedauert“, schimpfte Madame Roeder. „Danach hatte ich ein für alle Mal genug von allem. Ich habe mein Haus verpachtet und lebe nun recht bequem von den Einnahmen. Seither bin ich auf Reisen.“

Valerie erinnerte sich dunkel daran, dass Constanze ihr irgendwann einmal berichtet hatte, dass das noble Kölner Bordell wiedereröffnet hatte, allerdings unter neuer Leitung. Aber im Grunde war es ihr im Augenblick völlig egal, wie die ihr verhasste Frau ihre Zeit verbracht hatte. Sie wollte sich nur satt essen und dann so schnell wie möglich wieder gehen. Doch als sie Madame Roeder für Tee und Kuchen dankte und aufstehen wollte, hielt die alte Frau sie zurück.

„Renn doch nicht gleich wieder weg“, sagte sie. „Ich sehe, dass du völlig abgebrannt bist. Was willst du denn überhaupt machen?“

Valerie zuckte stumm mit den Schultern. Nun, da alle Hoffnung, Friedrich jemals wiederzusehen, dahin war, war ihr egal, was aus ihr werden würde.

„Pass auf“, flüsterte Madame Roeder und beugte sich zu Valerie, „ich mache dir jetzt einen Vorschlag, den du dir gut überlegen solltest.“

Madame Roeder bot Valerie an, sie auf ihren Reisen zu begleiten.

„Ich bin eine alte Frau, und ich bin einsam“, erklärte sie mit zitternder Stimme und wischte sich eine Träne aus dem Augenwinkel.

Geschieht dir recht, du alte Vettel, dachte Valerie verächtlich und lehnte den Vorschlag rundheraus ab.

„Geben Sie mir das Geld, das Sie mir noch schulden, und lassen Sie mich in Ruhe“, verlangte sie.

Aber Madame gab keine Ruhe.

„Wenn du mich begleitest, soll es dein Schade nicht sein.

Von meinen Pachteinkünften können wir kommod leben, und eines Tages, wenn ich nicht mehr bin, werde ich einiges zu vererben haben. Aus den Einkünften meines Etablissements in Köln könntest du für immer sorglos leben."

Valerie wollte trotzdem ablehnen.

Ich will nichts mehr mit ihr zu tun haben, dachte sie. Außerdem war ihr klar, dass Madame Roeder nichts tat, was nicht zu ihrem eigenen Vorteil war.

„Na, bitte, dann eben nicht", antwortete die alte Frau beleidigt. „Ich biete dir die Chance, ganz Europa zu bereisen. Wenn du nicht willst, bitte schön."

In diesem Moment durchzuckte Valerie ein Gedanke.

Friedrich ist doch auch auf Reisen. Vielleicht treffe ich ihn irgendwo. Zumindest könnte ich mich in allen Städten, in die wir kommen, nach ihm erkundigen. Irgendwo wird man ihn kennen.

Sie wusste, dass dies ihre einzige Chance war, ihren Geliebten jemals wiederzusehen, und sie musste sie ergreifen, sei sie auch noch so gering.

„Also gut", stimmte sie schließlich zu.

Dass Madame Roeders Angebot tatsächlich alles andere als selbstlos war, bekam Valerie bald zu spüren.

Die ehemalige Bordellwirtin mietete ein Zimmer für sie.

„Als Erstes müssen wir dich in eine Frau zurückverwandeln", bestimmte sie.

Valerie erzählte ihr von ihrer Kleiderbestellung.

„Beim besten Schneider von Paris!" rief Madame Roeder aus. „Darunter tust du es wohl nicht."

Trotzdem fuhr sie mit ihr zu dem Modesalon des Elsässers. Der Schneider war zunächst wenig angetan, Valerie wiederzusehen, denn natürlich hatte Sóbotta die Bestellung storniert. Aber als Madame Roeder zähneknirschend die hohe Rechnung beglich, war der Mann sofort wieder freundlich. Madame orderte zusätzlich zu den bereits in Auftrag gegebenen Kleidern eine komplette Reisegarderobe für Valerie. Doch noch am selben Abend im Hotel machte Madame Roeder ihr klar, dass sie für derartige Extrakosten nicht aufzukommen gedachte.

„Es geht mir nicht schlecht, ein Geldesel bin ich jedoch auch nicht. Pass auf, Kind, ich weiß, wie du ganz leicht die Kosten für deine Garderobe hereinbekommen kannst."

Natürlich, dachte Valerie. Sie will mich mal wieder an den Mann bringen.

Und genauso war es. Schon am nächsten Tag stellte Madame Roeder Valerie einem französischen Adligen vor, der offenkundiges Interesse an ihr zeigte.

Valerie war es egal.

Hauptsache, ich kann nach Friedrich suchen, überlegte sie und lächelte den Franzosen verführerisch an.

Genauso wie in Paris ging es weiter, wo immer Valerie und Madame Roeder Station machten. Valerie begriff schnell, dass es der alten Frau finanziell nicht annähernd so gut ging, wie sie sie hatte glauben machen wollen. Wieder und wieder musste Valerie ihren Körper verkaufen, um für die teuren Hotelrechnungen und ihren Unterhalt aufzukommen.

Was soll's? dachte sie. Auch wenn ich nicht mit ihr gegangen wäre, es wäre ja doch darauf hinausgelaufen. Und ich hätte mich wohl in Paris auf die Straße stellen und den Erstbesten nehmen müssen. Die Roeder hat wenigstens Beziehungen.

Tatsächlich gelang es Madame Roeder stets, Valerie die reichsten und großzügigsten Gönner zuzuschanzen, Männer, die Valerie auf sich gestellt niemals getroffen hätte. Trotzdem wollte sie die zänkische alte Frau mehr als einmal am liebsten sitzen lassen. Aber jedes Mal schaffte Madame Roeder es, Valerie mit Versprechungen auf das Erbe zu ködern.

Außerdem hatte Valerie die Hoffnung, Friedrich wiederzusehen, noch nicht aufgegeben, obwohl sie nirgendwo in ganz Europa einen Hinweis auf seinen Verbleib gefunden hatte.

Auch jetzt, beinahe fünf Jahre später, dachte sie noch fast täglich an ihn, und es schien ihr, dass ihre Sehnsucht von Jahr zu Jahr stärker wurde, statt zu verebben. Madame Roeder und sie waren gerade in Rom angekommen, wo sie vor einigen Jahren schon einmal gewesen waren.

Wie immer war Valeries erster Gang der zur Rezeption, wo sie sich nach Friedrich erkundigte und den Angestellten anwies, in allen besseren Hotels nach Hartenstein fragen zu lassen.

„Kommst du endlich?“ schimpfte Madame Roeder, die bereits darauf wartete, auf ihre Suite gehen zu können.

„Ja, doch“, rief Valerie ihr entnervt zu und nickte dem römischen Rezeptionisten zu.

Als Madame und sie auf ihre Suite kamen, war dort ein

riesiger Blumenstrauß für Valerie abgegeben worden. Es war das Willkommensgeschenk eines römischen Geschäftsmanns, der Valeries „Dienste“ schon bei ihrem letzten Besuch in Anspruch genommen hatte und sich freute, dass sie wieder in der Stadt war.

Lupinen, dachte Valerie, als sie den betäubenden Duft der langstieligen Blumen einatmete. Sie lief zum Fenster, um frische Luft hereinzulassen, denn sie erinnerte sich daran, dass Schwester Maria Dolorosa ihr früher im Kloster erklärt hatte, dass diese Blumen ein Nervengift enthielten.

Als sie sich umdrehte, bemerkte sie, wie Madame Roeder den riesigen Strauß samt Vase gerade in ihr eigenes Schlafzimmer tragen wollte.

„Das sollten Sie nicht tun“, rief Valerie ihr hinterher.

Madame Roeder, die den ganzen Tag über besonders übellaunig gewesen war, drehte sich um und starrte Valerie wütend an.

„Jetzt reitest du wohl darauf herum, dass die Blumen für dich sind“, zeterte sie mit ihrer schrillen Stimme, die Valerie Kopfschmerzen verursachte. „Ich bin eine alte Frau, und ich opfere mich auf für dich“, fuhr die Roeder weinerlich fort.

Von wegen aufopfern, dachte Valerie und rieb sich angespannt die Schläfen.

Die herrische Frau keifte unverdrossen weiter: „Du gönnst mir gar nichts, nicht die kleinste Freude! Dabei magst du Blumen nicht einmal!“

„Ich meine nur, Sie sollten sie nicht mit ins Schlafzimmer nehmen. Lupinen …“, begann Valerie und setzte an, Madame Roeder von der giftigen Wirkung der Blumen zu erzählen.

Doch die ließ sie gar nicht zu Wort kommen. „Warum denn nicht?“ unterbrach sie Valerie. „Ich möchte nur ein wenig Farbe und Duft in meinem Leben. Was habe ich denn sonst?“

Mach doch, was du willst, dachte Valerie kopfschüttelnd. Du wirst schon sehen, was du davon hast.

Sie nahm sich ihren Sonnenschirm und ging wortlos zur Tür.

„Wo willst du hin?“ schrie Madame Roeder ihr nach.

„An die frische Luft“, entgegnete Valerie. „Ich habe Kopfschmerzen!“

Damit knallte sie die Tür hinter sich zu.

Während Valerie durch die verwinkelten Gassen Roms spazierte und sich langsam wieder entspannte, nahm sie sich vor, Madame Roeder später zu sagen, dass die Lupinen giftig waren. Aber zunächst einmal wollte sie Rom genießen und einen langen Spaziergang machen.

Valerie hatte sich gleich bei ihrem ersten Besuch in die ewige Stadt verliebt und konnte sich an den vielen Sehenswürdigkeiten gar nicht satt sehen. Sie schlenderte durch die Straßen und erfreute sich an der quirligen Betriebsamkeit der Römer, die in ihrer schönen Sprache eher zu singen denn zu reden schienen.

Ohne es zu merken, näherte Valerie sich dem Petersplatz mit der stolzen Sixtinischen Kapelle. Die Glocken läuteten bereits zur Abendmesse, und die Menschen, darunter viele Priester und Nonnen, strömten auf die Kirche zu. Valerie sah sich auf dem Platz um, als sie plötzlich glaubte, ein bekanntes

Gesicht zu erkennen. Eine alte Ordensfrau ging in Begleitung einiger jüngerer Nonnen über den Platz.

Das kann doch nicht sein! dachte Valerie, als die Gruppe an ihr vorbeiging.

„Mutter Oberin?“ fragte sie verblüfft.

Die alte Frau drehte sich verwundert zu ihr um. „Kennen wir uns?“ wollte sie wissen.

„Aber ja!“ rief Valerie aus. „Ich bin es, Valerie, Wally, erinnern Sie sich nicht? Das Findelkind aus Ihrem Kloster!“

Die Äbtissin brauchte einen Moment, bis sie sich erinnerte. Kritisch musterte sie Valerie.

„Ich hätte nicht gedacht, dass ich dich noch einmal wiedersehe“, entgegnete sie kühl. „Nachdem du damals bei Nacht und Nebel verschwunden bist. Na, ich kann mir denken, was aus dir geworden ist“, fügte sie missbilligend hinzu und deutete auf Valeries elegantes Kleid, das bewusst darauf abzielte, die Blicke der Männer auf sich zu ziehen.

„Ach, tatsächlich?“ gab Valerie knapp zurück.

Sie ärgerte sich, dass die Mutter Oberin selbst heute nur Schlechtes von ihr dachte. Auch wenn die Ordensfrau in diesem Fall ganz richtig getippt hatte.

„Es war wohl immer in dir“, murmelte die Äbtissin. „Sonst wärst du damals nicht geflüchtet, obwohl ich dir gestattet hätte, nach Afrika in die Mission zu fahren. Schwester Maria Dolorosa, Gott sei ihrer lieben Seele gnädig, hat sich sehr gegrämt.“

„Sie ist tot?“ rief Valerie entsetzt aus, und eine tiefe Trauer stieg in ihr auf. Nie hatte sie die gütige Schwester vergessen, die sich so liebevoll um sie gekümmert hatte.

„Ja, vor einigen Jahren erreichte mich die Nachricht, dass sie am Tropenfieber gestorben ist", erklärte die Mutter Oberin. „Warum bist du nur weggelaufen?" fragte sie abermals.

„Warum nicht?" gab Valerie trotzig zurück. „Um in die Mission zu reisen, hätte ich dem Orden beitreten müssen. Und die Berufung habe ich nicht gespürt."

„Ganz sicher nicht", erwiderte die Ordensfrau, und es klang fast, als würde sie dabei bitter auflachen. „Wie wenig du doch deiner Mutter ähnelst", fügte sie kopfschüttelnd hinzu.

„Meiner Mutter?" entfuhr es Valerie. „Sie haben gewusst, wer meine Mutter ist?"

„Weißt du es denn nicht selbst, du dummes Ding?" fragte die Ordensfrau nur.

17. KAPITEL

Als Valerie eine Stunde später in die Hotelsuite zurückkam, hatte Madame Roeder sich bereits in ihr Schlafzimmer zurückgezogen. Valerie war froh, der gehässigen alten Frau jetzt nicht begegnen zu müssen. Wie in Trance schlich Valerie in ihr Zimmer und legte sich aufs Bett. Sie starrte an die Decke und versuchte zu verarbeiten, was die Mutter Oberin ihr eben eröffnet hatte. Schwester Maria Dolorosa war also ihre Mutter.

Bevor sie nach Afrika gefahren war, hatte die Nonne der Äbtissin gestanden, dass sie als ledige Dienstmagd ungewollt schwanger geworden war und sich nicht anders zu helfen gewusst hatte, als das Kind vor dem Kloster abzulegen, in der Hoffnung, die Nonnen würden es aufnehmen. Eigentlich hatte Maria Dolorosa, die damals noch Gisela Breder hieß, vorgehabt, die Gegend zu verlassen und irgendwo ein neues Leben anzufangen. Doch die Sehnsucht nach der kleinen Valerie hatte sie nicht losgelassen, und so war sie einige Monate später ins Kloster zurückgekommen und hatte um Aufnahme in den Orden gebeten.

Warum hat sie es mir nie gesagt? fragte Valerie sich verzweifelt, und eine Träne lief ihr über die Wange. All die Jahre habe ich geglaubt, ich sei ganz allein auf der Welt, und dabei war meine Mutter die ganze Zeit bei mir.

Obwohl sie der Gedanke sehr traurig machte, dass Maria Dolorosa in Afrika gestorben war und dass sie sie nicht wiedersehen würde, fühlte Valerie sich doch auch seltsam getröstet. Insgeheim hatte sie sich immer gefragt, warum ihre

Eltern sie wohl verstoßen hatten. Valerie hatte tief in ihrem Inneren geglaubt, sie sei vielleicht einfach nicht liebenswert genug gewesen. Doch nun wusste sie, dass ihre Mutter sie geliebt hatte und bei ihr gewesen war.

Während all diese Empfindungen und Gedanken auf sie einstürzten, merkte Valerie gar nicht, dass ihr die Augen zufielen und dass sie nach und nach in eine Traumwelt hinüberglitt.

„Wally ... Wally, wo bist du?" hörte sie ihre Mutter rufen und schlug die Augen auf.

Erstaunt stellte sie fest, dass sie mitten auf einer wunderschönen, duftenden Blumenwiese lag. Noch halb benommen rieb sich das kleine Mädchen die Augen und blickte sich um.

Aus der Ferne sah sie ihre Mutter auf sich zukommen. Maria Dolorosa winkte ihr zu, und die kleine Valerie sprang schnell auf und lief mit ihren nackten Füßchen durch das weiche Gras auf die lächelnde Nonne zu.

„Mama!"

„Na, meine Kleine? Spielst du schön?"

Valerie schaute zu ihrer Mutter auf und nickte. Eine Frage lag ihr auf der Seele.

„Ja, es ist wunderschön hier. Aber wo bist du die ganze Zeit gewesen?"

Maria Dolorosa lächelte und strich Valerie durch das seidige Haar.

„Ich war nie weg", sagte sie. „Ich bin immer bei dir, Valerie. Auch, wenn du mich nicht sehen kannst."

„Ganz bestimmt?" fragte Valerie.

„Ja, Liebes. Bestimmt. Du musst dich nicht einsam fühlen. Ich liebe dich. Für immer."

„Das ist schön!" rief Valerie glücklich.

Plötzlich bemerkte die kleine Valerie, wie ein paar Meter entfernt ein wunderschöner bunt schimmernder Schmetterling auf eine Blüte zuflatterte.

„Schau mal! Wie schön!" hauchte Valerie.

„Genau wie du", erwiderte ihre Mutter lächelnd. „So anmutig und schillernd, und doch so stark."

„Stark?" fragte Valerie erstaunt und blickte wieder zu dem Schmetterling hinüber. Er war wirklich schön. Aber kräftig war so ein zartes Wesen sicher nicht.

„Doch, dieses Wesen hat eine sehr große Stärke", versicherte ihre Mutter. „Auch wenn man es nicht gleich sieht."

„Dann muss ich ihn mir aus der Nähe anschauen!" entgegnete Valerie. „Darf ich?"

Maria Dolorosa nickte.

„Lauf nur, Liebes."

Das Mädchen rannte auf den Schmetterling zu, der sich auf der Blüte niedergelassen hatte. Als sie sich noch einmal zu ihrer Mutter umdrehte und ihr zuwinkte, staunte sie, wie weit sie schon gelaufen war. Maria Dolorosa stand in weiter Ferne und wirkte winzig. Valerie lief weiter. Instinktiv wusste sie, dass ihre Mutter verschwunden sein würde, wenn sie sich wieder umdrehen würde. Aber Valerie war nicht traurig. Ihre Mama hatte ihr ja versprochen, dass sie immer bei ihr war, und daran glaubte sie ganz fest.

Fröhlich lief das Mädchen auf den Schmetterling zu. Plötzlich geschah etwas sehr Seltsames. Der Schmetterling erhob sich von der Blüte. Aber als er in die Luft stieg, wurde er größer und größer.

Die erstaunte Valerie blieb stehen und starrte den Schmetterling an. Jetzt war er bereits so groß wie eine Taube, und er verwandelte sich langsam. Waren das wirklich Federn an seinen Schwingen?

Valerie kniff die Augen zusammen, um gegen das Sonnenlicht besser sehen zu können. Vor Überraschung blieb ihr der Mund offen stehen. Das konnte eigentlich nicht sein – trotzdem beobachtete sie, wie der Schmetterling sich nun in einen riesigen Drachen verwandelte, dessen dichte schuppenartige Panzerung in der Sonne funkelte.

Er ist ja wirklich stark! dachte Valerie.

Der Drache zeigte seine riesigen Fangzähne und stieß einen ohrenbetäubenden Schrei aus. Flammen schlugen aus seinem Maul. Doch Valerie hatte keine Angst. Sie war sich sicher, dass der Drache ihr nichts tun würde.

Er wird mich beschützen, schoss es ihr durch den Kopf, während sie atemlos zusah, wie der Drache seine mächtigen Schwingen ausbreitete und sich hoch in die Lüfte erhob.

Als er genau über ihr flog, entdeckte Valerie, dass in seinem perfekten, undurchdringlichen Panzer nur eine einzige Schuppe fehlte. Über dem Herzen des mächtigen Tieres bemerkte Valerie einen winzigen zartrosa Fleck.

Das ist nicht schlimm, dachte sie und winkte dem Drachen ausgelassen zu. Es ist ja nur diese eine kleine Stelle …

Valerie wurde von lautem Klopfen aus ihren Träumen gerissen. Einen Moment lang wusste sie nicht, wo sie war, aber sie fühlte sich seltsam erfrischt und voller Energie und Zuversicht. Verwirrt sah sie sich um und realisierte, wo sie war.

Ich bin in Rom, dachte sie. Im Hotel. Ich muss geträumt haben. Sie versuchte, sich an ihren Traum zu erinnern, doch es tauchten nur einige zusammenhanglose Bilder vor ihrem geistigen Auge auf. Schwester Maria Dolorosa, ein Schmetterling, ein Drache.

Sonderbar, dachte Valerie und runzelte die Stirn.

Es klopfte erneut.

„Herein", rief Valerie.

Ein Zimmermädchen betrat das Zimmer und entschuldigte sich wortreich auf Italienisch. Valerie verstand nicht einmal die Hälfte und winkte ab.

„Schon gut", murmelte sie.

Das Mädchen nickte und wandte sich noch einmal zur Tür, um etwas zu holen. Gleich darauf kam sie mit einem Frühstückstablett zurück.

„Ist es denn schon Morgen?" murmelte Valerie irritiert. „Kann es denn sein, dass ich die ganze Nacht angezogen auf dem Bett gelegen habe? Es kommt mir vor, als wären erst fünf Minuten vergangen."

Ein Blick aus dem Fenster genügte, um Valerie davon zu überzeugen, dass es tatsächlich Morgen war.

„Ist Madame Roeder bereits wach?" fragte sie das Mädchen, das nur verständnislos mit den Schultern zuckte.

„La Signora ...", Valerie sann darüber nach, was „wach sein" auf Italienisch hieß.

Aber die kleine Italienerin hatte sie auch so verstanden. Sie schüttelte bedauernd den Kopf und bemühte sich, mit

Händen und Füßen zu verstehen zu geben, dass sie bei Madame Roeder ausdauernd geklopft, diese jedoch nicht geantwortet hatte.

Sonderbar, schoss es Valerie, die wusste, dass ihre Reisebegleiterin normalerweise einen sehr leichten Schlaf hatte und morgens meist schon Stunden vor ihr wach war, durch den Kopf.

Sie wischte den Gedanken aber zunächst von sich und griff zur Kaffeetasse. Die Art, wie die Italiener Kaffee zubereiteten, stark und mit viel schaumig geschlagener Milch, gefiel ihr sehr, und sie freute sich schon auf das leckere Getränk. Valerie trank den Kaffee in großen Zügen und merkte sofort, wie er seine belebende Wirkung entfaltete. Mit einem Mal durchzuckte sie ein furchtbarer Gedanke.

„Die Lupinen!"

Vor Schreck ließ Valerie die Tasse fallen, und die braune Flüssigkeit ergoss sich über die blütenweißen Bettlaken. Das Zimmermädchen stieß einen erschrockenen Schrei aus, doch Valerie achtete gar nicht auf sie.

So schnell sie konnte, rannte sie durch den Salon zu Madame Roeders Schlafzimmer. Bereits als sie die Tür öffnete, stach ihr der schwere, betäubende Duft der Blumen in die Nase. Madame Roeder lag reglos auf ihrem Bett. Valerie lief auf sie zu und versuchte, sie zu wecken – doch die alte Frau rührte sich nicht.

„Madame Roeder! Hermine!" rief Valerie entsetzt und schüttelte sie.

Nichts.

Das neugierige Zimmermädchen kam in den Raum gelaufen und erkannte die Situation sofort. Fassungslos starrte sie den leblosen Körper der alten Dame an.

„Un medico!" verlangte Valerie.

Das Zimmermädchen nickte wortlos und beeilte sich, aus dem Zimmer zu kommen.

„Avanti!" rief Valerie ihr nach – aber sie wusste, dass es zu spät war.

Madame Roeder war tot.

Zwei Tage später stand Valerie tief verschleiert auf einem römischen Friedhof am Grab der alten Kupplerin. Außer ihr war nur ein Priester anwesend, der mechanisch die üblichen Worte der lateinischen Aussegnung daherbetete.

Valeries Gedanken schweiften ab. Sie fühlte keine Trauer, dazu hatte die ehemalige Bordellbesitzerin ihr damals in Köln zu viel angetan und sie zu sehr ausgenutzt. Und in den letzten Jahren war ihre Beziehung ein rein geschäftliches Zweckbündnis gewesen. Madame hatte die Kontakte zu wohlhabenden, großzügigen Herren hergestellt, und Valerie hatte den „Rest" erledigt. Aber Valerie hatte ein schlechtes Gewissen, weil sie nicht daran gedacht hatte, Madame doch noch vor den giftigen Blumen zu warnen. Trotzdem war sie froh, dass sie vor zwei Tagen besonnen gehandelt hatte …

Obwohl sie unter Schock stand, hatte Valerie schnell die betäubenden Blumen aus dem Zimmer entfernt, bevor der Arzt gekommen und Madame Roeders Tod festgestellt hatte. Er hatte keinen Verdacht geschöpft und sofort einen Totenschein ausgestellt, auf dem als Todesursache Altersschwäche vermerkt worden war.

Nachdem die Tote abgeholt und in die örtliche Leichenhalle gebracht worden war, hatte Valerie sich widerwillig darangemacht, Madame Roeders Papiere zu sortieren. Sie hatte die Nachricht, dass Schwester Maria Dolorosa ihre Mutter war, noch gar nicht richtig verarbeitet und wäre am liebsten in eine der vielen Kirchen Roms gegangen, um in Ruhe der liebevollen Nonne zu gedenken und stille Zwiesprache mit ihr zu halten.

Valerie war erfüllt von tiefer Dankbarkeit für die Jahre ihrer Kindheit, in der ihre Mutter stets bei ihr gewesen war und sie umsorgt hatte, auch wenn sie sich nicht zu erkennen gegeben hatte.

„Stattdessen muss ich mich um die Beerdigung dieser alten Vettel kümmern", hatte sie ärgerlich gezischt, während sie Madames Hinterlassenschaft sortierte. Plötzlich war ihr ein versiegelter Umschlag aufgefallen, der an sie adressiert gewesen war. Valerie hatte ihn geöffnet und ihn überflogen.

„Hiermit hinterlasse ich Waltraut ‚Valerie' Schmitz meine gesamte weltliche Habe", hatte sie gelesen.

Also hat sie mich doch nicht belogen! hatte Valerie überrascht gedacht und einen Moment lang fast so etwas wie Dankbarkeit für die zänkische alte Frau empfunden.

„Dann bin ich jetzt also die Besitzerin eines Kölner Bordells", hatte sie gemurmelt. „Ich werde dieses grässliche Haus sofort verkaufen", hatte sie beschlossen und überlegt, was sie mit dem Erlös wohl anfangen würde.

Vielleicht klappt es ja doch noch mit dem Hutsalon, auch wenn Constanze noch so geunkt hat, war ihr durch den Kopf gegangen.

Die Hoffnung, Friedrich jemals wiederzutreffen, hatte Valerie inzwischen so gut wie aufgegeben. Und daran, dass einer ihrer reichen Gönner sie vielleicht heiraten und zu einer respektablen Frau machen würde, glaubte sie schon lange nicht mehr. Aber wenn ihr Liebe oder die Sicherheit der Ehe versagt bleiben würde, sollte sich wenigstens ihr anderer Traum erfüllen.

Den restlichen Papieren von Madame Roeder hatte Valerie entnommen, dass ein Kölner Notar, ein gewisser Michael Pellander, seit Jahren das Vermögen der alten Frau verwaltet hatte.

Valerie hatte sich vorgenommen, gleich nach der Beerdigung nach Köln zu reisen. Das nötige Geld für Madame Roeders Beisetzung und die Reise nach Deutschland hatte sie sich von ihrem römischen Gönner geliehen. Der hatte sich nur widerwillig von seinem Geld getrennt, da er Valeries Gesellschaft nicht länger würde genießen können. Valerie hatte ihm versprechen müssen, sofort nach der Testamentseröffnung zurückzukommen.

Der Geizhals sieht mich nie wieder, dachte Valerie nun, während sie beobachtete, wie der Priester das Kreuz über Madame Roeders Grab schlug. Ich habe dieses Leben so satt, die Männer, die Lügen, das ganze Tamtam. Und wenn ich diese Roeder nicht getroffen hätte, wäre ich da vielleicht niemals hineingeraten.

Obwohl Madame Roeders Testament Valerie die Chance eröffnete, ihr bisheriges Leben hinter sich zu lassen, hatte sie doch nicht widerstehen können, der Kupplerin noch nach ihrem Tod einen kleinen Streich zu spielen. Während sie nun ans Grab trat, um mit einem Schäufelchen Erde auf den Sarg zu streuen, sah Valerie unter ihrem Schleier hervor auf den Grabstein, den sie in Auftrag hatte geben lassen und der nun bereits neben dem Grab lag.

Valerie hatte dem italienischen Steinmetz die deutsche Inschrift extra aufgeschrieben. Auf dem Grabstein stand zu lesen: „Hermine Roeder, 1789 – 1859, mutig vor ihren Schöpfer getreten."

„Viel Spaß bei der Begegnung, Madame", murmelte Valerie und warf eine einzelne Lupine auf den Sarg. Langsam drehte sie sich um und verließ den Friedhof. Sie war froh, dass unter dem schwarzen Schleier niemand ihr hintergründiges Lächeln sehen konnte.

Knapp eine Woche später traf Valerie in Köln ein. Während sie über den Rhein übersetzte, überlegte sie, ob sie nach ihrer alten Wohnung in der Melchiorstraße sehen sollte, aber sie entschied sich dagegen.

Da wird längst jemand anderes wohnen, dachte Valerie und fragte sich, ob derjenige wohl ihr schönes Wandgemälde von Paris so gelassen hatte, wie es war. Paris, dachte sie sehnsüchtig und fühlte sich sofort an Friedrich Hartenstein erinnert.

Wenn ich genug erbe, kann ich vielleicht einen Detektiv beauftragen, Nachforschungen über Friedrich anzustellen. Möglicherweise kann dieser Notar mir jemanden empfehlen.

Valerie hatte ihm bereits kurz vor ihrer Abreise aus Rom eine Depesche geschickt, daher würde er schon auf ihren Besuch warten.

Ob ich heute noch zu ihm gehen soll? überlegte sie, denn von der linksrheinischen Anlegestelle, auf die sie nun zusteuerte, war es nicht weit bis zum Friesenplatz. „Lieber nicht", murmelte sie. „Ich fahre zuerst ins Hotel und ruhe mich aus. Es reicht, wenn ich morgen zu ihm gehe."

In Erwartung ihrer Erbschaft hatte Valerie sich in einem sehr guten Hotel eingemietet, und an diesem Abend genoss sie jeglichen Luxus, den das vornehme Haus ihr zu bieten hatte. Sie bestellte sich ein köstliches Nachtmahl auf ihr Zimmer, badete ausgiebig und streckte sich schließlich auf ihrem weichen breiten Bett mit den edlen Bezügen aus.

So lässt es sich selbst in Köln leben, dachte sie, während sie langsam schläfrig wurde. Was wohl aus Constanze geworden ist? ging es ihr noch durch den Kopf, doch dann fielen ihr die Augen zu.

Am nächsten Vormittag betrat Valerie in einem schlichten, aber hocheleganten Kostüm die vornehme Rechtsanwaltskanzlei am Kölner Friesenplatz und reichte dem Bürogehilfen ihre Karte.

„Ich denke, Dr. Pellander erwartet mich", erklärte sie lächelnd.

Und in der Tat ließ der Notar wenige Augenblicke später bitten. Michael Pellander war ein drahtiger, sehr gepflegt wirkender Herr, der Valerie aufs höflichste begrüßte und ihr galant den Stuhl vor seinem großen Schreibtisch zurechtrückte.

„Ich hatte Ihnen noch an Ihr Hotel in Rom telegrafiert, aber die Nachricht hat Sie wohl nicht mehr erreicht", sagte er, nachdem er ebenfalls Platz genommen hatte. „Das ist bedauerlich, denn vielleicht hätten Sie sich die Reise sparen können, Frau Schmitz."

Valerie blickte unangenehm überrascht auf.

„Warum? Gibt es ein Problem? Ich habe Madame Roeders Testament dabei. Es stammt wirklich von ihr", sagte sie und öffnete ihre Tasche, um dem Notar das Dokument zu zeigen.

„Nein, darum geht es nicht", versicherte der Notar hastig.

Valerie begann sofort, sich Sorgen über ihre eigenen Ausweispapiere zu machen. Sie reiste ja noch immer unter dem falschen Namen, den Madame Roeder einst für sie bei der Polizei angegeben hatte.

„Ich weiß nicht, wie ich anfangen soll", druckste der Notar herum. „Am besten, ich mache es kurz. Wenn Sie eine größere Erbschaft erwartet haben, muss ich Sie leider enttäuschen."

„Was?" fuhr Valerie entsetzt auf. „Aber ihr gehörte doch das Haus … Sie wissen schon …"

„Das Bordell?" präzisierte Pellander. „Frau Roeder musste es vor Jahren verkaufen. Es gab damals einen Skandal …"

„Diese Aktiensache. Ja, ich weiß", erwiderte Valerie. „Sie hat mir gesagt, dass sie von aller Schuld reingewaschen wurde und das Haus danach verpachtet hat."

„Das ist *so* nicht ganz korrekt", widersprach ihr der Notar. „Zwar wurde letztlich keine Anklage erhoben. Der Schwiegervater des anderen Beteiligten hat damals all seinen Einfluss geltend gemacht, um die Sache klein zu halten. Aber da die meisten von Madames … wie soll ich sagen … nun, Kunden bei dem Betrug geschädigt worden sind, war ihr Ruf natürlich dahin. Daher blieb ihr nichts anderes übrig, als zu einem sehr niedrigen Preis zu verkaufen."

„Eines verstehe ich nicht“, fragte Valerie. „Sie sind Madame Roeders Vermögensverwalter gewesen. Was haben Sie denn verwaltet, wenn ich fragen darf?“

Der Notar lächelte nachsichtig. „Zuletzt nur noch die persönliche Habe, die Frau Roeder in Köln zurückgelassen hat. Sie hat mich damals gebeten, den Verkaufserlös für sie anzulegen, in der Absicht, von den Zinsen zu leben. Doch bedauerlicherweise war ihr Geldbedarf größer als die schmale Rendite, die ich erwirtschaften konnte. Und so hat sie nach und nach das Kapital angreifen müssen. Vor circa vier Jahren war schließlich nichts mehr übrig. Wovon sie danach ihren Lebensunterhalt bestritten hat, weiß ich leider nicht.“

Aber ich, dachte Valerie, und eine unbändige Wut stieg in ihr auf. Von *mir!* Wer weiß, wie viel sie all den Männern abgeknüpft hat, während sie mir weisgemacht hat, dass wir uns nur ein bisschen dazuverdienen müssen!

Valerie hätte am liebsten irgendetwas zerschmettert, um ihrem Zorn Luft zu machen. Einen Moment lang spielte sie mit dem Gedanken, das Tintenfass des Notars gegen die Wand zu schleudern.

Das gibt hässliche Flecken, dachte sie. Lass es, der Mann ist ja nicht schuld an der Lage. Es ist dieser alten Hexe also selbst nach ihrem Tod noch gelungen, mich zu betrügen. Möge sie in der Hölle schmoren!

Laut sagte Valerie: „Das soll heißen, ich bekomme gar nichts?“

Der Notar beugte sich etwas vor und lächelte Valerie entschuldigend an. „Nun“, sagte er. „Etwas wäre da noch.“

18. KAPITEL

„Ihre verdammten Tagebücher!“ zischte Valerie wutschnaubend, während sie mit einer kleinen Schatulle unter dem Arm das Büro des Notars verließ. „Alles, was ich bekommen habe, sind ihre verdammten Tagebücher!“

Pellander hatte ihr erklärt, dass Madame Roeder die ganzen Jahre als Besitzerin des Bordells Tagebuch geführt hatte. Der Notar hatte die Bücher für die alte Frau aufbewahrt, und nun hatte er sie Valerie, die die rechtmäßige Erbin war, ausgehändigt.

Die Sonne blendete Valerie, als sie auf den Platz trat. Sie hatte nur einen Gedanken: Sie wollte die Schachtel mit den schwarzen in Leinen geschlagenen Büchern sofort in den Müll werfen. Frustriert sah Valerie sich nach einem Kehrichteimer um, aber es war keiner in der Nähe.

Stattdessen fiel ihr Blick auf die Konditorei, in der sie in ihrer Zeit als Wäscherin in Fräulein Hagenbergs Pensionat oft Kuchenbruch gekauft hatte. Erst jetzt merkte Valerie, dass sie schrecklichen Hunger hatte. Am Morgen war sie zu aufgeregt gewesen, um im Hotel zu frühstücken. Und nun war es beinahe Mittag.

Der Magen hängt mir ja bis in die Knie, dachte sie und ging in die Konditorei.

Die kleine Glocke über der Tür bimmelte genau wie vor all den Jahren. Valerie lief schon das Wasser im Munde zusammen, als sie die vielen leckeren Torten und Blechkuchen in der Auslage sah.

„Ein Stück Bienenstich, bitte“, sagte sie, nachdem die Konditorin die Kundin vor ihr bedient hatte.

„Aber mit dem größten Vergnügen, Valerie“, erwiderte die Frau hinter dem Tresen.

Valerie blickte verblüfft auf. Die schlanke junge Frau, deren rotes Haar unter ihrer blütenweißen Haube ordentlich in einem dicken Zopf um den Kopf gesteckt war, kam ihr auf Anhieb bekannt vor, doch Valerie konnte sie nicht zuordnen.

Als die adrette Konditorin sie nun anstrahlte, bemerkte Valerie, dass einer der oberen Schneidezähne fehlte. Da begriff sie, wer vor ihr stand.

„Constanze! Das glaube ich jetzt nicht!“ rief Valerie außer sich vor Wiedersehensfreude.

„Ich dachte schon, du erinnerst dich nicht mehr an deine alten Freunde“, erwiderte Constanze und kam lachend hinter ihrem Verkaufstresen hervor, um Valerie zu umarmen.

Die beiden Freundinnen fielen sich in die Arme. Nach einer Weile schob Valerie Constanze etwas von sich.

„Du machst einem das Erkennen auch nicht leicht“, stellte sie kopfschüttelnd fest. „Wo ist denn der Rest von dir geblieben?“

Als Valerie vor fast fünf Jahren nach Paris aufgebrochen war, war Constanze unansehnlich dick gewesen. Doch nun stand eine gertenschlanke hübsche Frau vor ihr, die vor Energie und Lebensfreude nur so zu strotzen schien.

Constanze lachte und deutete auf die vielen Kuchen in der Auslage.

„Wenn du das tagein, tagaus vor der Nase hast, hast du

es sehr bald über. Ich glaube, ich habe seit vier Jahren nichts Süßes mehr gegessen."

„Zum Glück", entgegnete Valerie. „Du siehst wunderhübsch aus! Erzähl, wie bist du hierher gekommen?"

Constanze strahlte. „Du glaubst es nicht", sagte sie. „Ich habe geheiratet."

„Den dicken alten Bäcker?" fragte Valerie. Sie erinnerte sich noch lebhaft an den kugelrunden rotgesichtigen Mann, der ihr früher immer ein Stückchen Kuchen extra gegeben hatte.

„Nicht ganz", erwiderte Constanze lächelnd und rief in den hinteren Teil des Ladens: „Jupp, kommst du mal nach vorne? Ich will dir jemanden vorstellen!"

Wenig später kam ein groß gewachsener junger Mann aus der Backstube. Sein Gesicht unter der hohen Bäckermütze war mit Mehl bestäubt, und das Pulver hatte sich in den kleinen Lachfältchen um seine Augen abgesetzt. Constanzes Mann gefiel Valerie auf Anhieb.

„Jupp, das ist Valerie, meine aller-, allerbeste Freundin", erklärte Constanze glücklich.

Jupp lächelte Valerie offen und freundlich an, wischte sich die staubige Hand an der Schürze ab und streckte sie Valerie entgegen.

„Das ist aber schön", sagte er. „Ich hab schon viel von dir gehört, und Conny war untröstlich, dass du dich nie gemeldet hast. Ihr beiden habt jetzt bestimmt viel zu bereden", fügte er hinzu und wandte sich an Constanze. „Geh doch ruhig rauf mit deiner Freundin. Bis zum Mittag wird sowieso nicht mehr viel los sein. Das schaffen Vater und ich auch allein."

Constanze drückte ihrem Mann ein Küsschen auf die Wange, nahm Valerie bei der Hand und führte sie durch die Backstube zu einer schmalen Stiege, die in die Wohnung der Bäckersleute führte.

„Das ist mein Reich“, sagte Constanze stolz und ging zum Herd, um Teewasser aufzusetzen.

Valerie sah sich in der gemütlichen, sonnigen Stube um.

„Du hast es gut getroffen“, bemerkte sie anerkennend und freute sich für ihre Freundin.

„Das kannst du wohl sagen“, erwiderte Constanze freudestrahlend. „Jupp ist ein Schatz.“

„Wie hast du ihn denn kennen gelernt?“ wollte Valerie wissen.

„Du wirst lachen, er war ein Freier von mir“, sagte Constanze mit gesenkter Stimme. „Erwähn das bloß nie, wenn Jupps Vater in der Nähe ist. Der hat nämlich keine Ahnung, was ich mal gemacht habe.“

„Jetzt muss ich mich setzen“, entgegnete Valerie kopfschüttelnd. „Ich hätte alles darauf verwettet, dass kein Mann eine wie uns heiraten würde. Nicht, dass ich irgendetwas hätte, was ich verwetten könnte.“

„Aber du siehst doch aus wie eine feine Dame“, rief Constanze überrascht. „Das Kleid ist bestimmt aus Paris, oder?“

Valerie nickte. Sie hatte auch weiterhin bei dem Elsässer Couturier arbeiten lassen, der damals in Paris ihre Maße genommen hatte.

„Ja, ist es“, erzählte Valerie nun. „Ich besitze jedoch wirklich nur, was ich auf dem Leibe trage. Meine restlichen Kleider sind im Hotel Kurfürstenhof, und dahin kann ich nicht mehr zurück, weil ich die Rechnung nicht bezahlen kann."

In dem Moment begann der Teekessel zu pfeifen.

Mehrere Stunden später hatte Valerie ihrer Freundin Constanze alles erzählt, was ihr in den vergangenen Jahren widerfahren war.

„Die alte Roeder", murmelte Constanze kopfschüttelnd. „Liebes, ich will ja nicht sagen, dass du naiv bist, aber mit so was hättest du bei der alten Hexe rechnen müssen."

Valerie nickte niedergeschlagen.

„Ja, es wäre zu schön gewesen. Jetzt muss ich wieder ganz von vorne anfangen", fügte sie trübsinnig hinzu. „Was mache ich bloß?"

„Du bleibst natürlich erst mal hier", erklärte Constanze sofort. „Und heute Abend schicke ich Jupp in das Hotel, deine Sachen holen."

„Das kommt gar nicht in Frage!" widersprach Valerie. „Die rücken meine Koffer sowieso nicht raus, solange die Rechnung nicht bezahlt ist. Und die ist gesalzen. Nein, ich werde meinem italienischen ‚Freund' telegrafieren müssen, damit er mir das Geld für die Rückfahrt schickt. Wer weiß, ob ich ihn dazu kriege."

„Nun mach dir mal nicht so viele Gedanken", beruhigte Constanze sie. „Wir liefern dem Hotel die Kuchen, und Jupp ist im selben Karnevalsverein wie der Empfangschef. Das wird er leicht regeln."

Und so kam es auch. Am Abend kam Constanzes Mann mit den Koffern aus dem Hotel zurück. Als Valerie wissen wollte, wie viel er dafür hatte berappen müssen, winkte Jupp nur ab.

„Sie kriegen ein paar Torten extra“, erwiderte er gelassen. „Und die Zutaten habe ich ja schon eingespart, seit Conny nichts Süßes mehr isst.“ Mit liebevollem Augenzwinkern wandte er sich an seine Frau. „Du wirst zu dünn, meine Liebe“, neckte er sie.

„Na, das wird sich ja nun bald ändern“, gab Constanze glücklich zurück.

Jupp trat zu ihr und nahm sie zärtlich in den Arm.

„Du bist schwanger?“ fragte Valerie verblüfft.

Constanze nickte und strahlte dabei über das ganze Gesicht.

„Ach, was freu ich mich für dich!“ rief Valerie und umarmte Constanze überschwänglich.

Als Valerie am Abend auf dem bequemen Rosshaarsofa lag, das Constanze ihr als Bett zurecht gemacht hatte, und in die Flammen des kleinen Kaminofens starrte, dachte sie ein wenig wehmütig an ihre Freundin.

Valerie war nicht neidisch – sie gönnte Constanze von Herzen alles Glück der Welt, aber sie fragte sich, ob sie selbst je ihr Glück finden würde.

Mit Männern habe ich kein gutes Händchen gehabt, grübelte sie trübsinnig. Erst der hinterhältige Fredi, dann die Kerle bei Madame … Friedrich, ach, Friedrich …

Valerie konnte sich bis zum heutigen Tag nicht verzeihen, dass sie damals die berühmteste Kirche von Paris mit einer üblen Spelunke verwechselt hatte. Manchmal, wenn sie besonders traurig war, stellte sie sich vor, wie ihr Leben wohl an Friedrichs Seite verlaufen wäre.

Wir sind aus demselben Holz geschnitzt, dachte sie. Das habe ich von der ersten Sekunde an gespürt. Wenn Friedrich etwas will, gibt er nicht auf, bis er es erreicht hat. Er war wie ein schillerndes Fabeltier, ein mächtiger Drache, dem niemand etwas anhaben kann.

Valerie wunderte sich über sich selbst. Wie kam sie ausgerechnet darauf, den Mann, den sie bis heute liebte, mit einem Drachen zu vergleichen? Und warum fand sie den Gedanken so schön?

Drachen sind eigentlich böse, überlegte sie, doch plötzlich tauchte das Bild einer stolzen Kreatur mit goldenem Panzer vor ihrem inneren Auge auf, und es kam ihr vor, als hätte sie dieses Fabeltier schon einmal gesehen.

„Ich bin übermüdet", murmelte sie und schüttelte den Gedanken ab. „Ich muss schlafen."

Valerie wollte gerade die kleine Petroleumlampe auf dem Beistelltischchen löschen, als ihr Blick auf die Schatulle fiel, die der Notar ihr am Morgen gegeben hatte. Erneut stieg unbändige Wut in ihr auf, und es hielt Valerie nicht länger auf dem Sofa. Sie sprang auf, nahm die Schatulle an sich und trug sie entschlossen zum Ofen.

Wenig später verfeuerte Valerie Seite um Seite von Madame Roeders Aufzeichnungen. Sie achtete kaum darauf, was die Besitzerin des noblen Hurenhauses in ihrer gestochenen Schrift zu Papier gebracht hatte. Mit einem Mal stutzte sie und riss das Papier, das sie eben in den Kaminofen geworfen hatte, hastig aus den Flammen und klopfte hektisch mit der Hand auf die kokelnden Ecken Verwundert starrte sie auf die Sätze, die noch zu lesen waren.

„Das kann nicht wahr sein!“ murmelte sie, während sie den Text überflog.

Nachdem sie die Seite gelesen hatte, griff sie hektisch nach dem Tagebuch, aus dem sie eben die Seiten gerissen hatte, und begann, den Rest der Aufzeichnungen wie einen Kriminalroman zu verschlingen. Zwischendurch schüttelte Valerie immer wieder fassungslos den Kopf.

Madame Roeder hatte in diesem Buch detailliert beschrieben, wie sie und ihr Partner damals die Kunden des Bordells betrogen hatten. Sie hatten den wohlhabenden Männern, die nichts Böses ahnten, mit gefälschten Gutachten Anteile an einem völlig wertlosen Stück Land in Hinterpommern verkauft, auf dem sich angeblich ein riesiges Braunkohlevorhaben befand. Als der Schwindel einige Monate später aufflog, hatte der Besitzer des Landstücks mit einem Trick alle Schuld auf Madame Roeder geschoben. Aber in diesem schwarzen Heft stand, wie es wirklich gewesen war. Madame Roeders Aufzeichnungen belasteten ihren früheren Komplizen schwer. Und dieser Betrüger war kein anderer als Frederic von Streelitz, der Rittmeister, der Valerie entjungfert und schließlich wegen Käthe Pfefferkorn sitzen gelassen hatte.

„Deshalb war er also in der Nacht, als Madame mich versteigert hat, auf der Gesellschaft. Dieser Mistkerl hat da seine krummen Geschäfte gemacht! Aber damit kriege ich ihn“, flüsterte Valerie und klopfte auf das schwarze Buch. „Jetzt kann ihm nicht einmal sein dicker Schwiegervater, der alte Pfefferkorn, den Hals retten!“

Nachdem Valerie am nächsten Morgen alles der ungläubigen Constanze erzählt hatte, fasste sie einen Entschluss.

„Ich fahre zu ihm!" verkündete sie.

„Aber du weißt doch noch nicht einmal, wo er lebt", wandte ihre Freundin ein.

„Das herauszufinden wird nicht schwer sein", wischte Valerie den Einwand weg. „Pfefferkorn ist ein großes Tier in Frankfurt. Da wird man leicht in Erfahrung bringen können, wo sein Schwiegersohn und die dicke Käthe wohnen. Verzeihung, Baronin von Streelitz, wollte ich natürlich sagen", fügte sie mit bösem Lächeln hinzu.

Und tatsächlich brachte Valerie noch am selben Tag in Erfahrung, dass Baron von Streelitz und seine Gattin sich zurzeit auf den Streelitz'schen Gütern in der Nähe von Potsdam aufhielten.

„Nichts wie nach Preußen", rief Valerie, als sie mit der Nachricht zurück in die kleine gemütliche Wohnung über der Bäckerei kam.

„Willst du nicht lieber bei uns bleiben?" wollte Constanze wissen. „Du kannst in der Konditorei aushelfen, wenn ich wegen der Schwangerschaft nicht mehr bedienen kann", schlug sie vor. „Und alles Weitere wird sich finden."

Valerie lächelte ihre Freundin dankbar an.

„Constanze, du Süße, ich glaube, das ist das netteste Angebot, das ich je in meinem Leben bekommen habe", sagte sie gerührt. „Doch ich kann es nicht annehmen."

„Das hab ich befürchtet", erwiderte Constanze traurig.

„Ich passe nicht hierher", versuchte Valerie, ihrer Freundin den Entschluss zu erklären. „Versteh mich nicht falsch, ich will bestimmt nicht sagen, dass ich etwas Besseres bin. Aber ich bin einfach zu rastlos für so ein geregeltes Leben."

„Wonach suchst du eigentlich?" wollte Constanze wissen. „Immer noch nach diesem Friedrich, der dir damals in Paris den Kopf verdreht hat?"

„Kann sein", entgegnete Valerie, und ihr Herz begann allein bei dem Gedanken an Friedrich, heftig zu klopfen. „Zuerst zahle ich es jedoch Fredi heim!"

Zwar wollte Constanze Valerie nicht gern ziehen lassen, doch sie wusste, dass sie ihre Freundin nicht aufhalten konnte. Daher bot sie ihr an, ihr die Reisekosten nach Potsdam zu leihen – was Valerie natürlich auf keinen Fall annehmen wollte.

„Ihr habt so viel für mich getan", sagte sie. „Und ich weiß ja nicht einmal, wann ich euch das Geld zurückgeben kann."

Diesmal wollte sie nicht wieder denselben Fehler machen wie in Rom, als sie Madame Roeders Testament gefunden und bereits sicher geglaubt hatte, nun reich und ohne Sorgen zu sein.

„Auch wenn du die Fahrtkosten anders zusammenbekommst", bemerkte Constanze skeptisch, „was willst du überhaupt von diesem Fredi?"

„Er wird dafür büßen, dass er mich damals behandelt hat, als wäre ich Dreck", erwiderte Valerie entschlossen. „Mein Schweigen wird ihn nicht nur ein hübsches Sümmchen kosten, er wird mich auch in die Gesellschaft einführen. Und zwar als Valerie Walter, eine Dame aus der besseren österreichischen Gesellschaft. Ich lasse ihn nicht eher in Ruhe, bis ich unter seinen feinen Freunden endlich einen gefunden habe, der mich heiratet. Und Fredi soll bloß nicht glauben, dass ich es unter einem Adelstitel tue!“

„Immer noch die alte Valerie“, sagte Constanze und lachte. „Du wolltest ja von Anfang an einen Prinzen. Genau wie die arme Louise.“

An diesem Vormittag besuchten Valerie und Constanze das Grab ihrer verstorbenen Freundin. Constanze hatte sich die ganze Zeit darum gekümmert, und Valerie war gerührt, als sie die hübschen bunten Blumen sah, die auf dem Grab blühten.

„Das hätte Louise gefallen“, sagte Valerie leise und drückte Constanzes Hand.

Als sie wieder am Friesenplatz waren, entschuldigte Valerie sich.

„Ich komme gleich nach“, erklärte sie ihrer Freundin. „Erst muss ich noch einmal zu dem Notar.“

Constanze wollte wissen, was Valerie bei Pellander wollte, doch Valerie lächelte nur geheimnisvoll und verschwand im Haus des Notars.

Eine gute Stunde später trat sie wieder auf die Straße. In ihrer Tasche hatte sie das Geld, das sie für die Reise nach Potsdam brauchte, und der höfliche Notar war um eine amouröse Erfahrung reicher, die er in seinem ganzen Leben nicht vergessen sollte.

Wenige Tage später stand Valerie vor dem eleganten Stadthaus von Baron von Streelitz, das nur wenige Gehminuten vom berühmten Schloss Sanssouci entfernt lag. Als sie dem Butler ihre Karte reichen wollte, winkte der ab.

„Der Baron empfängt heute nicht“, erklärte er.

„*Mich* wird er empfangen“, gab Valerie selbstbewusst zurück. „Sagen Sie ihm, hier ist Madame Roeders kleine Französin. Und sie hat einige interessante Unterlagen über ein Kohlevorkommen dabei.“

Der Butler zögerte kurz, doch als Valerie ihm ihr strahlendstes Lächeln schenkte, bat er sie in die Halle und ging in den Salon, um Valerie anzumelden. Es verstrich keine Minute, bis Frederic von Streelitz in die Halle gestürmt kam. Mit Genugtuung registrierte Valerie, dass der schneidige junge Rittmeister von einst sich so gar nicht zu seinem Vorteil verändert hatte. Obwohl er sicher kaum dreißig war, hatte er schon einen ziemlichen Bauchansatz. Auch sein Gesicht wirkte aufgedunsen, und seine Augen waren trübe. Was Valerie jedoch am meisten freute, war, dass dem Baron seine einst so schönen Locken ausgegangen waren.

Der Kerl ist ja glatzköpfig! frohlockte sie insgeheim. Nicht zu glauben, dass ich den mal *schön* gefunden habe.

„Fredi“, begrüßte sie ihn mit aufgesetzter Freude. „Dass wir uns noch einmal wiedersehen! Schade, dass Madame Roeder das nicht mehr erlebt hat. Du hast nämlich mächtigen Eindruck auf sie gemacht. In ihren Tagebüchern hat sie haarklein jedes Wort aufgeschrieben, das du jemals zu ihr gesagt hast“, fügte sie mit hintergründigem Lächeln hinzu. „Und rate mal, wer jetzt im Besitz dieser aufschlussreichen Aufzeichnungen ist?“

Zu ihrer Freude bemerkte Valerie nun, dass Frederic von Streelitz blass wurde und sich nervös einige Schweißperlen von der Stirn wischte.

19. KAPITEL

Frederic von Streelitz hörte mit angespannter Miene zu, während Valerie ihm mit sichtlichem Genuss aus Madame Roeders Tagebuch vorlas. Er hatte sie widerwillig in den eleganten Salon seiner Potsdamer Stadtvilla gebeten und Tee servieren lassen.

„... Die Kohlesache scheint wirklich ein viel versprechendes Geschäft zu werden“, las Valerie. „Von Streelitz kümmert sich selbst um die falschen Gutachten. Damit habe ich also nichts zu tun.“

Valerie machte eine Kunstpause und nippte an ihrem Tee. Von Streelitz sprang auf und ging zu einer Anrichte, auf der mehrere Karaffen standen. Ohne Valerie zu fragen, ob sie auch wollte, schenkte er sich Cognac in einen großen bauchigen Schwenker. Hastig und ohne abzusetzen stürzte er das Getränk herunter und bediente sich erneut. Langsam kam er zurück und ließ sich wieder in den Sessel am Fenster, gegenüber dem Sofa, auf dem Valerie saß, fallen.

Sie musterte ihn interessiert.

Elf Uhr morgens, und der Mann spült harte Getränke herunter, als wäre es Wasser, dachte sie. Kein Wunder, dass er so aufgedunsen ist.

„Willst du noch mehr hören?“ fragte sie ihn mit zuckersüßem Lächeln.

„Wenn du außer den unbewiesenen Behauptungen der alten Vettel nichts zu bieten hast, wird das wohl nicht nötig sein“, gab Frederic, dem der Cognac offenbar neuen Mut gegeben hatte, mit gespielter Langeweile zurück.

„Ich langweile dich?“ wollte Valerie mit ebenfalls geheucheltem Bedauern wissen. „Wie schade. Nun, vielleicht finden die Behörden Madames Aufzeichnungen ja spannender als du. Das Verfahren wurde nie offiziell eingestellt, wenn ich recht informiert bin.“

Valerie lächelte den Baron kühl an und erweckte den Anschein, aufstehen zu wollen.

„Jetzt renn doch nicht gleich weg“, bremste Frederic sie hektisch. „Was willst du überhaupt?“

„Eine Wohnung, eine Vitae ...“, Valerie setzte sich lächelnd. „... und einen Mann.“

Baron von Streelitz starrte sie fassungslos an. „Wie bitte?“

„Es wird dir sicherlich zu Ohren gekommen sein, dass ich zu Madame Roeder zurückgehen musste, nachdem ich deinetwegen aus dem Pensionat geflogen bin. Wie mein Leben seither verlaufen ist, kannst du dir bestimmt denken?“

Frederic nickte.

„Gut. Ich bin nun bald Mitte zwanzig, und es wird Zeit, dass ich ... wie soll ich sagen ... zur Ruhe komme. Daher brauche ich ein angemessenes Domizil.“

„Aha“, erwiderte von Streelitz tonlos.

„Hübsch hast du es hier“, bemerkte Valerie lächelnd und blickte sich in dem erlesen möblierten Salon um.

Der Baron starrte Valerie einen Moment lang an. Seufzend nahm er erneut einen tiefen Zug aus seinem Cognacschwenker. Valerie beugte sich ein wenig zu ihm vor und tätschelte beruhigend seinen dicklichen Schenkel.

„Aber ganz so viel Platz brauche ich wohl nicht. Vier

oder fünf Zimmer würden mir reichen. In einem gepflegten Haus natürlich."

Der Baron schluckte.

„Selbstverständlich fehlen mir auch die Mittel, um eine solche Wohnung zu unterhalten. Doch das dürfte für dich ja kein Problem sein."

Von Streelitz schwieg.

„Kommen wir also zu Punkt zwei auf meiner Liste. Die Vitae. Du wirst mich in die Gesellschaft von Potsdam einführen."

„Werde ich das?" fragte Frederic mit schwacher Stimme.

Valerie nickte begeistert, als könne es für den Baron nichts Schöneres auf der Welt geben, als ihr diesen Wunsch zu erfüllen.

„Ich bin Valerie Walter, eine betuchte Witwe aus Wien, und deine liebe Käthe und ich, wir kennen uns aus Schulzeiten", eröffnete sie dem immer blasser werdenden Baron fröhlich. „Das ist nicht einmal gelogen. Und damit wären wir auch schon bei Punkt drei auf meiner Liste: ein Mann. Du kennst doch sicher mehr als einen Junggesellen von Stand?"

Valerie wartete Frederics Reaktion gar nicht ab, sondern redete gut gelaunt weiter. „Ich denke, es wäre das Beste, wenn du bald einen kleinen Empfang geben würdest. Um mich in Potsdam willkommen zu heißen."

Von Streelitz stand kommentarlos auf, ging zur Anrichte und schenkte sich noch mehr Cognac ein. Erst als er einen weiteren tiefen Zug genommen hatte, drehte er sich zu Valerie um.

„Du bist geisteskrank“, zischte er und starrte sie hasserfüllt an.

„Nicht doch“, säuselte Valerie. „Das Wort, das du gesucht hast, ist *anspruchsvoll. Kapriziös* und *anspruchsvoll.*“

Der letzte Cognac schien Frederics Lebensgeister geweckt zu haben. Drohend stapfte er auf Valerie zu.

„Du hast nichts in der Hand!“ schrie er sie an. „Wenn die Roeder ihre Behauptungen hätte beweisen können, wäre der alte Raffzahn längst selbst bei mir aufgetaucht!“

Valerie lächelte von Streelitz mit äußerer Gelassenheit an. Insgeheim hatte sie diese Reaktion befürchtet, denn ihr war klar, dass ihre Beweise vor Gericht wohl nicht ausreichend wären. Frederic würde behaupten, das Tagebuch sei entweder gefälscht oder Madame Roeder habe die Fakten verdreht und die Aufzeichnungen nur als Schutzbehauptung für sich selbst gemacht. Trotz dieser Bedenken ließ Valerie sich nichts anmerken.

„Die Roeder war gierig. Aber sie war auch dumm. Sonst hätte sie sich mit Sicherheit nicht auf dich eingelassen.“

Einen Moment lang durchzuckte Valerie die unangenehme Erkenntnis, dass sie Frederics Charme damals ebenso erlegen war wie die Bordellbesitzerin seinen geschäftlichen Versprechungen.

Ich war gerade *vierzehn,* entschuldigte sie sich selbst und fuhr ruhig fort: „Wahrscheinlich hat Madame gar nicht begriffen, welche Brisanz ihre Aufzeichnungen haben. Zufällig weiß ich, dass dein Schwiegervater seit Jahren Himmel und Hölle in Bewegung setzt, um endlich geadelt zu werden.“

Das stimmte. Der Notar Pellander hatte es Valerie bei ihrem letzten Besuch verraten. Nachdem Pfefferkorns Tochter Käthe durch Heirat zur Baronin geworden war, wollte der mächtige Industrielle dieses Standesprivileg auch für sich.

„Ich kann mir nicht denken, dass es seine Chancen verbessern würde, wenn öffentlich bekannt würde, dass sein eigener Schwiegersohn ein übler Betrüger ist, der gemeinsame Sache mit einer stadtbekannten Kupplerin gemacht hat."

„Du Miststück!"

Valerie blickte ihn amüsiert an. „Ich sehe, wir sind uns also einig."

„*Gar nichts* sind wir", tobte der Baron. „Selbst wenn ich bereit wäre, deine unverschämten Forderungen zu erfüllen – ich kann es nicht!"

„Sei nicht so bescheiden", flötete Valerie. „Du bist mit einer Millionenerbin verheiratet."

„Ich selbst habe keinen müden Kreuzer!" schrie Frederic mit hochrotem Kopf. „Dieses ganze verdammte Kohlegeschäft habe ich mir damals nur ausgedacht, um irgendwie an genug Geld zu kommen, damit ich um Käthe werben kann! Und was, meinst du, war los, als der Schwindel aufgeflogen ist? Pfefferkorn konnte die Hochzeit nicht mehr rückgängig machen, doch er hat dafür gesorgt, dass ich diese Ehe an jedem verdammten Tag bereue, an dem ich neben der fetten Kuh aufwache!"

Valerie wusste nicht, ob sie lachen oder weinen sollte. Was Frederic sagte, erschien ihr plausibel.

Das gönne ich ihm, dachte sie voller Genugtuung. Aber was wird jetzt aus mir?

Von Streelitz war noch nicht fertig.

„Käthe bekommt eine Apanage, über die nur sie verfügen kann“, murmelte er bitter. „Ich muss immer um jeden Taler betteln.“

Frederic ging wieder zur Anrichte, um seinen Zorn herunterzuspülen.

„Na, wie ich sehe, ist deine Käthe wenigstens mit den Cognacrationen großzügig“, kommentierte Valerie knapp.

Der Baron warf ihr einen beleidigten Blick zu. „Spotte du nur. Wenn du glaubst, bei mir ist etwas zu holen, hast du dich jedenfalls geirrt.“

„Aber deine Käthe wird auch nicht wollen, dass ihr Mann zum Gespött wird“, gab Valerie zurück. „Vielleicht sollte ich lieber mit *ihr* reden. Wo steckt sie eigentlich?“

„Noch in der Sommerfrische mit den Kindern“, grummelte Frederic.

„Gut“, entgegnete Valerie. „Dann muss ich wohl bleiben, bis sie wieder da ist. Ihr habt doch sicher Gästezimmer?“

Das war zu viel für den Baron. Außer sich vor Wut feuerte er sein Cognacglas in den Kamin.

„Wenn du denkst, du kannst dich hier einnisten …“, begann er, Valerie anzuschreien. Doch dann brach er mitten im Satz ab und atmete tief durch, um sich zu sammeln. „Also gut“, lenkte er schließlich ein. „Ich mache dir ein Angebot. Ich führe dich in die Gesellschaft ein – als das, was du bist: eine schöne Kurtisane. Auf eine wie dich haben meine Offizierskollegen nur gewartet. Das sind großzügige Herren. Und wenn du dich geschickt anstellst, wirst du bald ausgesorgt haben.“

Valerie überlegte. Sie hatte ihr bisheriges Leben satt,

doch langsam wurde ihr klar, dass Frederic von Streelitz selbst ein viel zu armes Würstchen war, als dass er ihr hätte nutzen können. Niemand würde dem versoffenen Baron glauben, wenn er sie als Dame der Gesellschaft vorstellte. Sein Wort würde die wirklich feinen Kreise vielmehr misstrauisch machen.

„Also gut", erwiderte Valerie. „Wenn es sich jedoch nicht wirklich für mich lohnt, bin ich schneller bei deiner Käthe, als du ‚Armenhaus' sagen kannst."

Dass Valerie Botho von Viethoff kennen lernte, war eigentlich ein Versehen.

Wenige Tage nach ihrem Besuch bei Frederic wollte der Baron sie anlässlich einer Theaterpremiere einigen seiner Freunde vorstellen. Er hatte Valerie besonders von einem steinreichen spanischen Edelmann erzählt, der zurzeit in Berlin weilte und das schöne Leben genoss.

„Joaquim de Santiago ist *dein* Mann", hatte Frederic geschwärmt. „Man munkelt, dass er seine Gespielinnen mit Diamanten nur so überhäuft."

Neugierig betrachtete Valerie nach der Vorstellung den kräftigen, groß gewachsenen Spanier, der sich im Foyer mit einem älteren Offizier unterhielt.

Gar nicht so übel, dachte sie.

Frederic hatte ihr bereits erzählt, dass Joaquim de Santiago die schönen Künste liebte, also hatte sie sich über die wichtigsten Opern und Theaterstücke informiert, die in letzter Zeit für Furore gesorgt hatten. Sie wusste, dass der Spanier besonders einen noch wenig bekannten deutschen

Komponisten, einen gewissen Richard Wagner, über alles schätzte.

Für Gesprächsthemen ist also gesorgt, dachte sie, während Frederic sie den beiden Männern nun vorstellte und sich danach diskret zurückzog.

Und tatsächlich war Valerie bald in eine angeregte Plauderei mit den beiden Herren verwickelt. Allerdings hatte sie das Gefühl, dass Santiago sich mehr für ihr hastig angelesenes Musikwissen interessierte als für sie. Als dann ein junger Page in einer hübschen Livree mit einem Tablett voller Champagnergläser vorbeikam, sah Joaquim de Santiago ihm verstohlen nach. Valerie erkannte deutlich das Begehren in seinem Blick.

Na, den Spanier kann ich lange charmieren, dachte sie und ärgerte sich über Frederic. Schickt der Trottel mich zu einem Liebhaber des eigenen Geschlechts.

Valerie verlor keine Zeit. Mit ihrem verführerischsten Lächeln wandte sie sich an den älteren Offizier.

„Und wie hat Ihnen das Stück gefallen?“

„Hm, war ja alles schön bunt“, erwiderte Botho von Viethoff. „Aber einem alten Soldaten ist nun mal das Schlachtgetümmel lieber.“

„Sie sind doch nicht alt!“ protestierte Valerie und beugte sich hinter ihrem Fächer diskret zu dem sichtlich geschmeichelten Offizier. „Ehrlich gesagt, ich kann diese Possen auch nicht leiden. Doch offen darf man das ja nicht zugeben“, flüsterte sie ihm augenzwinkernd zu.

Valerie musste danach nur noch das Thema auf die Kriegskunst lenken, um Botho vollends für sich zu entflammen.

Der zuvor eher wortkarge Mann blühte regelrecht auf, während er begann, von Napoleon zu schwärmen. Baron Botho von Viethoff war selbst während seiner aktiven Laufbahn hoher Offizier in der Armee des bayrischen Königs gewesen. Trotzdem rühmte er sich, ein Mann zu sein, der geniale Schachzüge auf dem Schlachtfeld honorierte – auch wenn ein Franzose, der Feind also, sie ersonnen hatte.

An diesem Abend hätte Valerie Erstaunliches über militärische Strategie lernen können – wenn sie zugehört hätte. Aber sie beschränkte sich darauf, ab und an interessiert zu nicken oder eine Zwischenfrage zu stellen. Doch Botho schien ihre charmant kaschierte Abwesenheit nicht zu bemerken.

„Noch nie habe ich mich so mit einer Frau unterhalten können", bemerkte er begeistert. „Sie sind wirklich etwas ganz Besonderes, liebes Fräulein Walter. So schön und dazu so klug."

Valerie lächelte geschmeichelt. „Nennen Sie mich einfach Valerie, lieber Baron", erklärte sie.

„Das kommt gar nicht in Frage. Das schickt sich nicht", entgegnete Botho der erstaunten Valerie.

Überhaupt benahm Botho von Viethoff sich ganz anders, als Valerie es von den Männern gewohnt war, die sonst an ihr interessiert waren. Am Ende des Abends ließ Botho es sich nicht nehmen, Valerie in seiner Kutsche nach Hause zu begleiten. Doch an der Tür der kleinen, aber feinen Berliner Stadtwohnung, die der Familie Pfefferkorn gehörte, jedoch nur selten genutzt wurde, verabschiedete Botho sich formvollendet mit einem Handkuss von Valerie. Kopfschüttelnd sah sie ihm nach, als er zu seiner Kutsche zurückging.

Und dabei war ich mir so sicher, dass er angebissen hat, dachte sie und ärgerte sich über ihr Pech.

Am nächsten Morgen wurde ein riesiger Blumenstrauß per Boten geliefert. Auf der beiliegenden Karte bat Botho höflichst darum, Valerie zu einer Stadtrundfahrt einladen zu dürfen.

Er war also nur etwas schüchtern, dachte sie und trug dem Boten auf, Baron von Viethoff ihre Zusage zu übermitteln.

Der Tag wurde ganz reizend. Botho kutschierte Valerie in seinem Landauer zu allen Sehenswürdigkeiten Berlins, schien nachgerade bezaubert von ihr zu sein und geizte nicht mit Komplimenten. Am Ende des Ausflugs verabschiedete er sich wie zuvor an der Tür.

Denkt der etwa wirklich, ich sei eine anständige Frau? fragte Valerie sich verwundert.

Die nächsten Tage brachten ihr die Gewissheit. Botho hofierte Valerie ohne Unterlass, wobei er sich stets wie ein Ehrenmann auf Freiersfüßen benahm. Langsam begann Valerie zu hoffen.

Vielleicht will er mich ja wirklich heiraten.

Als sie jedoch Frederic davon erzählte, der nervös bei ihr aufgetaucht war und wissen wollte, wie Valerie vorankam, lachte der sie nur aus.

„Ich bitte dich, Botho ist vielleicht nicht mehr der Jüngste, aber vertrottelt ist er noch lange nicht. Natürlich weiß er, was für eine du bist. Der ganze Offiziersclub spricht über nichts anderes als über Botho und seine Kurtisane."

Valerie funkelte ihn wütend an.

„Ich kann mir schon denken, von wem diese Information stammt“, erwiderte sie spitz.

„Was willst du? Ich sollte schließlich Reklame für dich machen“, gab Frederic achselzuckend zurück.

„Rede du nur“, entgegnete Valerie voller Überzeugung. „Botho ist anders.“

Die Tage verstrichen, und nichts änderte sich an Bothos höflicher Aufmerksamkeit. Valerie begann, seine Gesellschaft zu genießen, und sie musste sich eingestehen, dass sie den Offizier, der ihr Vater hätte sein können, beinahe ein wenig lieb gewonnen hatte. Daher freute sie sich ganz besonders, als er ihr eines Tages ankündigte, er wolle ein Diner zu ihren Ehren veranstalten.

Als Valerie in dem noblen Hotel erschien, in dem Botho eine große Suite bewohnte, wann immer er in Berlin weilte, war sie überrascht, wie viele Gäste aus der besten Gesellschaft Botho in das Hotelrestaurant eingeladen hatte. Der Raum, in dem zur Begrüßung zwanglos Getränke und Häppchen gereicht wurden, war angefüllt von hohen Offizieren, Mitgliedern des diplomatischen Korps, Konsuln mit Gattinnen – kurzum, der Creme de la Creme der preußischen Gesellschaft. Kurz bevor man sich zum Essen begab, nahm Botho Valerie beiseite und führte sie in ein kleines Separee.

„Mein liebes Fräulein Walter“, begann Botho. „Vielleicht ahnen Sie, was der Anlass dieses kleinen Empfanges ist. Ich habe noch nie eine Frau wie Sie getroffen, und sicher ist Ihnen nicht entgangen, dass ich mehr für Sie empfinde als väterliche Zuneigung …"

Jetzt ist es so weit! dachte Valerie. Er will wirklich um meine Hand anhalten.

Botho fuhr fort: „Ich weiß natürlich, dass uns ein erheblicher Altersunterschied trennt. Und ich könnte verstehen, wenn Sie mich nicht anziehend finden würden. Aber falls ich doch hoffen darf …", sagte Botho und pausierte, um vor Valerie niederzuknien. „Fühlen Sie sich nicht gedrängt, aber, liebste Valerie – ich darf Sie nun doch so nennen –, Sie würden mich zum glücklichsten Mann der Welt machen, wenn Sie meine Frau werden würden."

Valerie hätte am liebsten einen Freudentanz aufgeführt, doch sie kam nicht einmal zu einer Antwort. Denn plötzlich wurden die beiden von schallendem Gelächter unterbrochen. In der Tür stand Joaquim de Santiago, der sich schier ausschütten wollte.

„Botho, tu eres tonto!" rief er aus. „Oder wie ihr so schön sagt: Du bist ein Esel", lachte er.

Botho sprang erstaunlich behände auf die Füße und starrte den Spanier wütend an. Aber der ließ sich nicht beirren.

„No puedes casarte con una puta!" sagte er kopfschüttelnd. „Du kannst sie nicht heiraten. Weißt du denn nicht, dass diese Frau eine Hure ist?"

Vielen Dank, du spanischer Spielverderber, dachte Valerie voll bitterer Ironie und funkelte Santiago wütend an.

Auch Botho von Viethoff wurde weiß vor Zorn. Drohend ging er auf den Spanier zu.

„Joaquim, ich gebe dir jetzt Gelegenheit, deine unverfrorene Behauptung zu widerrufen und dich in aller Form bei Fräulein Walter zu entschuldigen. Sonst …“

„Was sonst?“ gab der Spanier zurück. „Jetzt sag nicht, du willst dich duellieren? Madre mia, seit wann sind wir Freunde? Erstens weißt du seit zwanzig Jahren, dass ich besser schieße als du. Und zweitens will ich mich nicht mit dir schlagen wegen einer wie der da.“

„Es ist genug!“ tobte Botho. „Ich verlange Satisfaktion! Ich erwarte dich und deinen Sekundanten bei Morgengrauen auf der Ehrenwiese am Grunewaldsee!“

„Wenn du es so willst“, erwiderte der Spanier nur und verließ ohne ein weiteres Wort den Raum.

In dieser Nacht konnte Valerie kein Auge zutun. Botho hatte die Gesellschaft ohne Erklärung aufgelöst und sich auch bei Valerie entschuldigt.

„Es ist ungeheuerlich, was dieser Mann behauptet hat. Aber ich werde Ihre Ehre reinwaschen“, hatte er Valerie mit ernster Miene erklärt.

„Baron von Viethoff, Botho …“, hatte Valerie betreten begonnen, aber der Offizier hatte ihr das Wort abgeschnitten.

„Liebste Valerie, Sie müssen jetzt nichts sagen. Bitte vergeben Sie mir, wenn ich mich zurückziehe. Ich muss mich sammeln und in mich gehen, damit ich bis morgen bereit bin.“

Er hatte sich knapp vor Valerie verbeugt und ohne ein weiteres Wort den Raum verlassen. Valerie wäre ihm am liebsten nachgelaufen und hätte alles richtig gestellt, doch irgendetwas in ihr hatte sie zurückgehalten. Botho von Viethoff hatte sie behandelt wie eine Dame, und Valerie hatte seinen Respekt und seine Zuvorkommenheit genossen wie warmen Sonnenschein nach einem langen kalten Winter. Und sie schämte sich, ihm gegenüberzutreten und zu gestehen, dass sie tatsächlich eine Kurtisane war. Wie in Trance hatte sie das Hotel verlassen, ohne der sich nebenan auflösenden Gesellschaft, bei der das Gerücht von einem Duell längst die Runde gemacht hatte, noch einmal entgegenzutreten.

Doch als sie in dieser Nacht wach in ihrem Bett lag, plagten Valerie Schuldgefühle.

Und wenn Botho stirbt? dachte sie voller Angst. Das kannst du nicht zulassen! schalt sie sich selbst. Nein, Botho darf sein Leben nicht für die Verteidigung einer Ehre hergeben, die du gar nicht hast.

In diesem Moment hörte Valerie laut eine Kirchturmuhr schlagen.

„Vier Uhr! Bald wird es hell, ich hab nicht mehr viel Zeit", murmelte sie erschrocken, sprang aus dem Bett und begann hastig, sich anzuziehen.

Als Valerie wenig später auf die verlassen im Dunkeln liegende Straße eilte, überlegte sie fieberhaft.

Woher bekomme ich um diese Zeit nur eine Kutsche? fragte sie sich verzweifelt, während sie ziellos durch die nächtliche Straße lief.

Die Wohnung, die Frederic ihr widerwillig überlassen hatte, lag nicht weit vom Berliner Dom entfernt. Valerie lief in die Richtung, so schnell sie konnte. Sie wusste, dass sie von dort aus zu dem feinen Boulevard ‚Unter den Linden‘ gelangte.

„Wenn irgendwo um diese Zeit noch Leben herrscht, dann dort. Eine andere Chance habe ich nicht“, flüsterte sie atemlos.

Ihre Kleider behinderten Valerie beim Laufen, doch trotzdem verlangsamte sie ihren Schritt nicht. Als sie beinahe am Dom angekommen war, hörte sie das Hufeklappern zweier Pferde.

Eine Kutsche! dachte sie und lief noch schneller. Ich muss sie erreichen, bevor sie weg ist.

Als Valerie auf die Hauptstraße kam, war die Kutsche schon vorübergefahren und ein ganzes Stück weit weg.

„Halt!“ schrie Valerie. „Bitte, warten Sie!“

Zunächst fuhr die Kutsche weiter, doch Valerie gab nicht auf. So schnell sie konnte, rannte sie hinter dem sich immer weiter entfernenden Gefährt her und rief, so laut es ging.

Und Valerie hatte Glück. Nach einer Weile hörte sie ein „Brrr“, die Pferde verlangsamten ihren Trott und hielten schließlich ganz an. Valerie sah, dass der Kutscher sich nach ihr umdrehte. Mit letzter Kraft lief sie auf ihn zu.

„Wat willste denn, Mädchen?“ fragte der bärtige Kutscher.

„Sie müssen mir helfen! Ich muss zum Grunewaldsee.“

„In Jrunewald will se. Mitten in der Nacht“, murmelte der Kutscher kopfschüttelnd.

„Bitte, ich gebe Ihnen, was Sie wollen.“

Valerie nestelte mit zitternden Fingern einige Münzen aus ihrem Beutel und hielt sie dem Kutscher hin. Dessen Miene wurde um einiges freundlicher, als er die Silbermünzen sah.

„Meenetwejen“, brummte er. „Aba erst muss ick meen Herrn nach Hause fahren.“

Erst jetzt sah Valerie ins Innere der Kutsche. Auf den weichen Lederpolstern schnarchte ein beleibter Herr im Frack, der offenbar irgendwo die Nacht durchfeiert hatte.

„Nein, dafür ist keine Zeit!“ protestierte Valerie erschrocken. „Es geht um Leben und Tod.“

Der Kutscher musterte sie und schien zu begreifen, dass Valerie es ernst meinte.

„Na, wenn et denn so dringend is“, murmelte er schließlich und nickte. „Der Olle merkt ja sowieso nüscht mehr.“

Valerie strahlte den Mann an und kletterte zu ihm auf den Kutschbock.

„Danke“, hauchte sie.

„Det kost’ aba extra“, grummelte der Kutscher.

Es kam Valerie vor, als würde die Fahrt in den Grunewald, der weit im Westen lag, ewig dauern. Immer wieder sah Valerie sich um und bemerkte mit Schrecken, dass es hinter ihnen bereits zu dämmern begann. Der Kutscher, der im Schein seiner Laterne gesehen hatte, wie teuer Valerie gekleidet war, hatte daraufhin sofort begonnen, sie respektvoll zu siezen.

„Ihr Liebster will sich wohl duellieren?“ fragte er.

Valerie nickte wortlos.

„Denn weeß ick, wo wa hin müssen“, erklärte der Mann nickend, während er in einen Waldweg einbog.

Plötzlich hörte Valerie einen Schuss.

„Oh Gott“, murmelte sie. „Wir kommen zu spät.“

„Imma mit de Ruhe. Vor Sonnenuffjang knallen die sich nie ab“, beruhigte der Kutscher sie. „Det sind bloß die Sekundanten. Die prüfen die Pistolen.“

Valerie hoffte inständig, der Mann möge Recht haben. Und ihre Hoffnung wurde nicht enttäuscht. Als sie um eine Ecke bogen, sah sie vier Männer am Ufer des Sees stehen. Valerie wartete nicht einmal, bis der Kutscher gehalten hatte, sondern sprang eilig von der Kutsche und rannte auf die Gruppe zu. Als sie näher kam, sah sie, dass Botho und der Spanier Rücken an Rücken standen und nun begannen, voneinander wegzugehen, während die Sekundanten die Schritte zählten.

„Botho! Nein! Tu es nicht!“ rief Valerie im Laufen.

Die Duellanten hatten sich gerade umdrehen wollen, doch als sie Valeries Stimme nun hörten, hielten sie inne. Valerie rannte zu ihnen.

„Valerie?“ rief Botho völlig überrascht. „Was machen Sie denn hier? Das ist kein Ort für eine Frau.“

Valerie rang nach Luft. „Botho, bitte. Ich bin es nicht wert, dass du dein Leben für mich hingibst. Der Mann hat Recht“, sie deutete auf den Spanier. „Ich bin nichts anderes als eine Hure.“

Einen Moment lang sah Botho sie völlig perplex an. Er merkte gar nicht, wie ihm die Waffe aus der Hand glitt. Als sie zu Boden fiel, löste sich ein Schuss. Valerie realisierte zuerst gar nicht, dass die Kugel sie traf. Noch während sie zu Boden fiel, wunderte sie sich, was sie so unvermittelt umgerissen hatte. Plötzlich durchzuckte ein brennender Schmerz ihre Schulter. Sie stieß einen Schrei aus.

Botho stürzte auf Valerie zu.

„Oh mein Gott! Valerie! Liebes! Was habe ich nur getan?“

Er kniete neben ihr nieder.

„Ich glaube, es ist nur ein Streifschuss“, murmelte Valerie, die noch völlig unter Schock stand. Trotz der höllischen Schmerzen in ihrer Schulter rang sie sich ein Lächeln ab. „Botho, es tut mir unendlich Leid, dass ich dir nicht gleich die Wahrheit gesagt habe. Aber …“, sie zuckte erneut vor Schmerz zusammen, „… musstest du denn gleich schießen?“

Botho war völlig verzweifelt.

„Das war doch keine Absicht! Deine Vergangenheit ist mir völlig egal. Valerie, ich liebe dich! Und ich wollte dich nicht verletzen, ich … ich … wollte dich fragen, ob du meine Frau werden willst.“

„Was?“

Valerie glaubte für einen Augenblick, ihre Sinne würden ihr einen Streich spielen. Doch als sie Botho ansah, dem Tränen in den Augen standen, wusste sie, dass er sie tatsächlich heiraten wollte.

„Botho …“, flüsterte sie.

„Valerie, liebste Valerie … Willst du mich wirklich heiraten?“ fragte Botho aufgeregt.

Valerie nickte und spürte bei der Bewegung sofort wieder den brennenden Schmerz in ihrer Schulter.

„Ja, natürlich will ich, mon Général. Aber würde es dir etwas ausmachen, mich zuerst zu einem Arzt zu bringen?“

20. KAPITEL

Zwei Monate später schritt Valerie in einem Traum aus weißem Atlas und Spitze zum Altar. Frederic von Streelitz hatte sich bereit erklärt, den Platz des Brautvaters einzunehmen.

Unter ihrem Schleier hervor raunte Valerie: „Und? Was sagst du jetzt?“

„Von Viethoff muss senil sein“, zischte Frederic ihr zu.

Am Altar stand der stolze Botho in seiner Paradeuniform und konnte es gar nicht abwarten, dass seine schöne Braut endlich zu ihm trat.

Die Zeremonie glitt wie ein Traum an Valerie vorüber. Sie hörte die Worte des Geistlichen kaum, und sie wusste auch nicht, was sie empfinden sollte. Einerseits war sie am Ziel ihrer Träume. In wenigen Augenblicken würde Valerie *Baronin von Viethoff* heißen und alle Sorgen hinter sich lassen. Sie wusste, dass Botho ihr ein liebender Gatte sein würde, und sie war ihm unendlich dankbar für das, was er für sie tat.

Warum nur bin ich nicht glücklich? fragte Valerie sich im Stillen. Dabei kannte sie die Antwort: Friedrich Hartenstein. Sie hatte den faszinierenden Mann aus Paris nie vergessen können, und wenn sie manchmal heimlich davon geträumt hatte, als Braut vor dem Altar zu stehen, dann war es immer Friedrich gewesen, der neben ihr gestanden und laut „Ja, ich will!“ gesagt hatte.

„Ja, ich will.“

Valerie schob die Gedanken beiseite und lächelte Botho,

der diese Worte soeben mit fester Stimme ausgesprochen hatte, etwas unsicher an.

Als der Geistliche sich nun an sie wandte und sie ebenfalls fragte, ob sie Botho heiraten wolle, zögerte Valerie für den Bruchteil einer Sekunde.

Ich werde diesen Hartenstein nie wiedersehen, sagte sie sich und atmete durch.

„Ja, auch ich will.“

Ihre Flitterwochen waren ein einziger Traum gewesen. Obwohl die Wirtschaftskrise, die in den letzten Jahren die Welt in Atem gehalten hatte, auch Bothos Vermögen geschmälert hatte, wie er ihr gestand, hatte er doch weder Kosten noch Mühen gescheut, um mit Valerie trotzdem nach Venedig zu reisen.

Sie hatten unbeschwerte, glückliche Wochen in der märchenhaften Lagunenstadt verbracht, und als Valerie nun mit Botho in Ahlen ankam, fragte sie sich, was sie wohl in dem kleinen süddeutschen Nest erwarten würde.

„Ich fürchte, mein Schloss ist etwas zugig und ungemütlich“, gab Botho zu, während sie mit der Kutsche durch den idyllischen Ort fuhren.

„Immerhin ein Schloss“, lachte Valerie und gab ihrem Gatten ein zärtliches Küsschen. „Außerdem gefällt es mir überall, wo du bist.“

Botho strahlte. Wenn er sich jemals gefragt haben sollte, ob er mit dieser Heirat nicht einen schweren Fehler gemacht hatte, so waren seine Zweifel längst zerstreut. Valerie tat alles, um ihn glücklich zu machen. Botho blühte in ihrer Gegenwart regelrecht auf und las ihr jeden Wunsch von den Augen ab.

Als sie nun um die letzte Biegung des langen Kiesweges bogen, der zum Viethoff'schen Anwesen führte, traute Valerie ihren Augen nicht.

„Aber … das ist ja eine Burg!" rief sie.

„Wir Viethoffs waren schon immer ein wehrhafter Haufen", erwiderte Botho und lachte. „So alt ist der Kasten übrigens noch gar nicht. Gerade mal hundert Jahre. Mein Großvater hatte eine Schwäche für Rittersagen."

Valerie konnte es nicht abwarten, ihr neues Zuhause zu erkunden. Allerdings hatte sie bald Mühe, sich ihre Enttäuschung vor Botho nicht anmerken zu lassen. Das trutzige Gebäude, das von außen so beeindruckend über den sanften Weinbergen der Gegend thronte, war im Inneren tatsächlich düster und muffig.

„Mon Général, wir müssen renovieren!" sagte sie schließlich entschlossen.

Botho schlug militärisch die Hacken zusammen, ein Scherz, den er sich immer dann erlaubte, wenn Valeries Stimme keinen Widerspruch duldete.

„Zu Befehl", entgegnete er und salutierte zackig.

Die nächsten Wochen verbrachte Valerie damit, neue Möbel, Teppiche, Bilder und Stoffe auszusuchen. Manches Mal fuhr sie bis Augsburg oder sogar bis ins mehr als eine Tagesreise entfernte München, um alles nach ihrem Geschmack auszusuchen. Und der war nicht billig. Botho stöhnte manches Mal, als die horrend hohen Rechnungen der Handwerker und Ausstatter ins Haus flatterten.

„Liebes, wenn wir so weitermachen, muss ich noch meine

Besitzungen in Pommern verkaufen", sagte er eines Abends mit gerunzelter Stirn.

„Das würdest du wirklich für mich tun?" fragte Valerie und küsste ihn überschwänglich.

„Für dich tue ich alles, mein Schatz", gab Botho nach einem langen Seufzer zurück.

Valerie konnte es kaum mehr abwarten, bis alles fertig war. Noch hatte sie die feine Gesellschaft von Ahlen nicht kennen gelernt. Botho hatte ihr viel von seinen Freunden im Adelsclub erzählt. Von Wolfgang von der Fohl, einem jungen Mann aus ehrwürdiger alter Familie und seiner verhängnisvollen Leidenschaft fürs Glücksspiel, von York von Kettelaer, einem geistreichen jungen Mann aus einer Diplomatenfamilie, der so herrlich spannende Gruselgeschichten erzählen konnte, und nicht zuletzt von Graf Ahlen selbst, nach dessen Familie die Stadt benannt war. Valerie wusste bereits, dass Graf Ahlens Weingut den besten Tropfen der ganzen Gegend produzierte, dass er Witwer war und eine halbwüchsige Tochter namens Sophie hatte, die ihrer Mutter wie aus dem Gesicht geschnitten war und sicher eines Tages eine wahre Schönheit werden würde. Valerie wusste ebenfalls, dass dieses Mädchen von der gestrengen Magdalena von Ahlen, der unverheirateten Schwester des Grafen, erzogen worden war.

„Botho, mein Lieber, sobald diese grässlichen Handwerker endlich fertig sind …", begann sie eines Abends, als sie mit ihrem Gatten am Kamin saß.

„Du meinst wohl, falls sie jemals fertig werden sollten", korrigierte Botho sie mit mildem Lächeln.

„Sobald sie fertig sind, geben wir einen rauschenden Ball. Und wir laden alle deine Freunde ein!" fuhr Valerie fort.

Botho runzelte die Stirn, doch als er sah, dass Valerie ihn flehentlich anblickte, lächelte er sofort wieder.

„Denkst du nicht, es ist besser, wenn du die Leute nach und nach triffst?" fragte er. „Im kleinen Kreis lernt man sich doch viel besser kennen."

„Unsinn", erwiderte Valerie. „Wir wollten schließlich richtig feiern, dass alles so schön geworden ist."

„Ein Ball also", gab Botho sich geschlagen.

Bereits am nächsten Tag verschickte Valerie die Einladungen. Nun, da sie wusste, dass nur noch wenige Wochen Zeit waren, trieb sie die Handwerker zu äußerster Eile an. Botho räumte meist das Feld und verbrachte seine Tage im Adelsclub der Stadt Ahlen. Das war Valerie nur recht. Am liebsten hätte sie auch Botho mit der fertigen Renovierung überrascht, doch da er nun einmal auch auf der „Burg", wie Valerie das Anwesen stets nannte, zu Hause war, ließ es sich nicht vermeiden, dass er vieles schon vorab sah.

Aber aus dem großen Salon hatte Valerie ein Geheimnis gemacht. Sie hatte Botho kurzerhand verboten, auch nur einen Fuß in den riesigen Raum zu setzen, bevor nicht alles fertig war. Dieser Salon war ihr ganzer Stolz. Sie hatte ihn im Stil von Schloss Neuschwanstein einrichten lassen, das viele Adlige und auch reiche Bürgersleute sich zu der Zeit zum Vorbild nahmen. Valerie war sicher, dass ihre Gäste von der Pracht mehr als beeindruckt sein würden.

Einige Tage vor dem Ball war es endlich so weit. Der letzte

Pinselstrich war getan, der letzte der in edelstem Brokat gefertigten Vorhänge aufgehängt, die neuen prunkvollen Kronleuchter waren angebracht und die mit echtem Blattgold bemalten Möbel waren bereits am Vortag angeliefert worden.

„Mon Général, es ist so weit“, verkündete Valerie stolz beim Frühstück.

Botho, der die Angewohnheit hatte, hinter seiner Morgenzeitung noch ein kleines Nickerchen zu halten, schreckte hoch.

„Was? Greifen die Welschen an?“ fragte er irritiert.

„Ach, Botho, du bist so witzig“, rief Valerie lachend und sprang auf, um ihm ein Küsschen zu geben. „Niemand greift uns an, der Salon ist fertig. Komm!“

Sie zog ihren Gatten aus seinem Sessel und zerrte ihn durch die Flure, bis sie vor den geschlossenen Flügeltüren des Salons ankamen.

„Mach die Augen zu“, verlangte sie aufgeregt.

„Das ist ja wie Weihnachten“, brummte Botho, grinste verschmitzt und tat seiner jungen Frau den Gefallen.

Valerie öffnete die Flügeltüren und führte ihren Mann in den Salon.

„Jetzt kannst du gucken“, sagte sie.

Botho öffnete die Augen – und auch sein Mund stand sperrangelweit offen.

„Wie Weihnachten“, murmelte er erneut. „Und *das* ist der Baum.“

„Gefällt es dir nicht?“ fragte Valerie enttäuscht.

„Doch, sicher“, gab Botho mit schwacher Stimme zurück. „Es ist überwältigend. Ich habe noch nie so viel Gold auf einmal gesehen.“

„Meinst du, deine Freunde werden beeindruckt sein?“

„Da bin ich mir ganz sicher“, entgegnete Botho und nickte langsam.

Valerie sah ihn kurz prüfend an, denn sie glaubte, einen Anflug von Ironie in seiner Stimme gehört zu haben. Aber Botho lächelte sie liebevoll an.

„Das hast du ganz wunderbar gemacht, meine Süße“, sagte er und strich ihr zärtlich über die Wange. Valerie war sofort getröstet.

„Und übermorgen können wir endlich feiern“, rief sie begeistert.

„Übermorgen?“ fragte Botho, und nun hörte Valerie ganz deutlich die Besorgnis in seiner Stimme.

„Ja, sicher, übermorgen ist der Ball.“

„Aber wir haben Fasching“, stotterte Botho.

„Deswegen ist es auch ein Maskenball, du Dummerchen“, erwiderte Valerie lachend.

„Ach ja, richtig. Das hatte ich fast vergessen“, entgegnete Botho hastig. „Dann will ich dich nicht länger bei den Vorbereitungen stören. Ich fahre in den Club.“

Botho gab Valerie noch einen Abschiedskuss und verließ eilig das Zimmer. Sein überstürzter Aufbruch hatte Valerie stutzig gemacht.

Was hat er denn? dachte sie kopfschüttelnd. Mag er keine Maskenbälle?

Zwei Tage später war es so weit: Der Tag des großen Balls war gekommen. In der Nacht hatte Valerie kaum ein Auge zugetan, aber trotzdem war sie voller Energie. Den ganzen

Morgen über scheuchte sie das Personal, und niemand wagte es, ihr zu widersprechen.

Botho hatte am Tag ihrer Ankunft die gesamte Dienerschaft zusammengerufen und Valerie als die neue Herrin vorgestellt. Er hatte verlangt, dass man ihr mit Respekt begegnete und alle ihre Wünsche erfüllte. Solange Botho anwesend war, wurde Valerie auch tatsächlich mit äußerster Ehrerbietung behandelt, doch ihr war nicht entgangen, dass mancher der Dienstboten ein wenig aufmüpfig wurde, sobald sie allein im Haus war. Niemand benahm sich offen feindselig oder verweigerte den Dienst. Die abschätzigen Blicke, mit denen die Diener sie ansahen, wenn sie sich unbeobachtet fühlten, waren Valerie dennoch nicht entgangen, und sie wusste auch, dass heimlich über sie und ihre Vergangenheit geredet wurde.

Aber heute war ihr das alles egal. In einem Ton, der jedem Offizier auf dem Exerzierplatz zur Ehre gereicht hätte, kommandierte sie das Personal ohne Unterlass.

„Es muss alles perfekt werden“, sagte sie immer wieder.

Oh, hoffentlich mögen sie mich, dachte sie, als sie sich vorstellte, wie Bothos Freunde wohl auf sie reagieren würden. Es war ihr wichtig, einen guten Eindruck auf die Ahlener Gesellschaft zu machen. Botho soll stolz auf mich sein, nahm sie sich vor.

Den Nachmittag verbrachte Valerie mit ihren Zofen in ihrem Boudoir. Bei ihrem Pariser Schneider hatte Valerie ein cremeweißes, mit goldenem Brokat abgesetztes Ballkleid bestellt, und sie war ganz aus dem Häuschen gewesen, als die traumhafte Robe endlich geliefert worden war.

Das ist das schönste Kleid, das ich je besessen habe, dachte sie nun, während sie sich im Spiegel bewunderte. Wenn ich Bothos Freunden darin nicht gefalle, dann weiß ich auch nicht.

Sie trieb ihre Zofen an, sich mit ihrer kunstvollen Frisur zu beeilen, denn sie wollte fertig sein, wenn die ersten Gäste einträfen. Und tatsächlich stand sie um Punkt sieben Uhr abends im Salon und sah sich zufrieden in dem festlich geschmückten Saal um. Zu ihrem Ballkleid trug Valerie ein Diamantcollier, das seit Generationen in Bothos Familie war.

Ihr Mann, der seine Paradeuniform trug, war ganz überwältigt gewesen, als sie so geschmückt den Raum betreten hatte.

„Ich habe wirklich die schönste Frau der Welt", hatte Botho bewegt gesagt und die vor Stolz strahlende Valerie liebevoll geküsst.

„Wo bleiben sie nur?", fragte Valerie sich eine halbe Stunde später und spähte ungeduldig durch die großen Fenster nach draußen.

„Weißt du, Liebes", sagte Botho und wirkte etwas betreten. „Es kann sein, dass nicht alle kommen werden."

„Was?" fragte Valerie entsetzt.

„Es ist meine Schuld", gestand Botho kleinlaut. „Als du mir den Termin für den Ball genannt hast, habe ich gar nicht daran gedacht, dass heute der Tag der Faschingsprozession ist. Das ist eine alte Tradition in Ahlen."

„Aber deine Freunde werden doch nicht wegen einer albernen Prozession unseren Ball verpassen", gab Valerie leichthin zurück.

Zwei Stunden später war Valerie in Tränen aufgelöst.

„Keiner ist gekommen“, schluchzte sie.

Das stimmte nicht ganz, denn Bothos ältester Freund, Otto von Ahlen, war erschienen. Zwar hatten seine Schwester und seine Tochter sich entschuldigen lassen, angeblich wegen einer Unpässlichkeit, der Graf selbst hatte es sich jedoch nicht nehmen lassen, Valerie offiziell in Ahlen willkommen zu heißen. Alle anderen Gäste hatten in letzter Minute ihre Diener mit fadenscheinigen Entschuldigungen geschickt.

„Du musst verstehen“, versuchte Botho, sie zu trösten. „Die Prozession …“

„Ach was, diese dämliche Faschingssache ist nur ein Vorwand“, gab Valerie weinend zurück. „Sie wollen nicht kommen, weil ich Ihnen nicht fein genug bin!“

„Das ist ganz bestimmt nicht der Fall“, versicherte Otto von Ahlen ihr.

Doch Valerie entging nicht, dass Botho und der Graf einen betretenen Blick wechselten.

„Na warte, denen werde ich es zeigen!“ rief Valerie außer sich vor Wut. „Wo sind sie alle? In deinem Adelsclub? Die werden sich wundern!“

Damit stürmte sie aus dem Salon.

„Valerie, meine Süße, so bleib doch“, rief Botho ihr nach, aber Valerie drehte sich nicht einmal mehr um.

Valerie war so aufgeregt gewesen, dass sie direkt ins Gesindezimmer gerannt war, wo das Personal lachend beisammensaß. Sie war sicher, dass man über sie lachte. Wütend hatte sie den Kutscher angeherrscht, er solle anspannen.

Während der gesamten Kutschfahrt nach Ahlen hatte Valerie heiße Tränen vergossen, aber nun, als die Kutsche auf den Marktplatz fuhr, riss sie sich zusammen. Sie nahm ihr Puderdöschen und versuchte, die Tränenspuren zu verbergen.

Als die Kutsche vor dem Adelsclub hielt, setzte Valerie ihre stolzeste Miene auf. Hocherhobenen Hauptes stieg sie aus der Kutsche und ging auf den Adelsclub zu.

Die Prozession hatte noch nicht begonnen, aber der Marktplatz war bereits voll von maskierten Menschen, von denen viele Fackeln trugen.

Ein Raunen ging durch die Menge, als Valerie in ihrem kostbaren weißgoldenen Ballkleid, über dem sie nur ein leichtes silbernes Cape trug, über den Platz schritt. Vor dem Adelsclub stand ein Diener in Livree, der bei besonderen Feierlichkeiten die Clubgäste einließ.

Valerie blickte zu den erleuchteten Fenstern des Adelsclubs hoch.

„Na wartet, gleich könnt ihr was erleben", murmelte sie zornig und ging auf den Diener zu.

Fordernd verlangte sie Eintritt.

„Es tut mir Leid", gab der Diener mit betretener Miene zurück. „Aber Damen haben keinen Zutritt, es sei denn, sie sind in Begleitung von Mitgliedern."

„Was soll das? Wissen Sie eigentlich, wer ich bin?" fuhr Valerie den Diener an. „Ich bin Baronin Valerie von Viethoff!"

Der betretene Angestellte des Adelsclubs wollte gerade zu einer Antwort ansetzen, als Valerie plötzlich das Lachen eines Mannes hinter sich hörte.

„Ich sehe, du bist dir treu geblieben. Du verkleidest dich also immer noch als Baronin", hörte sie einen Mann amüsiert sagen.

Wie ein Blitz durchzuckte Valerie die Erinnerung an Paris, an die dunkle Stimme, an das amüsierte, kehlige Lachen von Friedrich Hartenstein, das sie niemals vergessen hatte.

Das *kann* nicht sein, dachte sie und wirbelte herum.

Als sie sah, wer vor ihr stand, musste Valerie sich an einem Mauervorsprung festhalten, weil ihre Beine ihr den Dienst zu versagen drohten.

„Friedrich ...“, flüsterte sie.

Tatsächlich, vor ihr stand Friedrich Hartenstein. Die Jahre, in denen sie sich nicht gesehen hatten, hatten ihn noch männlicher, noch beeindruckender werden lassen. Aber sein immer etwas spöttischer Blick und die amüsierten kleinen Lachfältchen hatten sich nicht geändert. Valerie schmolz fast dahin, als Friedrich sie lächelnd musterte.

„Gut siehst du aus“, bemerkte er und zog seinen Hut.

„Du auch“, war alles, was Valerie entgegnen konnte.

Sie wurde von Gefühlen übermannt, die sie nie in ihrem Leben mehr zu spüren geglaubt hatte. Ihr Herz schlug bis zum Hals, und sie schloss die Augen, weil sie zu träumen glaubte. Doch als Valerie wieder aufsah, war er immer noch da: Friedrich Hartenstein, der einzige Mann, den sie je geliebt hatte.

„Wollen wir ein wenig flanieren?“ fragte er.

Wie in Trance hängte Valerie sich bei Friedrich ein und ließ sich von ihm fortführen. Die beiden gingen durch das Gewirr der lachenden, maskierten Menschen. Friedrich führte sie vorbei an einer kleinen Nähstube in eine menschenleere Gasse. Dort blieb er stehen und blickte Valerie tief in die Augen.

„Ich wusste, dass ich dich irgendwann wiedersehe“, sagte er lächelnd. „Aber was machst du ausgerechnet in Ahlen?“

„Ich lebe hier“, gab Valerie zurück. „Ich habe Botho von Viethoff geheiratet.“

Friedrich horchte interessiert auf. „Dann bist du also wirklich Baronin“, sagte er leise.

Valerie nickte.

„Aber du ... wie kommst du hierher?“ wollte sie aufgeregt wissen.

„Ich habe hier vor Kurzem etwas Land erworben“, antwortete er und winkte ab. „Lass uns nicht von Geschäften sprechen. Verheiratet bist du also. Dann haben wir uns wohl zu spät getroffen“, fügte er bedauernd hinzu.

In Valerie stieg Panik auf.

„Friedrich“, wisperte sie. „Ich ... wenn du willst ...“

Sie wusste nicht, was sie sagen sollte. Am liebsten hätte sie Friedrich angeboten, sofort alles stehen und liegen zu lassen und gemeinsam wegzugehen.

„Sag jetzt nichts, Valerie“, murmelte Friedrich beschwichtigend. „Du bist am Ziel deiner Träume angekommen, und das will ich bestimmt nicht zerstören.“

In seinen Augen lag wieder dieses Funkeln, das Valerie schon in Paris ganz schwach gemacht hatte.

„Wir haben beide unser Leben, und daran sollten wir nichts ändern“, fuhr Friedrich lächelnd fort. „Ich habe dich nie vergessen.“

„Ich dich auch nicht, Friedrich!“ rief Valerie. „Nie!“

Friedrich trat ganz nah an Valerie heran.

Mein Gott, er riecht immer noch so gut, dachte Valerie, und ihre Knie wurden weich.

Friedrich zog sie lächelnd in seine starken Arme.

„Was meinst du? Habe ich einen Kuss verdient? Um der alten Zeiten willen?“ flüsterte er.

Valerie wusste sofort, dass es nicht bei diesem Kuss bleiben würde. Sie liebte Friedrich noch genauso wie am ersten Tag, wenn die Jahre der Sehnsucht ihre Gefühle nicht gar noch stärker gemacht hatten. Sie wusste, sie würde diesem Mann rettungslos verfallen, wenn er sie jetzt küsste. Und sie wusste ebenso, dass sie damit alles zerstören würde. Valerie dachte an Botho, daran, wie lieb er zu ihr war, dass er ihr jeden Wunsch von den Augen ablas. Sie dachte an ihre gesellschaftliche Stellung. Nach all den Jahren der Demütigung war sie endlich Baronin, und der Respekt, der ihr entgegengebracht wurde, bedeutete ihr unendlich viel.

Auch mehr als Friedrich? fragte sie sich im Stillen.

Wenn Botho jemals davon erfahren sollte, würde er sie mit Schimpf und Schande aus der Stadt jagen. War eine Affäre mit Friedrich das wirklich wert? Sie blickte ihm in die Augen, und ihr war klar, wie sie sich entscheiden würde.

Dieser Mann wird noch einmal mein Untergang, durchfuhr es Valerie, während Friedrich sie langsam immer näher an sich zog.

„Ich darf das nicht tun!“ murmelte sie, doch sie sträubte sich nicht, als Friedrich sie erst sanft, dann immer leidenschaftlicher küsste.

Nur dieser Kuss, dachte Valerie, während sie in der Umarmung versank, nur dieser eine Kuss.

– ENDE –

Nora Roberts

Die MacGregors –
wie alles begann

Es begann mit der Liebe – die historischen Anfänge des MacGregor-Clans: ein romantischer Ausflug ins Schottland und England des 18. Jahrhunderts, in eine Zeit des Umbruchs, der Eroberungen – und der Liebe ...

Band-Nr. 25115
6,95 € (D)
ISBN: 3-89941-151-X

MIRA®

Sara Bennett

Im Bann der Rebellin

Seit Lord Radulf die schöne Lady Lily zum ersten Mal auf seinem Lager in den Armen gehalten hat, steht er in ihrem Bann. Radulf ahnt nicht, dass sie die Todfeindin seines Königs ist ...

Band-Nr. 25163
5,95 € (D)
ISBN: 3-89941-202-8

Gaelen Foley

Die Lady mit der Maske

Stets ist sie bei ihren Kutschenüberfällen maskiert, und niemand hat ihr Gesicht jemals gesehen. Auch Kronprinz Rafael nicht, weshalb er nichts von Lady Danielas gefährlichem Geheimnis ahnt, die ihm auf einem Ball das Herz raubt ...

Band-Nr. 25164
5,95 € (D)
ISBN: 3-89941-203-6